名家散文自选集

散文就是同亲人谈心

一个人的野史

肖克凡／著

民主与建设出版社

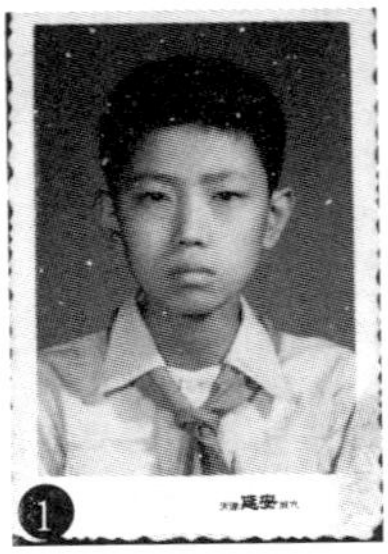

① 肖克凡在西藏路小学读书，戴“三道杠”
② 肖克凡率作家团访问韩国
③ 肖克凡在市经委工作，机关小干部
④ 肖克凡在伦敦郊外农场
⑤ 肖克凡在西班牙
⑥ 肖克凡在甘南油菜花海里
⑦ 肖克凡率团访台，在宝岛东海岸

肖克凡在贵州黄果树

一个人的野史

目录

第1辑·启蒙纪事

第2辑 · 钢铁说话

第3辑 · 文学地图

第1辑·启蒙纪事

蒙昧年代

我报考小学是1961年。此前的1960年我去报考过，人家说年龄不够，明年再来。我惦记了一年，又去考了。那时候，粮食已经不够吃了。不过城市生活还是强于农村的，没听说饿死谁。如果我没有记错的话，我报考小学后每月粮食定量涨到18斤。若干年后涨到26斤——我的体型已然显出豆芽菜趋势。

我住家的地方，旧时属于日租界，鞍山道曾经叫宫岛街。我住家在宁夏路，曾经叫石山街。相邻的陕西路，曾经叫须磨街。天津日租界的民居，有日式的，进门就是榻榻米，也有西式改良的楼房。

我报考的天津市和平区鞍山道小学。它的对面是座大宅院，两扇大门常年紧闭，看着很神秘。长大之后我才知道它叫静园，是当年清朝逊帝溥仪曾经住过的地方。他随日本华北驻屯军特务机关长土肥原贤二秘密前往长春充当满洲国皇帝，就是从这里上路的。后来我写小说，还写了这座大宅院以及日本华北驻屯军特务机关长土肥原贤二。

倘若沿着鞍山道向东行走，路南还有“张园”，当年孙中山来津下榻处，逊帝溥仪也曾在那里居住。再向东走，路北那座大洋楼是段祺瑞公馆，继续向东则是日租界大和公园旧址，当年日本神社和战争纪念碑遗迹犹存，改朝换代成为中国人民解放军的驻地。日租界很多事情是我后来知道的，当时只知道三面红旗：总路线，“大跃进”，人民公社。当然还有“节粮度荒”，苏联人逼债，全国人民勒紧裤带给老大哥还贷。

节粮度荒年代，吃东西要用粮票。有一种玉米面饼子名字取得特别好听，叫两面焦。多年后我打听两面焦的下落，很多人都不记得。天津有俗语：记吃不记打。可惜我们连吃都不记得。可见人类的健忘症，挺严重的。

鞍山道小学是座名校，起初是日租界第二小学，新中国初期叫“一区小”。中苏友好期间，鞍山道小学与苏联列宁格勒一所十年一贯制学校是友好学校。中苏学生之间经常书信往来。记得邻家姐姐用中文给苏联友好学校写信，我问她苏联学生看得懂中国字吗？她怔了怔，思忖着说可能看得懂吧。

我被鞍山道小学录取了。学校给新生们发了标志，要求开学那天佩戴胸前，这样就不会乱了套。我是一年五班，胸前标志是个纸剪的五角星，粉红色。这五角星标志，老师一看便知道我是一年五班新生。别的班的新生佩戴何种标志，我不知道。假若有一年十八班，我敢断定那纸剪的标志不会是章鱼。

开学第一天我即被宣布为“班主席”，就是现在的班长。那时候的称谓与如今不尽相同，譬如教师办公室叫“预备室”，传达室人员叫“工友”，放学回家组成“路队”，寒暑假期间传递学校紧急通知的线路叫“联络网”……

至于为何开学当天我即被册封“班主席”，于今原因不明。总之，我八岁就进入“官本位”状态了。

于是，我成了个颇为自信的小学生，不懂得什么叫自卑。

小学适逢经济极端匮乏时期，不光缺粮，就连小学新生的书包与铅笔盒也无处去买。我使用的铁皮铅笔盒是母亲同事儿子的。方老师的儿子进了“少年管教所”，他的铅笔盒自然留在家里。我继承了这只颇有来历的铅笔盒，看到背面铁皮被那个“少年犯”刻了句脏话，我只得用刀子刮掉，以此净化心灵。

有的同学以医用注射剂的包装盒充当铅笔盒，边角用橡皮膏粘牢。相比之下，我的铁皮铅笔盒还是符合班主席身份的。

这只少年犯的铁皮铅笔盒陪伴我两年，直到国家经济好转我买了新的，它才退役。此间，我不时产生惶恐心理：少年犯若提前获释就要将他刻有脏话的铁皮铅笔盒追讨回去。

国家经济实在困难。城市文具店出售的木杆铅笔表面没有喷漆——半成品就卖到学生们手里。我记得有次算数课考试，油印卷子是浅褐色草纸的，其中可见草梗儿与苇皮儿。我同座的女生方红用橡皮去擦错字，那草纸卷子竟然煎饼似的开裂，吓得她哭了起来。后来“文革”爆发，方红父亲是天津钢厂中板分厂总工程师，造反派说他家暗藏美军卡宾枪，令人啼笑皆非。

深秋时节，学校的卫生老师走进教室，这是个文雅的女士。她依次去摁学生们的脑门儿。凡是一摁一个坑儿的，就叫浮肿。我们一年五班有三个男生、两个女生被卫生老师叫走了，看着好像犯了什么错误。

学校给这三男生、两女生各自发了二斤黄豆，叮嘱他们回家煮熟了吃。一个名叫郭庆来的男生，父母双亡，跟随叔婶生活，住万全道的胡同里。他用褐色灯芯绒帽子盛着黄豆回家去了。据说婶母也有一堆孩子，不知道那帽子黄豆能否吃到郭庆来嘴里。后来的日子里，郭庆来依然浮肿，而且脸蛋儿总是很脏，使人想起电影《渔光曲》里的小猴儿。期末考试后，我再也没见郭庆来前来上学，下落不明。

这些年我经常想起郭庆来，他不会被饿死吧？记得我曾经在陕西路早点部看到他在舔碗，伸出细细的舌头舔食别人吃罢的豆腐脑或面茶的残渣。尽管大家肚子都吃不饱，郭庆来的舔碗还是深深刺激了我，认为这是小学生的耻辱，我向班主任举报了他。这也成为我人生的污点。

尽管普遍营养不良，我们一年五班期末依然被评为优秀班集体，我是班主席代表全班登台领奖。发奖后全校联欢演出文艺节目，我才知道我们班的两个男生是天津人民广播电台童声合唱团的成员。

升入小学二年级，我们变成二年五班，却被集体迁往附近的西藏路小学，改称二年四班。我则成为二年四班少先队的中队主席，属于中层干部吧。多年后我在一篇文章里这样写道："我的官运似乎都在小学三年里享尽了，可谓少年得志。"

西藏路小学距离墙子河不远。墙子河是清朝守将僧格林沁防备捻军下令开挖的护城河。那座黄墙绿瓦的起脊式建筑是日租界武德馆，看着特别结实。

如今这座日本武德馆仍然完好无损地站立在原地，含蓄地流露着武士道精神。那条墙子河道则成了天津地铁2号线。天津城建总体规划利用旧有河道改造成为城市地铁，我将这种现象写进中篇小说《赵浦的桥》发表在《收获》杂志，被"北大评刊"评价为"一部陈旧的小说"。由此看来，我的怀旧情绪将我的小说本文浸染成故纸了。

西藏路小学前身是一座工人夜校，我记得桌椅上印着此类字样。这座小学附近有天津轮胎厂和天津钟表厂（它是恒大卷烟厂旧址），平时可见上班下班的工人们，一个个精神饱满的样子。那时工人阶级很受尊重，尤其背带裤和套袖，都是劳动光荣的象征。

小学三年级全校少先队员“六一”集会，借用天津轮胎厂大礼堂。我和杨永宪同学登台演唱刊登在《中国少年报》上的长篇对口快板书《看汽车》。我手持竹板儿扮演爷爷，嘴唇上还贴了一撮胡子。

就这样，我基本克服了说话口吃的痼疾。一个有着“结巴历史”的小男孩儿成年之后竟然给人以伶牙俐齿的印象，比如作家何申就称我为“大筛手”。

小学三年级开学不久，依照惯例要在班里设置一名大队委。记得那天老师站在黑板前面，要大家选举。见民主空气如此浓烈，同学们就纷纷举手提名。选票大都集中在三四位同学身上，我是其中之一。回想起来，那时候我还是颇有人缘的，胜过今日十倍。于是我当选了，由中队主席而戴上“三道杠”。在学校大队委员会的分工中，我又荣幸地成为大队副主席。真可谓少年得志了。

从小我就向往功名。戴上“三道”犹如站在艳阳天里，却从来没想过天要下雨。不久，家庭生活起了动荡，整天心事重重的，我的学习成绩开始滑坡，用今天的时髦术语来说就是从甲A降入甲B。

四年级了。一天，蔡老师将我叫到办公室（那时叫预备室），说肖克凡你不能再担任大队委了。

面对突然的打击我显然缺乏充分的思想准备，泪水立即涌满眼窝。

蔡老师说，你哭什么！是不是还想戴那三道杠啊？

我竟然点了点头。

蔡老师说，不行。你不但不能担任大队委，就连中队委你也不能担任了。

我终于止住泪水说，那好吧，我就当一个普通的少先队员吧。

蔡老师说，不行，我要你担任小队委。

这对我又是一个打击。要么从三道降为两道，要么一捋到底成为“白板”。可老师偏偏赐我戴“一道”。如今我明白了，老师是要我做到能上能下。然而我自暴自弃，拒绝担任小队委职务。

蔡老师勃然作色说，你必须担任。我知道一切都无法改变了，只得接受这个现实。放学回家，我也没向家长提及此事。

第二天，班里的新任大队委走马上任，他是一个画家的儿子。过了几天老师要少先队干部们交钱买符号。记得三道杠的符号是五分钱，没想到一道杠的符号也是五分钱。等价而不等值。符号发下来了，我不声不响将它收藏起来。

我的家离学校很远。同时我戴“三道杠”很是引人注目。如今成了“白板”，邻居的孩子们聚在一起，纷纷猜测我已被撤职。于是，我成了他们私下议论的中心。

我感到非常被动。

蔡老师再次找我谈话，责问我为什么不戴小队委的符号。我默不作声。蔡老师说，你如果不戴小队委的符号，明天就不要来上课了。

我害怕了，第二天我只得戴着“一道杠”走进学校。其他班级的同学有的不知我已遭贬，就惊讶地看着我。我风光尽失，邻班的几位差生见状十分得意，叫我“下台干部”。从那时候，我就懂得了什么叫作度日如年。

无论如何，我还是不能接受这个“一道杠”。

我开始拥有了自己的秘密生活。放学路上，我走到僻静之处，就迅速摘下肩头的“一道杠”，悄悄藏在书包底层，之后若无其事走回家去。上学路上，临近学校我则不失时机地将符号戴在肩头，然后走进校门。以此，我维护着自己的尊严。蔡老师以为我驯服了，很高兴。每天路上我的一戴一摘，都使人想起革命电影里的地下工作者。就这样，我上瞒家长，下瞒邻居，渐渐成了一个机警过人但心理负担沉重的学生。我的心底，似乎比别的孩子多了一个世界。

学校开展慰问孤老活动。大队旗在前，中队旗随之，高唱队歌浩浩荡荡。我则肩佩“一道”，手持小队旗走在队列之中。这时我发觉队伍是朝西北方向走去的，离我家住的那条街越来越近。我慌了，知道自己个子太高，走在队伍里显山显水，很难隐藏。

行走到十字路口，我一眼瞥见几个熟悉的身影，正在指指点点议论着什么。这一定是邻居的孩子。蓦地我觉得人们目光同时向我投来，灼得我无地自容。我的脚步沉重起来，两眼发黑。

我知道一切都完了，自己精心维持的那份自尊已经被打得粉碎。懵懵懂懂随着队伍朝前走去，我心中一片空白。

慰问孤老活动结束了。我独自跑到墙子河边，看着河里的黑水发呆。不知为什么，心情渐渐轻松起来，似乎愁云已散，人也得到解脱。我起身朝回家的方向大步走去。无论路途多么遥远，孩子总是要朝着回家的方向走去。成年之后我才懂得，“回家”乃是文学的一大主题。记得那天进了胡同迎面遇到一个小我两岁的男孩子。我对他说，告诉你吧，我已经不戴三道杠了。那男孩子眨着一双大眼睛，无言地看着我。

父亲恰好在家。进了门我就对他说，爸爸，我不戴三道杠了。听了这话，父亲的目光凝固了一个瞬间。

从此，我渐渐“脱敏”了。

读到小学五年级，“文革”爆发。我从胆小男孩儿变成胆大妄为的半大小子。我攒了三块五毛钱买了一张汽车月票，进入漫游生活。那时天津市区有26条公共汽车线路，几乎没有我不曾抵达的地方。我小小年纪便成为这座城市的“活地图”。一位邻居叔叔向我打听纺织机械厂在哪里，我脱口回答道：“万柳村大街！乘坐七路公共汽车就到了。”

到了“复课闹革命”的1968年11月，我们“小升初”，被“一锅端”升入当时的“抗大红一中”。我们这届学生分别来自哈尔滨道小学和山西路小学以及西藏路小学，为了一个共同的革命目标走到一起来了。我在六连二排。那时候，无论工厂学校都实行军事建制，所谓排长就是过去的班长。

“抗大红一中”坐落在和平区哈尔滨道上，“文革”之前叫“女四中”，最早则是法租界的教会学校“圣若瑟女中”，属于天主教派。

我们进校首次参加全校批斗会，这好像是送给我们新生的见面礼。一大批“牛鬼蛇神”被押上台来，颇有集体亮相的意味——其中就有著名女教育家黄肖兰和王雅子。

第二次参加的是全校文艺演出大会，一队身穿绿军装，打着腰鼓的革命师生走上台来，齐声高唱：“战斗号角震天地，革命人民齐奋起……”领舞的是身材苗条的崔老师。

由于“抗大红一中”以前是女中，处处遗留着与女性有关的物品，比如平衡木与垒球手套。有关男性的场所则很小。入学之后的几天里，课间休息男厕所排起长队，一个个表情紧张仿佛抢购紧俏商品。于是学校只得在每层楼选一间教室改建为男厕所。我记得男厕所的门窗都是“圣若瑟女中”时期的，活契的百叶窗以及法式黄铜窗锁，看着挺可惜的。

从前，女四中有位语文老师名叫薛雪，他是诗人兼小说家，发表了大量文学作品。早在我们进校前的“文革”初期，薛雪被挥舞皮带抽打他的女红卫兵们逼到四楼平台，纵身跳楼了。每每经过那座平台，我便情不自禁想象着诗人在空中飞翔的样子，就是不敢想象他轰然落地的情景。

后来我在早年《新港》杂志上读到薛雪的作品，那是一首描写苏绣的诗，开篇几句是“绿窗深处，含笑绣花，苏州离北京有多远？姑娘一针一线牵……”

这所学校有位孙姓体育老师，常年女扮男装，而且独身。据说女红卫兵们逼迫她改掉这种装束，也曾动用武力“触及皮肉”，然而收效甚微。她身在“牛棚”依然留着男式短发型，穿着蓝色男制服，阳刚气派不减。我们进校的时候，她已经不教体育课了。

我母亲早年在北平贝满女中读高中，那是一座美以美会的教会学校。我母亲是北平著名女蓝“友队”的主力后卫，也是贝满女中的田径运动员。“文革”期间我偶然遇到母亲，说起那位另类女教师，久经坎坷的母亲显然知道其人，一边回忆一边说，“哦，我记得她是北师大体育系的……”

我们是“七零届”新生，学校给每班配置辅导员，我们班辅导员是个大我们两岁的“六八届”女生，梳着两条大辫子，一笑有两只小虎牙，绝对城市女学生形象。她出身“革干”家庭。“革干”是革命干部的简称。革命军人则简称“革军”。那时候家庭出身是非常重要的，它决定着你的前途和命运。

当时的在校中学生，不光读《毛主席语录》也有文化课程，譬如“工业基础”和“农业知识”。比如“工业基础”有计算电动机铜线比重的题目。“农业知识”我只记得“过磷酸钙”和“拉荒洗碱”。

当然也有英语课，教学内容主要是“祝毛主席万寿无疆”和“为革命而学习”之类的句子。我们的英语教师叫初文尚，她从“牛棚”解放出来，属于人民内部矛盾了。

进入1969年中苏边境乌苏里江战事吃紧，晚间经常停电，动不动就拉响战备防空警报。有的学校增加了俄语教学，主要学习“缴枪不杀”和“中国人民解放军优待俘虏”之类的俄语句子，譬如“斯多伊，帕德娘青路皮”。

学校还开设战地救护课程，主要是练习止血包扎。这些都属于“战备需要”，一旦跟苏修开战便学以致用。后来，我把这段经历写进短篇小说《青春犯》，发表在《上海文学》。

学校白天烧砖，集体动手和泥脱坯，用以修建地下防空洞。夜间拉运“战备粮”，就是将一袋袋大米和黄豆从这座粮库运到那座粮库。好像战事一触即发。

苏联总理柯西金出席越南胡志明主席葬礼归国途中，在北京机场跟周恩来总理会谈，中苏之间出现缓和，终于没有开战。我们就去天津自行车胎厂学工劳动了。这是一座当年日本人留下的工厂。我在轧胶车间和硫化车间劳动，每天领取有毒有害作业的“营养菜券”，吃得不错。后来我去了女工扎堆儿的成型车间，但是仍然不好意思接触女生。

如今，我仍然熟知自行车胎生产的全部工艺过程。我的工厂与工人的情结，正是从那时开始的。我学工劳动的那座自行车胎厂，前些年停产关门，厂房改造为“大荣超市”，仍然是日资企业。从日资企业到日资企业，历史画了一个大大的圆圈儿，重新回到原点。

1970年初夏，我们在滨江道与陕西路交口的“七零四七”工地劳动，其实这是日后通往天津地铁的防空洞。白天我们站在泥淖里工作，傍晚下工去海河里洗澡。那时候海河还是活水，不舍昼夜流向大海。

一天傍黑下工，我行走在中心广场吊桥上，突发恶作剧心理，一声大叫跨过桥栏跳进河里，我是想误导人们以为有人投水自尽寻了短见。事与愿违，我浮出水面看到根本没人搭理，心中很是失落。那时节正在掀起“一打三反”运动高潮，城市里投水自尽的人不少。我的“投河自尽”也就不属新景了。

天气太热，传来“选调工矿企业”的消息，这就意味着我们这届初中生有人留城，不会全部上山下乡。很快，学校组织我们体验。体验医生在四楼礼堂里给16岁的我测了身高，1.83米，体重才51公斤，属于劣等排骨型。

我因母亲的“历史问题”，拖至第二批选调，兴奋地迈出“抗大红一中”校门，走进一座远郊国营大工厂。我的身体继续生长，18岁那年定格在1.88米——这是典型的青春期“豆芽菜”体形。

我被分配到又脏又累的铸造车间，做了翻砂工。在强调阶级斗争年代里，我被斗争哲学开蒙，即使当了工人依然懵懂着。

多年后从事写作，我极力摆脱斗争哲学的影响，还是被称为“喝狼奶长大的。”

如此说来，狼奶可能比三聚氰胺危害大多了。

从“黄军装”到“藏蓝文化”

20世纪60年代末期乃至70年代初期，大城市里的人们装束非常简单，大一统的灰蓝色调。学校里男生服装以“军便服”款式为主，女生服装则是“翻领式”，几乎没有腰身。后来兴起一种名为“三翻式”的女式上衣，即翻衣兜儿，翻袖儿，翻领儿，主要是铁灰色，属于“玩闹儿”服装，正统女生是不穿的。

在天津这座城市里，和平区以及相邻的河西区部分地域，旧时属于外国租界地，洋里洋气遗有殖民文化痕迹，居民成分偏高。新中国初期大量进城干部入住，增添了“革命干部”和“革命军人”色彩。两种文化混搭起来。

旧社会的资产阶级家庭子女与新中国无产阶级革命干部子女同在一座学校读书，便形成一种特殊文化现象。这种特殊文化形态在天津市其他城区，几乎是不存在的。以南市地区为例，那里青年人的“前卫”装束则是黑色瘦腿裤和紫色弹力衫，外加扑粉的白球鞋。那里受到当年“混混儿”文化影响，充满生生不息的世俗生活气息。

“文革”兴起，最为主贵的服装颜色当然是黄色。“革军”家庭的子弟们，身穿父辈的“将校呢”黄色军衣，脚踏“校官靴”，左胳膊佩着“红卫兵”袖章，骑着飞鸽牌自行车，一路骑行，大放光彩。

“文革”前的解放军军装，以黄色为主，有雷锋叔叔照片为证。当时有一种被学生们称为“军衔服”的军衣就是黄色的。它的双肩位置留有佩戴肩章的“孔”与“扣”。举凡穿着这种“军衔服”的学生，说明他的父辈“文革”前就是军官。这种资深“革军”的资格，毋庸置疑受到同学们羡慕。

那时候黄颜色军装的风行，我们在《梦开始的地方》《与青春有关的年代》电视剧里，均可见到。尤其电视剧《血色浪漫》里钟跃民与黎援朝的“将校呢”大衣，真实再现了当年的“革命时尚”。一件父辈的大衣，标明社会等级。

夏天的衣服当然是衬衣。那时最好的衬衣是商场里出售的“一百支纱”。支数越多，说明布料越致密，价格越贵。然而，价格贵不等于有地位。最有地位的首推“柞蚕丝”衬衣。这种衬衣颜色并非雪白，同样是军官用品。如果有学生穿着柞蚕丝衬衣走进学校，说明他家里有解放军军官，起码是团级干部。

平民百姓子弟穿衣以“学生蓝”为主。天津女学生一身洗得发白的“学生蓝”，朴素里透着高雅。“学生蓝”很像纯蓝墨水的颜色。如今“学生蓝”跟墨水同样退出了我们的日常生活。

“文革”期间兴起“国防绿”，解放军的军装也进入“的确良”时代，于是以“军衔服”为代表的老牌军装越发珍贵。什么东西都是老牌的价值高。譬如最早的“联动”红卫兵袖章，“红卫兵”三字是黑体字，后来才兴起金体字。

1968年底，一阵风兴起“藏蓝颜色”。这种藏蓝属于非常老气的颜色，借着“土联儿”文化的兴起，被天津青年学生所接受。一时间，可谓满城尽佩藏蓝甲。

“土联儿”者，土产之“联动”也。“联动”者，“首都红卫兵联合行动委员会”的简称。“联动”分子由高干子弟组成，譬如发明“血统论”的谭立夫即为“联动”骨干。“血统论”是一副对联。上联是“老子英雄儿好汉”，下联是“老子反动儿浑蛋”，横批是“基本如此”。

当时的“联动”将“红卫兵文化”传播全国，后来被“中央文革”定性为反动组织。“文革”初期北京还有一个中学生外号“孙大圣”，他全国串联煽风点火，全力发动各地学生运动。

天津“土联儿”运动在20世纪70年代初期达到高潮。当时“土联儿”最为威风的全套行头是：头戴绿色军帽（扣住后脑，露出前额，于是帽檐高挑），一身藏蓝色军便服（上衣四个兜儿，裤腿肥大），脚穿塑料底黑色条绒面料的“皮边鞋”（鞋底印有“清河塑料”字样，否则是假货），冬天佩戴黑色羊皮手套，胸前挂着绣有“为人民服务”红色字样的绿色挎包，骑着一辆二八自行车（墨绿色车子为上品，必须安装一只转铃）。

这是当时天津男生普遍追求的装束。如果约了架，就手里拎了扳子参加群殴。扳子就是修理自行车的扳手，当时属于“高大上”的凶器。

那时也有女生“土联儿”打扮，只是不戴军帽，冬天佩戴灰色毛线大围脖。这种大围脖的系法，颇有讲究。有的正面系扣，表示有了男伴儿，有的侧面系扣，表示男伴儿名额空缺。这也是当年学生早恋“搭伴儿”的表现形式，极具时代特色。

当时男生与女生之间的称谓，也是源自京城文化，男生为“汉子”，女生为“婆子”。大街上男生追求女生，称为“拍婆子”。这种行为，尽管包括狎意，毕竟属于学生行为。天津市俗“玩儿闹”追求风流女孩，大街上叫“挂货”。

天津学生“藏蓝文化”大行其道之时，“抢军帽”成风。当时戴军帽属于青年时尚，军帽是军用非卖品，你花钱也没处买，于是上街就抢。这是革命年代的青春暴力。

大街上抢军帽通常是抢单军帽，抢了就跑。冬天戴棉军帽的，比较少。抢棉军帽难度很大，因为它有带子系住下巴，除非连脑袋一起拔走。

当时的军帽衬里盖着一只方形红色图章，表格用以填写姓名、血型以及部队番号。帽檐的内檐不是一块整布，总是拼接一角。当时流行这样一种说法：因为台湾没有解放，祖国没有统一，所以解放军的帽檐只能拼接一角。一旦解放台湾，那就是一块整布了。

这种说法后来被证实为“以讹传讹”——帽檐的拼角与是否解放台湾没有半毛钱关系。

当年天津青年学生“藏蓝文化”的兴起，应当属于青春叛逆的表现。青春活力往往体现在衣着方面。年纪轻轻穿着被老辈人称为“藏青”的颜色，这就叫标新立异。

我找出自己中学时代的黑白照片，恍惚如昨。照片里的我正是“土联儿”装束：一顶军帽扣住后脑，帽檐高挑，尽显前额，一身藏蓝色军便装，面露几分顽主表情。那是什么样的青春啊，目光毫无内容，心灵空空如也，基本属于行尸走肉。

当年流行的藏蓝颜色完全褪尽，可谓物去人非。如今是五光十色迷人眼，花花世界了。

进入光怪陆离的多元时代，渐成老朽的我还属于行尸走肉吗？我不知道自己是否回到了藏蓝色原点。

民间制造

20世纪60年代末期，城市的革命小将们响应“知识青年到农村去，接受贫下中学的再教育，很有必要”的伟大领袖号召，要么前往广大农村插队落户，要么前往边疆生产建设兵团。一时间，人走城空，例如天津这样的大城市，顿时清静许多。当然，绝对没有当下老龄社会的感觉。

长江后浪推前浪，革命自有后来人。进入20世纪70年代，被知青哥哥姐姐们称为“小屁孩儿”的一茬儿人成长起来。那是学业荒疏的时代。学校里的“文化课”只是摆一摆样子，风行读书无用论。你走在城市大街上随处可以看到，一个个胡同口站着一群群半大小子。他们浑身散发着扭曲的活力，布满“青春痘儿”脸颊，一言以蔽之：百无聊赖。

闲了，难免生事。生事就要打架。受到暴力革命与斗争哲学的影响，大街上的主要风景是青年人群殴。我曾经几次目睹这种场面，除了肉搏就是扳子菜刀——那是畸形的血肉横飞。我的一个过从甚密的伙伴，手持三角刮刀捅人，一进去就判了

15年。出狱后他骑着摩托车贩运鱼虾，熄火停车，在我家楼下喊我的名字。我产生时光倒流的错觉，以为他又喊我去打架。

酷爱打架的毕竟属于少数者。广大青年人总是要找些事情做的，比如学习拳击和摔跤，比如拉小提琴拉手风琴之类的乐器，也有偷偷学习古诗和书法的。我的一个小学同学就跟住在成都道（旧称英租界伦敦道）的一位老先生学习古诗，后来人家移居北京了。多年后他才知道老先生是著名国学教授，痛悔自己什么都没学到。

20世纪70年代，在天津这样的城市悄然兴起一股民间制造潮流。首先是木匠手艺的传播。一些闲着没事的青年人，添置锛凿斧锯，要么拜师要么自修，久而久之竟然掌握鲁班手艺。年轻人有了手艺就要展示，这是荷尔蒙的力量。一旦有亲戚朋友家需要打制木器家具，三五个年轻人搭伙便去“耍手艺”了。

他们或者马路边或者胡同里，一声吆喝支起案子就干活儿。破料、刨糙、画线、落膀、凿榫、成个儿……当时打制木器家具，主要有几种式样：三开门大立柜、五斗橱、高低柜、梧桐柜、酒柜……本器家具经过精打细磨，进入涂色刷漆工序。家具涂色须用浙江萧山出产的“哈巴粉”，家具刷漆则是天津出产的“三宝漆”。

民间制造运动中，更有心灵手巧者发展到制作沙发：钉盒子、绑簧、圈边，蒙面，可谓技艺全面，不亚于工厂里的大工匠。

这样的年轻人到社会上干活儿，从来不拿报酬。抽上一盒烟，喝上两壶茶，吃上几顿家常饭，足矣。我没见过主家给工钱的，即使给他们也不会接受。那时中国是社会主义国家，即使有佛教和基督都，就是没有金钱拜物教。

当时的上海与北京，也出现类似“民间制造”，这是共性现象。然而，京沪两地“民间制造运动”的深度与广度，那是无法与天津这座充满世俗生活气息的城市相比拟的。这正是排位老三的直辖市的独特之处。

除了打制木器家具，极具天津特色的民间制造运动当属“攒自行车”。与京沪两大直辖市相比，天津的“攒自行车运动”，拥有极其广泛的群众基础。

子曰：攒者，组装也。1973年春天我在南市自行车行门前遇见几位专程来津寻摸零件的北京车友，他们对天津“车市”充满羡慕，一口京片子溢于言表：“我们北京攒车的也就天桥商场门口聚着十几位，我的妈呀，你们天津攒车的这是全民皆兵啊！”

我很少听到北京侃爷赞扬天津，这位爷的京片子言论几成绝响了。

那是计划经济年代，商品凭票供应，尤其自行车这类的大件，属于有钱买不来商品。这正是天津兴起群众攒车运动的根本起因。

说起攒车的过程，首先是购买零件，一旦零件买齐了，花费半天时间组装，车子便攒成了。然后，拿着主要零件的发货票去给自行车上捐牌，只要上了捐牌，这辆组装而成的自行车就合法了。

然而，攒车的难点恰恰是购买零件。物资匮乏年代，自行车不好买，自行车零件更不好买。你想攒车，必须不停地奔走，四处寻购零件。当时天津自行车零件的集散地，首推南开区靶档道市场（解放初期那里叫“鬼市”），有几家专门出售自行车零件的店铺。另外还有北大关和东北角的自行车商店，远处则是河北区小树林。

这种商店出售自行车零件的时间，没有定规。你若一大早儿顶门就去，未必有货。临近中午来货了，可巧你刚刚离开。应了“来早了不如来巧了”这句俗语。因此说攒车是很辛苦的，既劳心又劳力，而且费鞋。

攒车的人都能将诸种零件价格牢记心间，尽力做到有效降低攒车成本，以求物美价廉。我至今记得飞鸽牌主要零件的价格：车架十七块八、车把七块六、车圈三块八、前轴皮一块六、后轴皮两块一、大链盒五块八、挡泥板三块六、车条一分九厘、车曲柄三块一……前叉子几块钱忘了。

一个攒车高手组装一辆飞鸽牌二八型男车，只花八九十元钱。而凭票买一辆自行车，至少一百五六十元。

由于攒车的很多零件都是打入另册的“副品”：副品车架副品挡泥板副品链盒……凡是副品便没有“贴花儿”。攒车的人们从地处红桥区小西关的贴花印刷厂搞到“贴花儿”，自己动手把“副品”贴成“正品”，再描好“正品”标志的“红黄线”，便足以乱真了。这就是天津的攒车高手，相当于日本围棋界的“本因坊”了。

当年天津大街上，很多小青年骑着自己攒的自行车，一派风光满脸得意。他们都是劳动人民子弟，如今叫草根阶层。当年举凡有权有势的家庭是能够搞到票证的，那种家庭的孩子犯不上东奔西走购买零件攒车。

另外，还有攒收音机的，攒电视机的，有的年轻人甚至学会黑白铁手艺，为邻居们打烟筒打炉子，受到人们称赞。总而言之，这种民间制造运动让一大批青年人有了用武之地，对社会有益而无害。

无论打木匠活儿还是攒自行车，民间制造兴起的主要原因，不外两点。一是革命狂热消退之后，人闲了总要找事情做，手工劳动是他们的最直接选择；二是物资匮乏年代实行票证供应制度，你光有钱没有票证照样买不到东西，于是只好自己制造了。这既是青春活力，也是城市市民的创造力。

远去了，我的民间制造运动。远去了，心灵手巧的人们。打从有了电视机遥控器，我们便可以躺在床上选台了。打从有了互联网，我们便成了宅男宅女尤其有了智能手机，我们便成了“低头族”和“拇指动物”，一天天被拇指掏空了脑袋，没了制造也没了创造。呵呵，这就是我们追求的高质量生活。

铝的记忆

前往某民营企业参观，企业家向我介绍他的企业文化建设，引我走进一间大房子，那是专门陈列毛泽东像章的收藏馆，蔚为大观。后来我参加中国作家采风团在成都安仁镇参观建川博物馆，收藏室里毛泽东像章多若繁星。尤其那尊表现城市街头交换毛泽东像章的青铜雕像，引起我的回忆。

毛泽东像章热潮的兴起，恍若昨日。随着时光流逝，一枚枚毛泽东像章依然闪闪发光——照耀着当年往事。

从毛泽东像章的发行，到毛泽东像章的交换，再到毛泽东像章淡出日常生活，大约经历四年时光。我是这段时光的亲历者。这些年间先后有几位热心编辑鼓动我将这段经历写作成书出版，我至今没有动笔。不知为什么，我没起触动那段历史的念头。

记忆世界里的事物，有的动若脱兔，也有的静若处子，更有的沉睡不醒，沉入深深的湖底，永世不得打捞。

我不愿自己的记忆深深沉入湖底，即便我的记忆只是一颗小小石子，也要让石子说话。

那是1966年初秋，毛泽东发出“你们要关心国家大事，要把无产阶级文化大革命进行到底”的伟大号召，一夜之间全国掀起“红卫兵大串联”热潮。到韶山去，到井冈山去，到延安去，到祖国各地的革命圣地去，到祖国的心脏首都北京去……

煽革命的风，点革命的火，让无产阶级“文化大革命”的风暴吹遍全中国。伟大领袖支持革命小将大串联。乘汽车，乘火车，甚至步行。于是，各大城市纷纷成立外地串联学生接待处。革命大串联，乘车不用买票，吃饭不用付钱，住宿自有安排。革命大串联使得全国一盘棋，地方粮票成了全国粮票，你拿北京粮票能在哈尔滨买面包，你用天津粮票可以在西安买馍馍。我至今还记得全国只有上海印制半两面额的粮票，可见上海文化的精细至微。

北辰饭店坐落在天津市滨江道与陕西路交口，原本是天津市饮食公司所在地。“文化大革命”兴起，它成为外地串联学生的接待处。

滨江道俗称绿牌电车道，法租界时期极其繁华，不远处便是著名的老西开教堂。自打成为外地串联学生接待处，天不亮门前便排起长队，外地串联学生手持介绍信，焦急地等待安排免费食宿。

革命时代的革命小将，来自祖国四面八方，素不相识初次相见，漫长的排队等待，彼此间往往产生革命友谊。他们为了共同的革命目标相聚，一旦分别各奔东西，仅仅握手道别是不够的，于是纷纷摘下自己胸前佩戴胸的毛主席像章，相互交换以此纪念这段革命友谊。我多次目睹这样的场面：尽管不知对方姓名，依然热泪流淌，依依惜别。

初期的毛泽东像章，铝质，直径近乎壹分面额硬币，伟大领袖侧脸头像电镀成金黄色，周边喷涂紫红色透明漆。

就这样，全国革命小将大串联，掀开长达数年交换毛泽东像章的帷幕。我多次在北辰饭店观看这样感人场面。一天下午，突然有人将他的皮袄塞到我手里说，你排队吧，我到前边看看去。说罢，他就跑到队伍前面去了。我看到他皮袄胸前别着“本溪市第一中学”的校徽，一时愣住了。

我等了很久不见他回来，索性抱着皮袄去前面找到他，说我要回家了，皮袄给你吧。他瞪大眼睛盯着我，突然咧嘴笑了。那是我人生首次清晰地听到东北口音：“哎哟妈呀，我认错人啦！”

这位“本溪一中”确实认错人了，把我当成他的小伙伴了。之后，他紧紧拉住我的胳膊连声说，“咱俩交换毛主席像章吧，做个革命纪念！”

可惜我没有毛主席像章。“文革”初期，不是人人都拥有毛泽东像章的。也不是人人都拥有《毛主席语录》的。举凡革命物品，往往是“红五类”首先拥有，然后放宽到非红五类。

天津卫这地方，从北辰饭店起始，先后出现几处毛泽东像章的交换市场，体现着浓厚的天津文化色彩。

全国学生大串联结束了。一度热闹的北辰饭店归于往日的冷清。交换毛泽东像章的市场，转移到和平路渤海大楼附近。这时候已然没了外地串联学生，交换毛泽东像章以本地居民为主，当然也有外地旅客。

这座渤海大楼属于天津繁华商业区标志性建筑。它的主人名叫高渤海，祖籍江苏南京，祖上以打造铁器为生。北迁津门渐渐发迹，传至高渤海成为天津劝业场的大股东。毛泽东像章交换市场迁至此处，波动于渤海大楼与中国大戏院之间。说起中国大戏院，当年梅兰芳和马连良等京剧名角都曾此在登台献技，与上海天蟾舞台齐名。

天津水旱大码头，这座城市居民有着花鸟虫鱼的传统，从玉器到瓷器，从葫芦到核桃，从唐墨到宋砚……不一而足，所谓文玩风气更是兴盛不衰。无产阶级“文化大革命”兴起，移风易俗，兴无灭资，革命洪流清污荡浊，就连打扑克、下象棋都成为“四旧”，市民日常生活只有“革命”二字，清汤寡水了。

交换毛泽东像章无疑成为天津市民生活中充满亮色的内容。不论城市文化生活多么匮乏，天津卫总是能以革命名义产生它的替代功能，毛泽东像章交换市场的出现，似乎满足着天津市民残存的“文玩心理”。

就在渤海大楼市场出现的同时，在天津东马路一家大型文具店门前，也形成了毛泽东像章交换市场。东马路属于天津老城厢，乃是庚子战乱被八国联军逼迫拆毁城墙的地方。此地居民多为“老天津卫”，不乏遗老遗少之风。我多次看到那些失去文玩勾当的“老玩家”的身影，他们好似发现新大陆，现身毛泽东像章交换市场，低声彼此互道“别来无恙”，迅速成为像章市场的玩家。当然，革命市场还是以工农兵为主流，充满红色文化氛围。

这时候，毛泽东像章的产量出现规模化，样式丰富了，工艺多样了，材质高档了，以京津和上海为中心，初步形成南北美学风格。

天津东风证章厂出品的小圆形毛泽东像章，侧脸头像，为北派代表样式。天津东风证章厂还出品红旗形状的毛泽东像章。金光灿灿的毛泽东头像镌刻在一面迎风招展的红旗上，无疑成为毛泽东像章交换市场的高端品质。

这时候，上海出品的小圆形毛泽东像章，也是侧脸头像，伟大领袖的头发丝清晰可见，这足以证明上海工艺模具的精湛，体现南派制造的细腻风格。

天津毛泽东像章交换市场转移到和平路新华书店门前，便进入鼎盛期。它规模大，人员多，每天从下午两点钟开场，基本持续到夜晚，成为天津独特的景观。这时候，像章交换市场出现以像章易像章的“等价物”，大家遵守交易规则，市场趋于成熟。

有了像章市场交换原则，最低量级的等价物是小圆形像章，次高量级的等价物是简称“大闪光”的中圆形像章，最高量级等价物是简称“小旗儿”的红旗形状像章。它们之间的交换对价是：七只小圆形像章换取一只“大闪光”，三只“大闪光”换取一只“小旗儿”。这种交换与像章商品价格无关，完全取决于市场交换价值。

这时期的毛主席像章市场，交换过程简单，以物易物而已；交换目的单纯，就是收藏而已，并未混杂其他内容。

这时期的毛泽东像章制造技术达到高峰，种类繁多，工艺精湛。出现领袖正面头像和领袖佩戴军帽的头像，涂层出现“珐琅漆”和“观乐红”，金属则出现“镍铬合金”。最著名的“总政一套”组合式像章正是这时登场的，立即成为市场珍品。全国各地出品的各式各样的毛泽东像章进入流通，交换价值较高的是上海出品的“大海”像章。

“大海”像章以“大海航行靠舵手”为主题，以巨轮航行为标志图案，巨轮上端是毛主席头像。之后又出现被称为“大招手”的像章，它是毛主席站在天安门城楼上向革命群众招手的形象，市场价值最高。由于出品“大招手”的厂家不同，收藏者非常注重品相，品相优劣取决于毛主席招手的手掌做工是否精湛。多年后我读大学机械制造专业，终于懂得毛主席的手掌是否精致，完全取决于冲压模具的精度。

由于“大海”与“大招手”均为上海出品，构图明快制作精良，成为海派风格代表作。就在这种形势下，地处津浦铁路枢纽的天津站自然成为南北像章交流的重要场所。

记得每天下午四点多钟吧，从上海发来的22次特快列车到达天津站，上海客人下车立即成为天津像章交换者们追逐的对象。月台上，天津人以六枚“大闪光”换来一枚“大海”，然后转手在和平路新华书店市场以一枚“大海”换得七枚“大闪光”，从中渔利一枚“大闪光”，这很像今日的“吃差价”——低进高出。

可能如今上海人仍然把“换”叫作“调”。他们很喜欢天津出品的“大闪光”，愿意拿“大海”或“大招手”调“大闪光”，这就是“距离产生美”的具体表现吧。南北审美交流互动，上海乘客就成了我们的追逐对象。那追逐的场面近乎围猎甚至围剿。

一位举止文雅的女乘客下车，人们嗡地扑过去，模仿上海口音争相叫嚷“调一调，大闪光调大招手啊，调一调，大闪光调大海啊”，逼得这位女乘客四处躲避不知所措。一个小伙子挤上前来，快速从怀里掏出红卫兵袖章和团徽大声说，“上海革命同志您好！我是一中红卫兵、共青团员，我有大闪光，我们调一调，我们调一调。”

红卫兵袖章和共青团徽章产生“疗效”，上海女乘客与天津小伙子成交了。

人群散去了。那个冒牌的红卫兵兼共青团员打量着手里的“大招手”，满脸坏笑。他有五只“大闪光”换得一只“大招手”，回到和平路新华书店市场，他可以用一只“大招手”换得七只“大闪光”，就这样赚得两只“大闪光”的差价，获利颇丰。

后来，天津火车站加强管理，限制社会闲杂进入月台。有人则以卖报为由进入月台，掐准时间等候22次列车到站，继续交换像章。当时南开大学红卫兵组织创办的“南开卫东报”，两分钱一份。我曾在天津火车站月台叫卖“南开卫东报”，一位上海男乘客张口就买了20份。如今揣测起来，他可能属于早期收藏家吧。

从1968年初秋开始，热烈迎接中国共产党第九次代表大会召开的声浪日益高涨，到处听见这样激昂的歌声：“长江滚滚向东方，葵花朵朵向太阳，满怀激情迎九大啊迎九大，我们放声来歌唱放声来歌唱！”

为了迎接党的九大，很多部委级单位开始制作毛主席像章，包括部队驻军。这时候，我的邻居二肥哥回来了。他以前是建筑公司的“瓦小儿”，参军后在铁道兵服役。二肥是个能说会道的城市兵，师部首长就派他回津给部队制作毛主席像章。二肥终于脱离艰苦的铁路施工现场，颇有“特派员”衣锦还乡的风采。

我问二肥在部队干什么，他高声大嗓答道：“开坦克车啊！”后来我知道，其实他在公主坟挖地铁。

二肥成了大牌业务员，整天东奔西走，今天联系购买铝材，明天商议模具设计，后天寻找加工单位，还去过南仓油漆厂。他有时着军装出去，有时穿便衣回来，总之忙忙碌碌，一派意气风发的样子。半年时光过去，二肥的业务范围拓展到东三省。他还从辽宁返津带回个漂亮姑娘。

邻居们私下议论说，这是托毛主席像章的福啊，给二肥捎了个对象回来。

有了漂亮对象，二肥的业务也有了进展。他的毛主席像章处于半成品状态，必须在人民电镀厂加工。工厂停产闹革命，这家电镀厂严重缺乏劳力，革命军人二肥只得在胡同里“抓壮丁”，让我们几个半大小子跟他去电镀厂干活儿。

于是，我身穿胶皮工作服站在电镀槽前，以童工年龄干着成年人的活儿。

不知为什么，我只做了两天童工就歇工下岗。据说二肥在军民鱼水情方面出现失误——他跟人民电镀厂闹掰了。

无产阶级“文化大革命”提倡“四大”，即“大鸣、大放、大字报、大辩论”。天津和平路成为群众革命组织游行的主要通道，于是像章交换市场只得转移到天津南市的什锦斋饭店门前。在天津市提起南市，名声不好。解放前这里混混儿聚集，还有类似北京天桥的“三不管”，属于下九流地区。

早在和平路新华书店时期，便出现了流氓团伙抢夺像章的现象。我有过此类遭遇。那是一个晚间，我将几十枚像章别在棉衣大襟里，还是被两个小流氓发现了，他们环视左右伺机下手。三十六计里我只知道“走为上”，便转身就跑，从百货大楼朝着东南城角奔去。那两个小流氓紧追不放，距我不足十米远。14岁的我毕竟具有体育天赋，这是母亲的遗传基因。双方相持阶段我便将对方甩开，一路狂奔保护了自己精心积攒的毛主席像章。

除了抢夺，还有偷窃。偷窃者佯装交换像章的样子，伸手捏住你别在胸前的像章作仔细端详状。此时他的手指则悄悄拨开像章背面的别针，之后走开。一旦你的像章脱落在地，他猫腰捡起窃为己有。

天津南市什锦斋饭店门前的像章交换市场鱼龙混杂，市井场所充满世俗生活气息，革命气氛不存。无产阶级“文化大革命”大破“四旧”，天津卫老玩家们，没了古钱，没了玉器，没了山石，没了花鸟，什么都没了，于是收藏毛泽东像章便成为革命年代的新嗜好。人群里不乏此类“遗老遗少”，满脸市雅玩界老前辈的表情，令人想起当年带兵进京复辟的辫帅张勋。我记得有个名叫“春堂”的老玩家手持一枚“毛列双头像”（就是毛泽东头像与列宁头像侧脸叠加的圆形像章）站在什锦斋饭店门前，满脸豪气好似掌握了旷世珍宝。后来有人说这枚珍贵的像章是向别人借的，得以四处炫耀。

也有外地旅客住宿南市旅馆，酒足饭饱后也参与什锦斋饭店门前的像章交换活动。我记得有位武汉旅客，颇为满足地指着胸前的毛主席像章大声宣告：“钢工总！钢工总！”经过询问得知，他佩戴的像章是武钢革命造反组织“钢工总”制作的，因此极其自豪。记得当时有“老天津卫”以十枚“小旗儿”跟他交换，此人摇头而去。

这时候，什锦斋像章市场还出现以“三极管”（组装半导体收音机的零件）和“轴承”（制作小车的部件）交换毛泽东像章的现象。这种异化现象说明，谁都难以阻断世俗文化对革命意志的浸润，更难以剿灭商品交换的萌芽。同时，什锦斋饭店附近还隐藏着一个热带鱼“黑市”。即使在无产阶级专政年代，市井里巷的世俗生活依然顽强存在着，这就是天津卫与众不同之处。

天津像章爱好者们在南市什锦斋饭店门前交换领袖像章，每人都机警得像一只只老鼠。因为时常有被称为“扫氓队”的革命造反组织经常突然袭击什锦斋饭店附近的热带鱼“黑市”，交换像章的人们也随之遭受剿灭。时过境迁，人们再也不会认为交换毛主席像章是革命友谊的象征了。因为这已经成为天津市民的“文玩雅好”了。

1969年党的九大前夕，毛泽东像章的制造达到顶峰，一是追求“大”，直径近乎锅盖，人们挂在胸前上街游行，令人叹为观止；二是追求“奇”，有以荧光粉为像章涂层的，追求夜间发光的效果，令人叹为神奇。远在中国江西的景德镇，则开始烧制瓷质毛泽东像章。

中苏边境爆发珍宝岛冲突，前线连队指导员孙玉国一夜成名。全国军民进入备战状态，城市百姓的生活也进入非常时期。夜间经常拉闸停电，夜空响彻防空警报，频频进行战备演习。于是，持续三年之久的毛主席像章交换活动，遂即退出城市日常生活。

当时有则传闻说，有人将各式各样的毛泽东像章献给敬爱的毛主席，他老人家看了一眼说了一句话“还我飞机”。

因为飞机是铝制的。这则传闻是说毛主席担心铝都做了他的像章，就没有铝材制造飞机了。

其实，铝还可以制作高压锅、煮水壶什么的，用途广泛。如今，铝也渐渐不吃香了，说是长年使用铝制器皿容易导致老年痴呆症发生。

于是，时下风行不锈钢制品。铝，只留在我们的记忆里了。

童年电影

我看电影大约始于4岁光景。那是20世纪50年代末期，我很可能还在尿床。不过夜里尿床并不影响白天看电影。我到至今记得跟随母亲在天津的光明电影院观看国产影片《宋景诗》的情景：大明星崔巍扮演的宋景诗率领农民起义军挥舞马刀从银幕里朝着观众冲来，我小屁孩儿哇地吓哭了。黑暗里母亲拉起我快步走出电影院。她一定觉得自己孩子有碍公众观影，挺丢人的。

进入20世纪60年代初期，曾为教师的母亲在远郊农场劳动改造，每月放假回到市里。我便每月跟随母亲去看一场电影，内容大多记不住了。我们主要在光明影院与和平影院，也有“新闻”和“新中央”的时候。后来“新中央”改名滨江剧场，如今滨江剧场改为“麦当劳”，从看变成吃了。“新闻”则连同津门名店“稻香村”一起消失。多年之后我采访老天津人，得知“新中央”是早年租界里一位名字由m打头的洋人开办的，因此人称“马鬼子楼”。

我依稀记得些许电影情节。长大之后努力将记忆碎片拼凑起来，大体能够揣测我看了什么电影。比如苏联拍摄一批莎士比亚的电影，我看过《奥赛罗》和《哈姆雷特》。有一次看完电影我记不住片名就追着问母亲，她说《安娜·卡列尼娜》。我却听成“安娜和尼娜”，以为这是两个女人的故事。后来才知道自己闹了笑话，长大成人还知道周扬应当将这部托翁巨著译为“安娜·卡列宁娜”。周扬死了，他留在人间的这个错误还将继续存在下去。

那时候，天津还是大地方。每年都要举办外国电影周，与上海和北京同步上演外国电影。我记得有“法国电影周”和“西班牙电影周”以及“印度电影周”，很有文化含量。当然，港片就更多了。记得母亲说香港电影都是家长里短小事情。我记得最清楚的港片是《荣华梦》，果然不是什么大故事。

还看过很多东欧电影，有民主德国和匈牙利的。因为我母亲的坤式自行车是匈牙利进口的，所以我记住了这个国家。我还记得母亲那辆自行车后轮两侧挂有细密的金属网，说是防止女士裙摆卷进车轮。如今讲究以人为本了，国产坤式自行车好像仍然没有这种装置。

看过《巴格达窃贼》，据说这是一部美国电影，原名《月亮宝盒》。那时与美国没有外交关系，于是经过伊拉克转口来到中国上映。我记住伊拉克这个国家是因为市场上出售一种伊拉克蜜枣，巨甜。后来说它传播肝炎病菌，就少了。

有一部阿根廷电影《大墙后面》，表现贫民窟生活，记得一个姑娘拎着铁桶排队打水的情节，她当即被一群街头小子相中，开始纠缠。我在这部电影里第一次看到“流氓飞刀”，击中的正是姑娘的父亲。多年之后我也有拎着铁桶排队打水的经历，不由想起“大墙后面”那个金发碧眼的南美姑娘。

我曾写文章谈到儿时看过的电影《瞎子的领路人》，也是拉丁语翻译的。描写一个小男孩儿跟随一个个主人的生活。从邮差到骑士，最后成为瞎子的随从。我在这部电影里第一次看到裸体洗澡的女人，由于是小屁孩儿所以没有受到什么刺激。这部电影给我留下印象最深的情节是小男孩儿经常拎着酒壶去给瞎子打酒，他为了偷喝便在壶底弄了一个小孔。瞎子举壶饮之，他就伸长脖子张大嘴巴对准小孔，偷喝酒滴。当然被瞎子发现了。其实瞎子不瞎而是装瞎，他曾经偷看洗澡的女人。

多年之后我接触西方文学史，终于恍然大悟。原来电影《瞎子的领路人》是根据16世纪西班牙流浪文学《小赖子》改编拍摄的。

前些天，我读到北京一位青年女作家关于儿时电影的描写：“梦境和电影，给出某种与现实对抗的解释——两者之间还有区别。梦境脆弱，承受不了微乎其微的打扰；而电影能够重复放映，弥补我们先天不足的记忆，它比生活本身更经得起考验。河流一再从源头出发。一头豹子，以完全精确的步伐和速度，再次扑杀它的猎物。放映一百遍，旗帜表面涟漪一样变幻莫测的摆动，精准无误地重现。”

是啊，我以为电影就是人类可以重复的梦境。这恰恰是电影院“黑屋效应”

吸引我们的地方。黑暗里，复制着梦想，尽管我们有时候遭遇噩梦。

渐渐长大，看的电影渐渐多了，大多属于如今中央电视台电影频道“流金岁月”回顾的影片。人至中年以后，看的电影反而少了，甚至一两年看不到一两场电影。近十几年来，我好像只看过《泰坦尼克号》《霸王别姬》和《色·戒》，还有《神话》这么几部电影。于是，儿时看过的电影便成为记忆银行里储存的黄金了。

关于儿时电影的回忆，也就成为我的记忆银行支付给我的精神利息，特别珍贵。

初步阅读

大约是在20世纪60年代初，不知道为什么家里有《新港》和《延河》这两种文学杂志。我在《延河》上读到张贤亮的诗，好像是描写“我”躺在稻草垛上仰望星空的意境。当时孙犁先生的《风云初记》在《新港》上连载。几年前我在纪念孙犁先生研讨会上还提到当时阅读的章节，说变吉哥行军路经山区农家，一个小女孩发烧醒来闻见小米饭熟了，说了一声“香”。这都是我记忆里比较早接触文学杂志的事儿。

我第一次去买小说方面的书，大约是小学三年级。暑假里我得到一元钱，那时是巨资了。我跑到南市新闻影院旁边的开明书店（不是新华书店），买二手书。我记得书店经理有着一副天官赐福的面孔，和蔼得很。我几经踌躇选了一本七成新的《红旗谱》，很厚，还买了一本六成新的《灵泉洞》，比较薄，这是赵树理的小说。至今我记得男主人公是金虎和银虎。

我最初入迷的书是《水浒传》，当时能一口气背出一百单八将的绰号和姓名，被我父亲一顿痛打。其实那时我戴少先队

“三道杠”，这形象与酷爱《水浒传》的好学生严重不符。当然，阅读《十万个为什么》就是正面形象了。

进入中学是1968年深秋。当时正值“文革”，基本禁读。我读过一些外国小说。有的民国时期的老版本将雨果翻译成“嚣俄”，将契诃夫翻译成“柴霍甫”，现在见不到了。譬如郭沫若翻译的《少年维特之烦恼》，当时就是不许读的，还有《基督山恩仇记》也叫《基督山伯爵》。

国内的文学作品，无外乎“鲁郭茅、巴老曹”，有小说有诗歌有剧本，都读过一些。读郭沫若的《洪波曲》觉得他是一个风流倜傥的文人。好像还有一本以北京方言写作的《文博士》，忘了作者是谁，认为北京话挺贫的。

建国之后到“文革”之前出版的长篇小说，也读过一些，比如《三家巷》《苦斗》《创业史》《火种》《野火春风斗古城》《战鼓催春》《红旗插上大门岛》，还有《儿女风尘记》《小城春秋》《破晓风云》什么的，反正挺多的。

12岁时，我读法国小说《九三年》，雨果先生写了主人公郭文伏身断头台，我感动得泪流满面。郭文是为理想而献身的，他的最大痛苦就是理想与现实的矛盾。《九三年》里还有“语言就是力量”一节，写保守党的朗德·纳克公爵被俘，他站在船头面无惧色凭借超常口才竟然令对方伏地跪拜，给我留下深刻印象。15岁前后我还读过许多苏联反特小说，比如《侦察员的功勋》《狼獾防区秘密》《西伯利亚狼》《送你一束玫瑰花》《绿色保险箱》等等。我读的书很杂也很幼稚，上至《欧根·奥涅金》下至《吹牛大王历险记》和《汤姆·索亚历险记》，还有柯南道尔的小说和普希金的诗，以及美国德莱赛的书，比如《珍妮姑娘》和《金融家》什么的。

有时我在高尔基描写底层社会生活的小说里看到与自己处境相近的人和事，便深感亲切，同时还有几分惆怅。

我还是受俄罗斯（苏联）文学影响较深，读过他们19世纪作家的作品，也喜欢书里的俄罗斯姑娘。长大成人之后，读的外国小说反而少了。这些年读的最多的是人物传记和人物回忆录之类的书，觉得亲切，也长见识。读别人的回忆录，仿佛跟着人家活了一次，一下增加了二百年阅历，心情特别激动。

我至今没有完整读过《红楼梦》，多次努力就是读不下去，这是很丢人的一件事情，也是我第一次公开说出来。

读好书，使人丰富。尤其你受到书中人物和道理的强烈感召，内心油然生出一种独有的崇高和悲壮，终于懂得什么叫作敬畏与向往。日常生活往往令人无奈，有时候我们不得不做着浅薄的事情，怀着不可告人的目的，说着丧失羞耻的话语。只有阅读那些伟大作品的时候，我们才得以摆脱可怕的心境，在自责中清洗自己的肮脏。

读书，可以使我们的灵魂前往我们肉身不能抵达的境界。

当灵魂抵达这种境界的时候，往往使我们真正体会到人生的价值与尊严，当然也有淡淡的忧伤与无奈。青春时期的阅读，犹如人生初恋，可能比较幼稚却令人难以忘怀。尤其像我这种青春成长期处于文化沙漠时代的人，有幸能够读到几册好书而且受到教化，实乃人生莫大幸事。与那些读书专家们相比，我读书的最大收获就是懂得了自卑——至今我依然告诫自己不论什么时候都不要沾沾自喜。我时常这样反问自己："你以为你是谁？"

狗不理与稻香村

我第一次走进“狗不理”是1965年孟春时节。那是家里来了重要亲戚，派我去买“外卖”。肩负如此庄重使命，我心情挺激动的。

我说的“狗不理”是山东路店。那时有没有其他分店，我不知道。我始终认为山东路的“狗不理”是正宗的，因为这是一个孩子的视野。

一个三年级小学生端着一只钢精锅从甘肃路出发，快步拐上万全道，从“大德生”门前经过，朝着山东路方向走去。“大德生”是一家副食店。我是大德生旁边小银行零存整取的储户。我储蓄的目的是给家里换一只日光灯。后来攒到三元钱却放弃了目标，依然在老式灯泡的照耀下埋头写作业。

前往山东路经过的街区旧时都是日租界。我从一座座青砖楼房前面走过，主要任务是购买二斤“狗不理”包子，然后去滨江道新闻电影院旁边的“稻香村”买一只熏鸡。这两宗东西对于小孩儿来说均为奢侈品。于是，我一路行走颇有异样的感觉——远远胜过今天的孩子前往麦当劳或肯德基。

山东路的“狗不理”门面不大，全然没有时下大饭店气派。走进店门左转，还有几分庭院的印象。如今回忆，诸多细节模糊了，只记得二斤包子满满腾腾装了一钢精锅，端着很沉。天津人管钢精锅叫“钢种锅”，可能出于“音转”。

我与包子一起走出“狗不理”店门，钢精锅里的气味升腾而起，直扑面颊。吸一口气，诱人气息深入肺腑，心情难以描述。

三年经济困难时期过去了，市民生活大为好转。津门名店“稻香村”正门在滨江道，侧门在辽宁路，与新中国文具店一街之隔。稻香村不是村，却顾客盈门，生意火爆。我端着钢精锅好不容易挤到前面，隔着玻璃柜台观察着各种美味。有一种银色带鱼浸在黄澄澄的油盘里，商品标签写着“油浸带鱼”，还有“叉烧肉”和“熏鸡蛋”，也有散装猪肉松和广式腊肠。我移动目光，终于发现一只托盘里盛着几只熏鸡，只是它们个头儿不大，似乎与我体量相仿。

我选中一只熏鸡，请身穿白大褂的售货员称了分量，以浅褐色的纸包好。那时全社会高唱“八大员之歌”，商业战线服务态度普遍很好。我在半小时里经历了两家津门名店，连同狗不理包子与稻香村熏鸡，结伴回家了。

走进家门，将钢精锅端上饭桌，发现包子们互相黏连，显出紧密团结的精神。我还是吃得津津有味，而且留下深刻印象。

一年之后，我有了继母。为了表示友好她在劝业场附近商店给我买了一件“学生蓝”上衣。我不由想起儿时亲生母亲在劝业场附近商店给我买过一件条绒夹克。一前一后两件衣服使我年龄不大颇有“资深儿子”的履历，丰富着我的人生。

买了新衣继母带我去山东路“狗不理”，吃了一顿包子。记得她问服务员有没有酸辣汤，服务员回答没有胡椒粉。继母笑着问没有胡椒粉那还叫酸辣汤吗？我觉得继母对“狗不理”非常熟悉，可能属于常客。

至于稻香村，我后来经常光顾的是坐落在和平路人民剧场东侧的那家店。我祖母称呼人民剧场永远是“美琪戏院”。这是几十年前的旧称。后来我知道上海也有美琪戏院，至今依然存在而且不改名称。天津却没了稻香村，也没了人民剧场。小时候人民剧场一张门票可以进两个小孩儿。我在那里看过很多话剧。

记得第一次看到茅台酒，是在人民剧场东侧稻香村橱窗里，好像售价四元八角。那时一旦有钱，我即去买稻香村一种藕片。这种东西属于蜜饯食品，分量很沉。由于囊中羞涩我每次只能买到两三片。转身走出店门不远，藕片基本吃完了。那形象不亚于饿狼扒心。

有时候，在人民剧场看电影等候进场，我就去稻香村买一支冰棍儿举在手里吮着。看到有人掏钱买街边小贩的冰棍儿，便暗暗讥笑他们“不懂局”。

“文革”爆发，人民剧场上演话剧《新时代狂人日记》，12岁的我被邻居拉去协助卖票。在剧院门前大声吆喝着“新时代狂人——陈里宁！”记得没有卖出几张票，我就躲进“稻香村”去参观水果柜台了。当时稻香村出售的东西就是好。尤其这里的南味食品，成为在天津生活的南方人的最爱。

参加工作之后，我经常去稻香村买面包，有的形似列巴，有的小巧如点心。遇到春节给亲戚拜年送糕点，我也跑到稻香村去买。在这里买不到中意的，我才去南市牌坊里的“玉生香”。如果给我父亲的回族朋友穆伯伯拜年，则必须去和平路上清真名店“桂顺斋”买糕点。

如今，狗不理依然存在，据说已做大做强，分店开到了外埠。在天津稻香村却难觅其踪，似乎逸出本埠市民的日常生活成为人们的永久记忆。然而，前些年我客居北京，却发现首都“稻香村”经营良好，而且分店很多，很有现代大公司的气派。身在异乡为异客，我还是怀着童年形成的情结，多次在和平里的“稻香村”购物，尽管那是北京的稻香村。

一座城市留给人的记忆，往往与胃口有关。因此我以为人的胃是有记忆的。否则出生天津落户承德的作家何申先生也不会对津门小吃锅巴菜怀有难舍之情。浮云游子意，落日故人情。我虽然没有长久离开天津这座城市，却怀念儿时的“稻香村”以及它代表的一去不复返的“大地方味道”。是的，只有大地方配有“稻香村”，小地方是养不活它的。不光稻香村，也包括人民剧场。

民园记忆

1963年，我从鞍山道小学转到西藏路小学读书。学校成立了小足球队。我报了名，每天清早参加跑步训练。我母亲在学生时代是体育好手，田赛径赛无所不能。她听说我参加了小足球队便看了看我的脚弓说，当运动员要有弹跳力啊。

一天，体育吴老师组织我们去看球，这是我第一次走进民园体育场。我坐在空空旷旷的看台上，一下就喜欢上了这座体育场。那场比赛是空军小学生队对实验小学队，0比0打平。

如果我没记错，1965年我在民园看过陈家全的“百米”，手工计时。好像是全运会之前热身。当播音器报出成绩9.9秒，全场欢声雷动。后来我懂得了，那次9.9秒国际田联是一定不会承认的，陈家全也不会当真，却令我终生难忘。从此我越发喜欢体育。20世纪70年代初期《新体育》复刊，我立即订阅了。每逢邮递员送来杂志总用异样目光看着我。当时自费订阅《新体育》那是一笔大钱啊，何况我同时还订了《光明日报》和《学习与批判》什么的。那时候我已经打篮球了，一派英气勃发的样子。我想，我的热爱体育一定与我早早就走进了民园体育场有着直接关系。马约翰先生认为体育是培养优秀公民的最有效、最适当、最有趣的方法，说得真好。民园体育场所包含的体育精神，影响了我的性格与气质。

我频频走进民园体育场是20世纪70年代至80年代初期。尤其当时天津足球队的比赛，只要能混进去我从不放过，我甚至还爬过民园大墙。记得刚果红魔、塞拉力昂、三菱重工来民园比赛，没赢过。那时的天津队，多好啊。记得金昌吉领队的朝鲜鸭绿江队访问民园，出现赛后风波，轰动全国。我敢说当时中国只有天津民园体育场出现那样的风波。那时的天津人多棒啊。这些年我多次与朋友回忆当年天津队夜战3比2反扳北京队那场比赛，山春季的一脚惊世吊射。我以为天津人津津乐道的正是“民园情结”。假若多年之后民园体育场不复存在，它肯定进入了天津人的记忆深层，终生难以磨灭。

如果我们具有城市文化意识，天津应当推选城市标志性建筑，那时候我肯定会投民园体育场一票的。因为它影响了我的生活，使我激动，使我暗暗立志，使我懂得了什么是竞技场上真正的男人。我以为，一座城市的体育场能够达到民园体育场这种影响力的，在中国并不多。如今各大城市不乏十万人体育场。然而一座体育场不光要大，还要有历史文化积淀，譬如英国的老特拉福德球场。民园体育场就是这样。它代表着我们昔日的殊荣，无疑是一笔宝贵的城市文化遗产。

平民茶道

我小时候住在天津旧日租界，大约9岁光景家庭变故，我只能去跟祖母一起生活。她老人家住在南市，就是早世年间人称“华界”的地方。我与祖母的住所距离玉壶春茶楼不远。民国初年玉壶春是天津出名的茶楼，坐落在南市的荣吉大街（平安大街）与大兴街的交口，为二层建筑并有临街长廊。玉壶春茶楼南边的建物大街上有华楼旧址。华楼乃是当年逊帝溥仪的舅父良揆投资兴建娱乐场所。说是茶楼其实还有台球房和西餐厅，后来失火烧成一座废墟。

天津不比成都有着众多市井茶馆，但只要真正天津卫家庭接待客人必然奉以热茶。若以清汤白水待客那是怠慢。老天津人热情好客的习性，可能源于船来车往的码头文化。

我9岁从“租界”迁居“华界”，首先接触的新鲜事物就是“水铺”。水铺是专门出售开水的店铺（当然最早也出售凉水和苇子）。水铺出售开水，似乎主要用于家庭沏茶。天津人无论春夏秋冬，清早睁眼头一件事儿就是喝茶。我祖母也是这样，因此我要说的是天津平民“茶道”。

每天清早儿祖母便将那只白瓷茶壶刷洗干净，打开茶叶盒将一撮花茶倒在盒盖儿上，然后投入茶壶里。天津人沏茶不许用手抓茶叶，以示清洁。于是茶叶盒的盖儿便成了容器。天津人大多喝花茶也称香片。祖母将一撮子花茶投入茶壶里，然后递给我二分钱硬币说沏茶去吧。我拎着茶壶就奔水铺了。

一般来说，一个街区便有一个水铺。水铺的主要设备是一口大灶，大灶上安装着烧水的大锅。水铺的主要燃料是木屑和锯末。天津有俗话：“水铺的锅盖——两拿着。”一大早儿，大锅里的水尚未烧开，我将茶壶摆在锅台上等候着。据说有个别不守本分的水铺掌柜为了节约燃料故意在锅里扣一只大碗，这样锅里泛起的气泡咕嘟咕嘟显得很大，以此冒充开水。

我沏了茶，将二分硬币放在锅台上，拎起茶壶转身快步回家。走进家门，祖母已经拉开了准备喝茶的架势，一张小桌上摆着两只茶碗（绝对不是茶杯），表情严肃地等待着我和茶壶的归来。

我将沏满香片的茶壶摆在桌上，平民的茶道便开始了。祖母亲自动手，抓起茶壶黄铜提梁儿斟满一碗热茶，然后掀起壶盖儿原封不动将这碗热茶倒回壶内，谓之“砸茶”。这种“砸一砸”的做法道理何在，至今不得而知。可能为了沏得更充分吧。多年后我在梨园史料里读到回忆花脸演员侯喜瑞先生的文章，也提到“砸茶”之说。看来，京津两地饮茶共通。

砸茶之后，我跟祖母一对一碗喝了起来。喝下一碗热茶开始吃早点，内容不外烧饼油条。早点之后祖母就去捅炉子了。

花茶沏二例儿时，味道最佳。只有第四五次续水才谓之“涮卤儿”。这是平民茶道的基本常识。涮卤儿意味着没滋没味，世俗生活不能没滋没味。

早餐后往茶壶里续水喝“第二例儿”。这时候的热水则是自家炉子烧开的。早餐后的舒适感随着茶香洋溢于胸腹，令人气顺神足。这是高潮，也是平民茶道的最佳享受。祖母这时往往专心专意坐在桌前，静心品味着。花茶的香气，深深地浸透在生活深处，令人忘却油盐柴米的烦恼。

这几年我总在想，祖母为什么不等自家炉火烧得开水沏茶呢？渐渐我想明白了，祖母她等不及。早起必须喝茶——这是城市平民的日常生活。这是城市平民的茶道。祖母的“茶道”无疑告诉我，世俗生活具有多么巨大的魅力。

那时候的花茶，确实货真价实。即使普通花茶也要窨上七道花儿，因此香味持久。我去茶庄买花茶，有时售货员给包上两朵鲜茉莉花儿，以示热情厚道。如今奸商们只窨上两道花儿就敢号称高级花茶四处销售，甚至以玉兰代替茉莉，以秋茶冒充春茶。祖母若在世肯定要骂的。人心不古，居然污染了清洁的茶叶。

然而，茶永远是高雅清香的，它一如既往丰富着寻常百姓的日常生活。

少年春节

节粮度荒的第二年，父亲从新疆回来了。他是公差给单位购买仪器的。当年他报名参加建设祖国大西北的行列离开天津，我并不记事。这是具有记忆以来我首次见到父亲。

我家住旧日租界宁夏路，日文叫须磨街。说是街其实是巷子。记得腊月三十的上午，我走出院子看到一个中年男子蹲在小街口，操着外埠口音大声说话，如今我懂了那是叫卖。

他说，他这挂炮仗打算带回雄县老家过年，可是路上遇到卡子检查肯定没收，只好卖了回家。那时我7岁却从来没有正经放过炮仗。我太小，往年家长是不给我买炮仗的。我想起今年春节不同以往，因为爸爸回来了。

我就跑去跟爸爸说外面蹲着个卖炮仗的。爸爸听罢立即走出家门。我追在后面看到他掏钱买了那一挂炮仗，然后转身递给我。

那是一挂用红纸包着的炮仗，接在手里沉甸甸的。我喜出望外如获至宝，急忙奔回家去。当天下午我坐在桌前，小心翼翼将一挂鞭炮拆成一颗颗炮仗。那时候的孩子，是舍不得放鞭的。

就这样，除夕夜我家小院里响起了零星的爆竹声，那是一个7岁的男孩儿有生以来首次发出那么大响动。当时的欣喜心情，至今难以忘怀。最令我难以忘怀的是父亲的形象。他穿一件蓝色呢子上衣走出家门，掏出钱夹不问价钱就给我买了人生第一挂炮仗。

父亲返回新疆的第二年，我家搬到山西路居住。这里也属日租界旧称明石街。临近过年我生病了，发烧呕吐。一年一度的春节是孩子们365天的企盼。穿新衣、吃好饭，尽情玩耍。如此大好时节我却病了，心情很是沮丧。

表哥来了，从唐山胥各庄带来几样好吃的东西，有花生瓜子什么的。当时城市限量供应春节食品，记得每人只给二两瓜子儿。除夕夜我发热，迷迷糊糊特别希望清凉。正月初一热度稍减，外祖母端来一小盘吃食，有京糕条儿果仁什么的，还有几颗水果糖。不知何故我家竟然拥有两只褐色花斑塑料碗，平时舍不得使用。由于发烧，我想起夏季的冰棍儿，心中萌生一个极富创意的念头，固执地动手实施起来。

我将京糕条儿和果仁儿放进碗里，又剥了两颗水果糖投进去。端来一杯热水沏开，耐心等待冷却。外祖母看到我如此暴殄天物，问我做什么。我如实回答了。外祖母告诫我说，这都是好东西，你不要后悔啊。

我是年末生人。西方星座理论称这种人往往一意孤行从不罢休。我家住房是双层窗。我拉开窗子小心翼翼将塑料碗摆在外面窗台上，幻想着明天就能吃到又凉又甜的自制“冰棍儿”了。

夜里，我做了一个清凉的美梦。第二天一大早儿爬起来奔向窗前，打开窗子迎着冷风从外面取回冻成冰坨的塑料碗，准备大快朵颐。

我的美好创意惨遭失败。冰坨上落了一层灰尘，脏兮兮的。我试图去除这层灰尘，那么只能等待融化了。然而融化后我得到的是一碗浑汤。

外祖母走过来叫着我的乳名说，不听老人言，吃亏在眼前。

我的春节美食全部投入这项“创意”，这很像当今炒股不惜血本的“满仓运作”。从那时候我就懂得什么叫作“全部泡汤”。屈指一算，这是48年前的事情了。如今回忆备感温暖。那毕竟是一个傻小子的少年春节——尽管如今我仍然很傻。

祖母小忆

读到小学三年级家庭变故，我于1964年来到一座大杂院里跟祖母一起生活。那时候她将近70岁，乃是一位满头白发的小脚儿老太太。

她老人家脾气不好。尽管我学习成绩优异戴着“三道杠”，她还是整天唠叨，令我苦恼不已。我不懂得这也是亲情，心里恨她。后来我生病了，发烧。这个小脚儿老太太竟然猫腰背负着我去附近的小医院看病。当时我不懂得感动。如今回忆，似乎能够听到她老人家的一路喘息。

我自幼无缘享受母爱，是祖母填补了我的空白。她对我的疼爱几乎达到无以复加的地步。“文革”期间，我16岁参加工作，工厂远在郊区。偶尔下班晚了，她先是站在屋外等候，之后挪到院外，如果仍然不见我归家身影，她就站到胡同口了。有那么一个冬日我下班晚了，远远看到她站在大街上等我。一眼看到我的身影，她马上转身快步回家，那样子仿佛争分夺秒。她为什么走得那么急呢？就是为了让我回家立即吃上热乎乎的饭菜。

夏日天气炎热，工厂上班人们都说夜里热得睡不着觉，无精打采。我感到奇怪。回家邻居告诉我，小子呀你奶奶给你扇了一宿扇子啊。

家里挂钟坏了，为了我上早班不迟到，大冬天她一宿几次跑出家门去一家饭馆看表，为了按时叫我起床。

我年少不懂人间亲情。家里的活计，她老人家能做则做，做不得就请邻居做，然后酬谢人家。很久以来，我几乎没有做过家务，包括买煤买粮之类的体力劳动，都是祖母请邻居做的。她不忍心累我，宁可去求人。我几乎享受着今天的“80后”待遇。只要做了一顿好吃的，我与祖母对桌而坐，主要是我吃，她老人家一旁看着，而且不停地往我碗里夹菜，连声说着“吃啊吃啊”。我就埋头吃着，根本不懂得祖母还空着胃口呢。

邻居们告诉我，有好吃的祖母一律留给我，自己好歹吃一口就是了。即使在经济困难年代里，我依然吃得不错。是啊，一个人吃两个人的营养，当然不错了。这样的事情，我当时毫无感触。如此回忆，对祖母的恩情已难以报答了。

后来，我离开工厂去上大学了。每次从远郊学校回家，祖母总要给我带上一兜子好吃的东西。有火腿肠，有炸酱，有饼干，麦乳精，甚至还有铁皮罐头……在20世纪70年代末期，这规模使人以为我是谁家的高干子弟。

有一次邻床的同学小声问我，肖克凡，你祖上有遗产吧？我一头雾水。邻床同学半怨半讽地说，要么你就是假装祖上有遗产，看你每次从家里拎回那一兜子好吃的东西！这得多少钱啊……

是啊，祖母的疼爱竟然将我塑造成为一个拥有万贯遗产的假少爷形象。可是，祖母在家吃的什么伙食，我浑然不知。此时写这篇回忆文章，我难以谅解自己，更加令我难以弥补的是我今生对祖母难尽孝心了。

祖母活到92岁高龄。她被一个骑自行车的醉鬼撞断股骨径，在床上躺了两个月去世了。邻居说，肖奶奶要不是被车撞了，能活一百岁呢。那时候我已经学着写小说，渐渐懂事了。她去世前夜我陪着她。她神志不清了，却一夜都叫着我的乳名。看来，她老人家生命最后时候依然将我视为她的宝贝。

是的，人间的东西，有的既不可重复也不可超越，譬如祖母对我的亲情，便是无以替代的。我将这话讲给我妻子听。已届中年的她默默点头，由衷地承认祖母是人间最疼爱我的人。

我虽然没有获得多少母爱，却获得了祖母全部的疼爱。她老人家对我的亲情完全可以用无私二字概括。记得一位亲戚曾经无不感慨地说，你奶奶真疼你啊，就是要从她身上割下一块肉给你吃，她也没有二话啊。

1982年春天，她老人家去世。发丧那天我参加全市工程师资格考试，居然没有为她老人家送葬。有的亲戚抱怨我不孝。记得父亲做主说，还是让克凡去考试吧，那是他的前程。

父亲是祖母的次子。至今我仍然对父亲当时为我做主，心存不尽感激，也对自己没有给祖母送葬心怀不尽愧疚。

我在考场答卷儿全神贯注，记得考的是高等数学，最后一道大题是“二阶常系数线性微分方程”，我答对了，求出的系数分别为“1、2、3”。交了试卷走出考场，我蓦然看到自己左臂佩戴黑纱，于是悲从中来，不禁泪流满面。

从此，我再也吃不到祖母给我做的饭食了。比如红烧茄子和醋熘土豆丝，还有拌面的“四碟菜”，不知为什么她老人家捞面从来不打卤，也不炸酱……

多少年过去了，我经常想起她老人家站在街头寒风里等候我下班回家的身影。那么一个小脚儿老太太，却将我拉扯成人，长成一个身高1.88米的男子。我是她老人家的杰作。

我敢断定，多少年了，祖母依然在天堂注视着人间的我——这个她老人家留在人间的宠物。

反 标

人生如同登山，一步步攀向不可预知的高处，冷暖无常。所谓人生感慨，往往是时过境迁而发出的喟叹。然而登山的足迹毕竟属于自己，描述登山足迹的词语，深深珍藏在个人辞典里，几成秘籍。在我的人生辞典里就是这样，譬如说“反标”。

“反标”就是“反动标语”的简称。在那个时代“反标”是个沉重的词汇。它的沉重足以压断一条条生命的脊梁。

1968年岁尾，我从天津市西藏路小学升入中学。这所中学最初是教会学校，坐落在旧时天津法国租界的大街上，一派没落贵族的样子。那时候，从小学升入中学无须升学考试，我们好似一群羔羊，被革命巨手驱赶着，漫天遍野涌入中学校园。最为可笑的是在我们升入中学之前，这里是一所女校。校园里的男厕，少而小。一群群升入这所中学的男生，排起长长的队伍等待如厕，表情紧张好似购买紧俏商品，场面蔚为壮观。

为了欢迎我们入学，学校当局特意安排了一场大型批斗会。批斗会的大台设在学校操场上，那场面不亚于今日甲A主场。如今回忆起来，学校当局安排这场批斗会，颇有慰问之意。就好比生活清苦平时是吃不上肉的，安排一场盛大的批斗会等于给我们改善一下伙食。

这很解馋。

一声号令好似开饭了，30多名“牛鬼蛇神”被红卫兵押上台来，响起震耳欲聋的革命口号。人们一下子兴奋起来，进入了状态。看来参加批斗会是有瘾的，就好比烟瘾。小型批斗会是普通卷烟，大型批斗会是“大中华”。只要参加一次批斗会，就能上瘾，不好戒掉的。

这场特意安排的大型批斗会，拉开了我们中学时代的帷幕。集体无意识。你很容易就进入了角色。日常生活之中，大型的批斗会是不可能经常召开的，就如同我们不可能天天过年一样。那么平时怎样满足我们的疯狂兽性呢？学校当局对我们真是无微不至，每个排（那时候实行军事建制，班集体被称为排）分配一名“牛鬼蛇神”，以解日常之需。同学们欢呼起来。既然手头儿有了牛鬼蛇神，排里的批斗会说开就开，比吃火锅方便多了。

分配给我排的牛鬼蛇神姓仇，名叫仇连恩，以前教高中语文。批斗他的时候，大家高呼口号“打倒仇连恩！”他猫腰低头，竟然挣扎着说：“革命小将们，仇字在这里发音念

‘裘’，不能发音念‘绸’啊！”

这是一个令我终生难忘的身陷绝境而仍然咬文嚼字的语文教师。在那个荒唐的年代里，迂腐的仇连恩坐着“喷气式”居然告诉我们关于“仇”字的不同读音，他永远是我的“一字师”。

到了1969年春天，学校当局突然发布紧急通知，说原西藏路小学五年四班的学生，立即到操场集合。

我听了广播不敢怠慢，出了教室快步跑向操场集合。很快，原西藏路小学五年四班的学生全部到齐。一位工宣队模样的男人操着浓重的天津口音，开始讲话。尽管他说话拖泥带水的，我还是听懂了他的“讲话精神”：从明天开始，原西藏路小学五年四班的学生白天在中学上课，积极参加斗批改；每天晚上七点钟必须按时到西藏路小学参加学习班。

既然已经是中学生了，为什么还要回到原来小学校去参加学习班呢？同学们不得其解，议论纷纷。

“工宣队”大声吼道：“不许议论！谁议论谁就是自由主义！”

我记得那是一个并不寒冷的春日的晚上，吃罢晚饭我前往小学母校参加“学习班”的学习。不知学校当局出于何种用心，我们被安排在原五年四班的教室里“办班”。

就这样，我们这群已经长大的中学生不明不白就被压缩在这间小学教室里，办学习班。我的感觉是自己两只大脚被迫穿上一双幼儿园的小鞋，走在路上既滑稽又难受。

主持学习班的是周老师，她模样端庄，“文革”初期便改名“周敬东”，是原五年四班的班主任。她走进教室，站在讲台前面，脸上毫无表情。一个陌生男人站在教室门外，面孔冷峻动机不明。

我想起样板戏《沙家浜》的唱词：“这几天，多情况，勤瞭望，费猜想……”心中充满狐疑。

学习班的主要内容是学习《毛主席语录》，从“一个人一辈子做好事并不难，难的是一辈子做好事而不做坏事”开始，一直读到“敌人不投降就叫他灭亡”。读了三天语录，我们开始写思想汇报。

第四天晚上，一个陌生男人突然走进教室，大声说这次办学习班只有一个目的，就是揪出去年秋天在教室里书写“反标”的黑手。

反标？面对陌生男人的突然袭击，全场哗然。这时陌生男人手里举着一沓子我们写的“思想汇报”，大声警告说经过检验笔迹，其实已经知道谁是黑手，今天晚上给他（她）一个坦白从宽的机会，何去何从自己选择吧。

全班同学左顾右盼，瞻前瞅后，寻找着自首者。这时教室里果然听到桌椅的响动，我回头看到坐在后排的章源高高举起右手。

陌生男人嘿嘿笑了，说章源我们早就知道是你，坦白吧！

章源哭丧着脸说，我不是坦白我请求去一趟厕所。

原来章源已经吓得尿湿了裤子。

陌生男人恼羞成怒，拍着桌子警告章源必须坦白交代，顽抗到底只会死路一条。

章源小步颠颠跑向厕所——拯救膀胱去了。

章源如释重负走出厕所的时候，周敬东老师命令他走进隔壁的教室。显然章源成了“另类”。

第六天晚上，我也被指为“另类”，走进隔壁的教室成为章源的难友。很快，章源身旁就聚集了九位“另类”，这个数字类似当时的政治局。

事情是这样的，1968年秋天就在我们即将升入中学之际，一位同学在他课桌的书箱里发现了两行粉笔字迹，上面一行写着“毛主席”三个字，下面一行写着“口大王八”四个字。口是什么字呢？由于字迹模糊，难以确认，出现两种揣测，一认为是“极”字，二认为是“杨”字。如果是“极”字那么两行文字连接起来就成为一个恶毒的句子“毛主席极大王八”。如果是“杨”字，就不成其“反标”了，因为班上有个男生外号“杨大王八”。

周敬东老师坚持认为是“极”字。当初发现“反标”之时她并没有声张，而是悄悄给“反标”拍照存档，如今她认为立功的时机已经成熟，就与陌生男人联手，硬是将我们塞入“时间隧道”重返小学时代，大办学习班。而那个陌生的男人则是进驻学校的工宣队员。我怀疑周老师与工宣队员之间产生了革命时代的爱情。因此，揪出书写“反标”的黑手，无疑会成为革命者新婚庆典的神圣礼物。

半个月之后，包围圈儿越来越小。“另类”只剩下三个同学，其中就有我。是啊，所有被审查的学生都认为自己是无辜的，为什么我却成了重点怀疑对象呢？多年之后我终于知晓了内情，原来有个同学向工宣队员汇报，说这三个男生最有可能是书写“反标”的黑手。

我永远也不会忘记我坐在小学教室里接受审查的情景。迎面墙上挂着毛泽东的画像。我与他老人家的目光对视着，心里充满委屈。这时候我猛然发现，毛泽东是无处不在的——无论从哪个角度瞻仰这位精神之父，你时时都会感到他紧紧注视着你，今生今世你都难以摆脱他的目光笼罩。

这个重大发现使我的越发感到委屈：毛主席啊毛主席，我怎么会书写“反标”攻击您老人家呢？

津驴技穷。追查“反标”的学习班最终不了了之。我得以重返中学，彻底摆脱了伤心的小学时代。我渐渐长大，身高达到1.88米，基本属于豆芽菜体型。“反标”这个词汇，也从我们的社会生活里彻底消失，沉睡在《革命辞典》里。

我是成长在革命时代的人，偶尔翻一翻《革命辞典》，读一读消失的词语，总有啼笑皆非的感觉。是啊，生活本身就是令人啼笑皆非的。

记忆深处的粮食

谈起吃的话题，中国人首先会想到“粮食”。记忆深处泛起的则是“粮食定量”年代的涟漪。

关于造成“三年自然灾害”粮食短缺的主因，如今有的说是天灾，有的说是人祸。我的童年恰恰处于“三年自然灾害”期间，粮食不够吃的，国家只得对城市居民实行定量供给，不同的人，有着不同的定量。

不过那时城市生活还是明显强于农村的，我没听说身边有谁饿死。我对粮食定量的记忆，那是1961年进入鞍山道小学读书。

记得我听到家长说，“这孩子上学了，应该去长粮食了。”

人的不同年龄阶段，有着不同的粮食定量。我从学龄前儿童成长为小学生，遵照国家规定提高每月粮食定量。家长所说的“长粮食”并不是让地里长出粮食。从学龄前儿童变成小学生，好像粮食定量从每月12斤涨到14斤，也可能是16斤。我记不清了。

成年人的每月粮食定量，不同的工作性质或不同的劳动岗位，各不相同。体力劳动者高，脑力劳动者低。天津的家庭妇女不外出工作，粮食定量由街道评定。记得我祖母被定为每月29斤，她认为不公平就跟街道干部吵了架。因为她看到邻里有人被评为30斤。

当年国家实行粮食定量供应，召开各级干部会议传达文件精神，并且要求与会者严格保密。据说有的干部将粮食定量的消息透露给家人从而造成抢购，这样的干部后来受到组织处分，譬如开除党籍什么的。

城市居民的定量粮食供应，以月为单元，一个家庭拥有一个购粮册，天津人简称“粮本儿”，全体家庭成员的粮食定量写在这个购粮册上，按月供应。每月凭“粮本儿”购粮。民以食为天，何况是口粮。“粮本儿”在天津市民家庭的重要性，可想而知。

20世纪90年代我曾在短篇小说《孩儿戏》里写到一个家庭丢失“粮本儿”，全家口粮被别人盗买所造成的悲剧。我记得还有一个小说家写过《狗日的粮食》。我认为文学作品不仅具有审美功能，它还可以记载历史教科书里不屑记载的人类生活镜像，包括诸种日常生活的琐细。

那时候“粮本儿”的功能不可小觑。它不仅具有市民家庭合法购买定量粮食的功能，同时起着“双向调节粮食流向”的作用。

例如一个人清晨从市区前往塘沽办事，中午在饭馆吃饭不光付钱还要付粮票。他事先就要凭“粮本儿”去粮店取出粮票，否则外出就要饿肚子。你取了几斤粮票，粮店便从“粮本儿”里核减掉你的几斤粮食。这叫“取粮票”。

同理，你将手里的粮票交回粮店，这叫“上粮票”，你交回几斤粮票，粮店便在你家“粮本儿”里核增几斤粮食。

天津城市家庭供粮总量由粗粮和细粮组成。同样，粮票也有粗粮票和细粮食两种。出门在外，粗粮票买棒子面窝头，细粮票可以买白面馒头吃。唯一例外是天津市民可以用粗粮票买点心。无论小八件还是槽子糕，都可以用粗粮票在糕点店买点心。如今想来，这样的规定颇具人道主义色彩。当然，当时大多数天津市民家庭还是吃不起糕点的。点心铺有时出售点心渣子。我不记得买点心渣子要不要粮票。好像不要。

假如你去北京或外省，那么就要拿着“粮本儿”到粮店取全国通用的“全国粮票”。如果你取额度较大的全国粮票，还要交还相等额度的油票。这种油票不是如今加油站的汽油票，它是当时的食油票。因为你到外地饭馆吃饭“全国粮票”里是含有食油的。你从天津领走含有食油的“全国粮票”，当然要交回天津市民的食油票。这种精细的核算功能，体现着计划经济年代的点滴公平。当年“粮本儿”具有的双向调节功能，堪称计划经济时代的伟大创举。

“三年自然灾害”后期，紧张局面渐缓，天津出现“议价食品”不收粮票，比如议价点心和议价奶糖，还有议价果子饼。但这种议价食品比较贵。议价点心被称为高级点心。有民间歌谣云：“高级点心高级糖，高级老头儿上高级茅房。”

然而，议价食品毕竟超越了粮食定量的限制，让人们有了些许自由度。如今我们得知这种粮食政策的松动，正是刘少奇主政的产物。

那时候，粮店的粗粮供应通常是玉米粉，天津人叫它“棒子面”。我记得1961年粗粮配比里还包括黑荞麦面和麸子，后来度过“三年自然灾害”经济形势有所好转，这两宗就没了。

天津市民的细粮供应是小麦面粉，我至今清楚地记得它的价格：一毛八分五。这是“标准粉”，高档的叫“富强粉”，价格稍贵，只有过春节时每人供应一斤，让全家过年包饺子用。这是政府的德政。

尽管经济形势有所好转，天津市很多家庭的粮食仍然不够吃，没到月底粮食就光了，堪称如今“月光族”的先祖。官方为了顺应“寅吃卯粮”的客观现实需要，只得规定每月25日为“借粮日”，就是从25日即可购买下月的定量粮食。于是，每月25日就成下月的1日，这天一大早儿人们就去粮店门前排队，等待粮店开门成为特殊年代的城市景观。

规定每月25日为借粮日，有的家庭粮食还是不够吃的。于是出现非法倒买倒卖粮票的地下市场——“黑市”。尽管警方重拳打击，依然屡禁不止。因为人是要吃饭的。

我记得进入20世纪70年代，天津仍然是中国第二大城市，市民粮食供应优于首都北京。天津市规定在40%的粗粮指标里，每人每月可以购买7斤籼米。如此折算，天津市民每月的粗粮比例大幅降低，等于吃不到很多棒子面了。白面加大米。那时候身为天津人的自豪感，或多或少跟这7斤大米指标有关。每逢借粮日，一大早儿排队的很可能还会买到比籼米更好的粳米，这便大喜过望了。尤其每逢过春节，粮店还每户家庭供应3斤小站稻，天津人就更高兴了。因为中国只有天津出产小站稻，所以天津人历来有吃米饭的习惯。北京没这习惯。北京人吃炒疙瘩。

天津人对粳米的记忆很深。然而天津人将“粳”字读为“梗”音。这也是天津方言的特色吧。

1968年深秋我从小学升入初中，又该“长粮食”了。全班评议粮食定量。我评为32斤。也有男生评为31斤。女生普通评为30斤。两年后初中毕业，我分配工厂成为铸造车间造型工，粮食定量升为每月48斤。这属于重体力劳动，我早餐半斤大饼四根油条两碗豆浆，午饭八两猪肉包子。这种饭量接近无产阶级革命事业接班人水平了。

随着国家经济形势改观，人们能够吃饱饭了。计划经济年代的粮食政策依然不改。记得20世纪80年代我就职某工业局机关，有时下厂检查工作在职工食堂吃客饭，每餐要交半斤粮票5角钱的。多年后我在电视新闻里看到某位领导，猛然想起当初下厂找我借半斤粮票未还。当然这是笑谈。

进入改革开放年代，人们肚里有了油水，主粮吃得少了。粮票也渐渐淡出人们生活。起初，早晨购买油条没带粮票，一两粮票按2分钱折算。后来也没听到政府发布废止粮票的号令，粮票就退出我们的日常生活了。如今，我们只能在古董市场和收藏爱好者那里看到老版粮票。

粮票，象征着计划经济模式下的粮食定量供应政策。时光流水，换了人间。粮票已然成为我们历史文化符号，必然进入那座中国人民日常生活博物馆，告诫人们不要忘记过去。

写作此文之时，我耳畔响起远在天堂的祖母的声音："小孩儿吃饭不要剩碗底子！"这是家教。使我从小知道珍惜粮食，至今吃饭碗里不剩米粒。

可是，如今很多人吃饭不用碗了，改用餐盒。这便是时代变迁。

晨钟不再响起

清晨钟声从远方传来，悠扬旷远居然含有几分暖意。不知为什么，我总觉得这钟声带来安全感——特别是在莫名忧伤的童年时代。那时我不晓得钟声是从老西开天主教堂传来的，也不晓得那里旧时属于天津法租界。

我家住在宁夏路76号。一天我意外发现院门外高处还钉着一块废弃的木质门牌，依稀可见“石山街”字样。后来知道这里是旧日租界。我读书的鞍山道小学坐落在旧日租界宫岛街，原本是日本第二小学。日本第一小学则坐落在橘街，它与段祺瑞公馆隔街相望。旧日租界的橘街，新中国改名蒙古路了。

我的童年与少年时代都生活在这片区域。静谧，安稳，甚至可以说祥和，在布尔什维克主流文化氛围里，隐藏着些许布尔乔亚味道。譬如旧日本大和公园对面的牛奶店，那扑面而来的面包香气基本就是资产阶级的产物。

我家附近的居民，成分比较复杂。有的甚至身世不明。偶尔半夜醒来听到对面楼里传来男人咳嗽，我姥姥就小声说沈先生真遭罪。尽管新中国8岁了，这里人们依然不改旧时称谓，叫男人先生，称女士太太。新社会所具有的强大的文化改造力量，当时尚未抵达并充满它的毛细血管。旧文化以及衍生物，垂垂而不死。

松岛街、加茂街、须磨街、浪速街……这些日本街名统统消逝，变更为哈密道、青海路、陕西路、四平道……身边唯一与日本有关的事情就是同校那位女生的母亲是日本人，新中国初期妈妈归国把女儿留在天津。1965年，这个女生去日本探亲竟然买了十几支天津产圆珠笔带去东瀛，当时我觉得日本还是比较穷的。另有邻班女生家庭是天主教民，老师每每提起她总是含有几分歧视语气，于是我越发对那座响彻晨钟的老西开天主教堂产生好奇心理。

我大起胆子沿着墙子河奔跑，这条河是前清守将僧格林沁开挖的护城河。我终于跑到那座大教堂前面，伸长脖子仰望高高圆顶十字架，一时猜不出钟声是从哪里传出，心情有些焦急。

老西开教堂前的马路两侧，有干货店和成衣铺，还有“小件物品抵押所”，这是政府开设的具有典当性质的处所。新中国了，来这里抵押物品的有原装资深穷人，也有曾经是富人的新进穷人。前来典当的人们，表情平淡走出小件物品抵押所，手里有了几个钱就来到干货店前购买糖炒栗子，初冬季节里这是必需的。穷也坦然，富也淡然。后来，我祖母也走进过小件物品抵押所，拿日本蜻蜓牌推子和清朝铜碗换成人民币，照样去买糖炒栗子。这正是我儿时看到的市民群像，远比大型泥塑《收租院》生动多了。

长大成人才知道，天津这座城市有过“英法德美日意俄奥比”九国租界，是中国近代外国租界最多的殖民城市。记得冰心老人在《紫竹林怎么样了》散文里写道：“天津很像上海，然而城市却是北方的。”我想当年冰心住在天津英租界，所以才会产生这种感觉吧。张爱玲也曾在天津英法租界生活，但是没有留下丝毫笔墨记载。天津这座城市确实有人不喜欢的，尽管它毗邻首都。

我5岁那年首次进北京，记忆朦胧。只记得前门大街的公共汽车，还有在“独一处”吃烧卖。返津时我们只买了丰糕和蜜供，父亲说其他东西天津都比北京的好。是啊，中国首家西餐厅就出现在天津德租界威廉街，餐馆主人名叫起士林是个退役的普鲁士军官。

首都皇城具有独到的大气。天津文化则属于板块结构。有从海外漂来的租界文化，早于北京十几年就过起了圣诞节；也有明初建卫以来的老城厢文化，恪守传统不改章程。此外还有漕运文化、码头文化、盐渔文化、早期萌芽的工业文化以及来自直鲁皖豫的农业文明，这诸多文化板块在各自领域生长繁荣，彼此不相融合。这样就很难识别何为天津主流文化，于是有时被误认为没文化。

近代天津开埠以来得风气之先，处处走在北京前面。然而北京传统文化积淀丰厚，连蚊子都沾着皇亲国威的血脉。这是天津难以比拟的。改革开放以来，北京得风气之先，处处走在天津前面。天津人便以“北京郊区”自况，其实是被首都所笼罩的自嘲。尤其天津泰达遇到北京国安，中超赛场颇有穷人想揍阔少爷的心理。

西方流行的城市学理论，以北京这样超大型城市为例，周边800公里范围内是不能存在另一个超大型城市的。这正是“城市功能辐射理论”的基本观点。然而，不知出于历史的原因还是现实的错位，天津距离北京127公里，就这样悄无声息地存活着，而且活得有滋有味就像煎饼果子似的。

20世纪80年代，京津两座城市差别不大。到了20世纪90年代便差距明显了。大量移民涌入首都，北京越来越不像北京了，分明成为一座无所不包的大熔炉。全中国的矿石都想投身这座大熔炉里，恨不得立即将自己炼成好钢，然后用在刀刃上。

天津情况完全不同。20世纪70年代初，海河失去上游来水全面废航，码头成了河流的弃妇，天津卫变成一片止水，宛若水缸。水文地理发生如此畸变，河畔文化也逐渐呈现华北腹地化倾向，市民成了保守党。于是天津也越来越不像天津了。京津双城都不像过去的自己了，这叫嬗变。

北京是座精英云集的理性化的城市，天津却以市民文化为特征。我客居北京去菜市场，很有感慨。北京人称为“扁豆”的蔬菜，天津人叫“弯子”，北京人称其“豇豆”的蔬菜，天津人叫“长豆角”。北京人以其理性思维的严谨，以规范称呼蔬菜。天津人则以感性思维取其外貌特征而命名。

北京人驾车离开主路叫驶入“辅路”，天津人却说“下道”。北京开车驶入“匝道”，天津人说“走桥下边”……还有北京的鲤鱼天津叫“拐子”，北京的草鱼天津叫“厚子”，北京叫“复式”天津叫“跃层”，不一而足。从某种意义讲，北京人的语言表达追求既能定性也能定量的理性效果。天津人更倾向形象思维的语言表达，于是出了个郭德纲。

近在咫尺，天津却很少“北漂”，不知是天津人极端热爱这座城市，还是他们根本就懒得离开家门。天津，这是一座既难以抽象又无法概括的城市。

曾经又有晨钟响起，却不是来自老西开法国教堂，而是坐落在天津南京路上电报大楼。我敢断定这是两种完全不同的声响……

诺言是金

一个时代的词语世界，宛若星空。任何一个时代都曾拥有最具其时代特征的词语。它犹如灿烂银河系一颗颗耀眼的星座，闪闪发光。譬如说“雷锋”这个词语，无疑代表着一个时代。多年之前我整理藏书，意外发现一册《雷锋日记》，我看到封面上幼稚地写着“西藏路小学五年四班肖克凡”，便一下就被当年的自己感动了。

翻开青少年时代日记，每一个人都会在那一页页心灵独语之中看到自己熟悉的身影。我曾经在青春日记里看到自己编制暑假学习计划的决心：“必须实现以上学习计划，我以人格保证！”

“我以人格保证！”这句话令我心头一热。已逾知天命之年，遥想当年发出“小大人”式的豪言壮语，我再次被自己深深感动。是啊，儿时伙伴们聚在一起玩耍，或为了表示自己正确或为了表示自己清白，或为了表示郑重或为了表示崇高，我们总会听到这种举足轻重的承诺：“我以人格保证！”

这是童言无忌。其实童心对“人格”一词并无多么深刻的理解，但是足以说明那个时代我们始自童年即对“人格”产生的强烈追求心理。如今的孩子们已经不大爱讲这句话了，这正是时代的变迁。而我们的青春时光，在那个消逝的年代里依然闪烁着理想的光芒。

但是，“我以人格保证”这句话，毕竟令我难以忘怀。从这个意义上讲，我们这一代人已经拥有一册厚厚的极具时代特征的“人生词典”。

长大成人，我曾经在29岁的夏天里遇到这样一件事情。当时我是一个工业机关干部，正午时分骑着自行车回家去吃午饭。

夏天，往往是令人心浮气躁的季节。骑行在路上，一个男子从我左侧超越，相距两米的样子。不知为什么，他的自行车后轮咔地响了一声，这似乎并未影响他的骑行。然而他停下车子破口大骂。我弄不清楚他究竟是在骂谁。

这是一个50多岁的男子，双手沾满油污。他叫骂着冲过来。我这才意识到他在骂我。他愤怒地认为是我在后面碰了他的车子而又不向他道歉，因此他破口大骂。过往行人纷纷围拢上来。

我平静地告诉他，我真的没有碰到他的车子。他更加愤怒，骂得更为难听。围观的群众显然有人认为我属于冤案。

见对方如此辱骂，就预测我将做出强烈反应。于是人们就期待着，期待着大打出手的场面出现。

至今我也难以相信当时我为什么表现得宁静如水。就我的深层性格而言，我是一个容易急躁甚至愤怒的男人。

围观的人们迟迟不见事件出现高潮，如同观赏火灾而不见大火苗子，便走了许多失望者。这时我想起问对方："是不是你的车子被碰坏啦？"

他继续骂着。这时我终于明白了，他的车子是否被碰坏并不重要。重要的是他认为我碰了他的车子而佯作不知，因此引发破口大骂。身边有好心人小声劝我，你就承认碰了他的车子，向他说一句好话事情就结了。

我敢说正是在这样一个时刻，我真正明白了"妥协"二字的含义。我为什么要为自己从未犯过的错误而承担过失责任呢？于是我对那位好心人说，我真的没碰他的车子。

那好心人显然为我的冥顽不化而感到失望，转身走了。对方此时停止叫骂，目光茫然地看着我。我从这茫然的目光里看出了他内心深处的怯懦。

我一字一句对他说："我真的没碰你的车子，我以人格保证。"

人格？对他来说这显然是个陌生词汇，一时不知如何回应，满脸不知所措的表情。

我平静地注视着这个年长我20多岁的男子。渐渐，他颇为自信的精神阵地崩溃了，犹犹豫豫举起手来，朝我行了一个民间军礼。那样子令人啼笑皆非。

他说也许是他弄错了，说罢骑上自行车就走了。望着他远去的背影，我心中感慨万千。

“我以人格保证”。这是一句少年时代常说的话啊！时隔多年面对辱骂我竟然脱口而出。恰恰是这样一句脱口而出的话语，使对方心理受到震撼，终于转身退去。这个结果的确是我始料不及的。

我绝对不具有“无故加之而不怒”的境界。令我感到欣慰的是，我毕竟没有愧对自幼所接受的教育，心灵深处还珍存着“人格”这个词语，于是蒙受误解与屈辱之时，脱口而出。这应当是我所拥有的精神财富吧？

我的人生词典，她随我成长进入青春期，她随我成熟进入成年世界，她或许能够伴我终生吧。

第2辑·钢铁说话

大　侠

一座几千人的大工厂，其实就像一座大村庄，总有奇人异事发生，然后传播开去。随着时光流逝，这些奇人异事渐渐朝着“史料”方向转化，呈现增值的趋势。以口相传，便被称为“口述史”。如果不被听者相信，只得打入另册，成为野史了。工厂，就是产生野史的地方。

40多年前，工厂机修车间有外号“大侠”者，中年男性，头发稀疏，枯脸瘦身，上班下班脚踏绛红色匈牙利产自行车，低头骑行，好像随时搜寻着路人遗失的钱包。

他的匈牙利产脚踏车，车架高大，体量超过普通自行车。这劳什子原本不是自行车而是烧汽油的“轻骑式”摩托车。当年中苏友好，这一只只车架进口中国了，只等待机器到货安装，然后供应中国市场。没想到中苏关系“嘎巴”一声破裂了，地处东欧社会主义阵营的匈牙利，随即与中国中断贸易关系。用当今相声界术语来说，叫“裂穴”了。

于是乎，那一台台等待安装发动机的摩托车，成了泡影。

先期抵达中国的车架，成了钢筋铁骨的弃妇，一时没了用场。我们伟在祖国是社会主义国家，不可能出现并容忍“弃妇”出现，即使钢铁弃妇也不成。既然没了发动机，那就不叫摩托车了。我们叫它自行车行不行？我们中国人极具聪明才智，随即将它当作大型自行车推向市场销售。这种从摩托车退化而来的脚踏车，产品数量不多，几乎不为广大人民群众知晓。因此，这种自行车的前世今生，只能在野史里流传了。

吾厂“大侠”有幸买到这辆来历不凡的脚踏车，开形中成为记载中匈友谊戛然破裂的“骑士”。他将苏联阵营骑在身上，并不晓得已然平添几分“反修战士”风采。

“大侠”是机修车间钳工，他有些像隐伏洞穴的动物，无论是职工食堂还是工厂澡堂，平时很难见到其身影。他永远是个骑着自行车匆匆而过的独行者。他不大讲究卫生，即使背影也透着邋遢相。“大侠”与许多衣着整洁精神焕发的产业工人相比，无疑属于负面形象。

据说，他的生活节俭，称其“悭吝人”有过之而无不及。他骑匈牙利脚踏车，一旦遇到上坡路段必然下车推着走，以免“抻”了链条。有人说“大侠”过桥扛着脚踏车行走，那则属于杜撰了。

他从来不去食堂而是从家里带饭，这样节省许多花销。有人见过他的铝制饭盒，被描述为叫花子讨饭罐子，并不为过。

无产阶级“文化大革命”年代，每逢晚间中央人民广播电台发布伟大领袖的“最新指示”，全厂职工便自觉来到集合地点列队游行，热烈欢呼毛主席发布新的“最高指示”。每逢这种时候，“大侠”总是早早坐在边道牙子上，埋头等候列队游行。然而，他的等待总是“磨刀不误砍柴工”，手里不停做着活计，比如缝补破袜子脱鞋晾脚。他身上散发的气息，即使在红色年代也令人猝不及防，纷纷退避三舍。

那时候，工人们工资普遍不高。天津的国营机械行业，一级工每月工资35.5元，二级工41.64元，三级48.85元，四级工56.75元，五级工67.2元，六级工78.83元，七级工92.15九元，八级工108.27元。

其实，有的老工人突破八级工的月薪上限，工资竟然达到130元，这叫“保留工资”，成为大工厂里独特景观。

如今“保留工资”不复存在。我们的宏大历史记载重大事件始末，这种琐往往不被重视，所谓历史细节便泡沫般消逝，渐渐无人知晓从而失传。

说起“保留工资”的由来，它产生于“公私合营”前夜。私营企业的资本家在“公私合营”之前，已然给工人们定了工资。比如给某位大工匠的月薪涨到130元。这明显高于国营企业或公私合营企业的八级工工资。实行“公私合营”之后，这个问题便摆在当政者面前：以前是私有制社会，工人阶级受压迫被剥削，万恶的资本家给这位大工匠月薪130元，如今是中国共产党领导的公有制社会，难道我们居然要降低这位大工匠工资，让他的月薪还不如于资本家时代吗？

这无疑是个极大的难题。有支歌我们唱了很久了，“解放区的天是明朗的天，解放区的人民好喜欢……”

经过反复请示慎重研究，决定暂时保留这类超出企业八级工上限的月薪，称其为“保留工资”，等待上级制定政策统一解决。这一“保留”很多年过去了，这一“等待”很多年过去了。于是这“保留工资”便保留下来。随着时光推移，那一位位享受“保留工资”的大工匠死去了，这个问题也就不存在了。

时间，成为解决难题的最好方法。

我在工厂的师傅任凤鸣就是月薪128元的“保留工资”者。20世纪六七十年代，他的工资直抵厅局级干部，生活富裕超得流油，远远超过逼死杨白劳的黄世仁。工人阶级是领导阶级，毛主席老人家就是要让他们过好日子，这才是真正的社会主义。

“大侠”就是“保留工资”，月薪119元。他没有子女，在中国没有子女被称为“绝户”，这称谓并不好听。没有子女的“大侠”常年省吃俭用，工人们指指点点说，你存钱吧你存钱吧，也不知道死了积蓄传给谁。于是，“绝户”的身份越发显得酸楚——这辈子省吃俭用为别人存钱。

“大侠”的积蓄从来不存入国家银行，而是随时带在身上。颇有几分“人在阵地在”和“与积蓄共存亡”的味道。别人知道他将全部家当带在身上，却然不知具体藏宝部位。有一次，他满头大汗四处寻找失物，口口声声丢了钱。机修车间同事们知道他的积蓄是从牙缝儿节省出来的，一起帮他房前屋后寻找。

遍寻不到，“大侠”跨上那辆匈牙利脚踏车，沿着上班途径找寻而去。中午时分喜讯传来，“大侠”的积蓄完璧归赵。原来，他将一沓沓人民币缝在那只破袜子里，不慎中途滑落。这种又脏又破的袜子，即使经济困难时期也没人愿意弯腰捡拾。就这样，“大侠”的破袜子，远远超过大富翁保险箱的功能。

“大侠”是个普通产业工人，他的节俭也是一种品质。只是这种品质在他身上表现得过于极端罢了。移风易俗，兴无灭资，提倡勤俭，反对奢侈。这是革命时代所倡导的。“大侠”以他的变态方式，践行着。

当年那种清贫的生活，人们就是奢侈又能奢侈到哪里呢？“大侠”每月领取保留工资，确实高于其他工人。然而当时工人们的普遍表现是勤俭。可是，人们偏偏不能宽容这个过渡节俭的“大侠”，总是拿他当作笑料调侃。这是不是特定年代的仇富心理呢？我不知道。

当年“大侠”的极端节俭与如今大款的疯狂斗富相比，无疑透露出时代的巨大变迁。至于此公为何得到“大侠”的绰号，我至今不得而知。如今，人们阅读金庸武侠小说对“侠”的理解，大体是指“明知不可为而为之”的理想主义者，透着一种不肯流俗的孤独味道。

我说的这位“大侠”的生活行为与众不同，可以称为不肯流俗吗？无论如何评价，反正他浑身散发着孤独者的味道。那时候，他是工人阶级一员。

俱往矣。那辆绛红色匈牙利脚踏车，今安在哉？“大侠”留在人们记忆深处的，只是那个骑着一辆具有特殊来历自行车，渐行渐远的背影。我认为，这是个具有标本意义的背影。

30年过去了，有人在破败不堪的工厂大门前偶然发现“大侠”，他面貌苍老，却是西服革履的装扮，显得不伦不类。

有人问他，他不悲不喜地说，今天我儿子结婚典礼，就弄了身新衣裳穿。

你儿子结婚？人们困惑不解，谁都知道绝户是没有儿子的，连女儿都没有。

“大侠”并不解释，一路朝着泰来大酒店走去。泰来大酒店是厂长下海开办的，占用的正是当年机修车间大墙外的地皮。

西服革履的“大侠”走进泰来大酒店，他的背影幻化了，好似走进机修车间大门。

我仍然认为，这个背影具有标本意义——不论工厂困顿发得出发不出工资，他的身份就是“保留工资”领取者，曾经月薪119元。

不知为什么，我突然想起119既是“大侠”的“保留工资”，也是火警电话号码。

是啊，我们这个时代除了“保留工资”，还应当保留些什么呢？

加班券

中国终于有了《劳动法》，它对企业加班有了法律规定，可谓填补了空白。不光“血汗工厂”受到法律限制，工人也得到法律保障。这令我想起大革命时期的口号：劳工神圣。

“文革”年代，毛主席说工人阶级是领导阶级。工厂里流行的口号是“大干快上”和“吃大刀，打快转”，还有“宁叫汗水漂起船，也要任务提前完”之类的口号，特别鼓舞人心。因此，工厂加班被赋予浓重的政治含义，联系着革命理想与追求。工人加班加点也成为“一颗红心献给党”的政治行为。工人阶级是企业主人，自己给自己加班加点，这不是外人。

20世纪70年代，我们的国营大企业基本依靠传统管理组织生产。许多企业很难做到“均衡生产”。说起均衡生产，它是指每月生产任务量，上旬完成30%，中旬完成30%，下旬完成40%，这就是企业管理所所说的“三三四”。

不过，“三三四”只是理想状态。哪个穷人家过日子没找别人借过钱？一座大工厂的生产流程，工艺路线长，工序环节多，只要前面出现“卡脖子工序”，后面工序就没活儿干，眼巴巴望着前面“瓶颈”干着急。

一旦出现这种状况，莫说实现“三三四”，就是“二二六”也难以保障。情况严重时甚至出现“一一八”。于是，工厂呈现这样的景观：前面的“卡脖子工序”24小时加班加点，连轴转。后面的工序无所事事，工人们抽烟喝茶四处溜达，工段班组只得开展政治学习，大家坐在更衣室里念报纸。

那时候工厂加班，还有一种形式叫“七对七”，就是早晨七点钟上班，晚间七点钟下班，一天12小时工作，中午只休息半小时。还有的工厂，一连几个月取消公休日，平时不准请假，号称“集中兵力打歼灭战”。

这种大战役式的加班，除了法定节日发放加班费，平时只给“加班券”。

所谓加班券，是一张小纸片，油印。一张加班券面值八小时，上面盖有车间公章。加一天班，发一张加班券。它好像没有废止期。这种加班券不流通，只限本车间使用，越境无效。

平时，工人家里有事歇班，向班组长请假时，上缴一张加班券就是了。假若你只请半天假，一张加班券可以拆成两次使用，不用找零。我不记得曾经有人在加班券上造假。那时社会上没有假钞，工厂食堂里也没有毒豆芽。

举凡在“卡脖子工序”干活儿的工人，几乎人人手里都有一叠子加班券，接近扑克牌厚度。再者，经常加班加点抢修机器的保全工，他们也是拥有加班券的“大户”。

倘若赶上没活儿干的时候，车间工段就组织手里有加班券的工人集中“倒休”。有的工人积累很多加班券，一歇就一个月。记得1973年的春天，我在工厂食堂遇见八车间的一个熟人，他告诉我明天就歇了，等天热了见吧。由此可以计算，这位老兄手里积累了多少加班券。

既然加班券具有“代金券”性质，工人之间也就出现了借加班券的现象。我没有加班券，家里有事需要歇班，就张口找你借。有借有还，再借不难，就跟民间借贷一样。如果你觉得欠对方人情，主动献棵烟卷就是了，划亮火柴给人家点上。那时候的工厂生活，充满了日常的乐趣。

1974年，工厂里掀起“共产主义义务劳动”热潮。班组的政治学习，主要是学习苏联卫国战争期间开展“星期六共产主义义务劳动”修建喀山铁路的文章。我至今还记得《列宁语录》，大意是说有朝一日全世界实现共产主义就在欧洲大城市用黄金修建一座座公共厕所。革命年代的激情，促使革命者视金钱如粪土，况加班券乎。

全厂开展共产主义义务劳动竞赛，车间里掀起贡献“加班券”活动，青年突击队在车间大墙上贴出“倡议书”，工人们纷纷签名。有个保全工一次就贡献加班券近百张，以实际行动表达奔向共产主义美好远景的决心。

工人阶级是领导阶级，工人发扬主人翁精神，爱厂如家。既然工厂是我家，我义务加班就是应该的，还要什么加班券呢。

我在工厂当技术员时，恰逢改革开放初期，工厂没有什么改观，仍然流行“加班券”。那时我开始做小说了。一旦熬夜写作，早晨难以起床，只得上午歇半天假，过午时分进厂上班，手里拿着加班券请上司签字。上司戴着老花镜在我的加班券上一丝不苟写下“已休半天”四个字并签署他的大名，然后郑重其事将尚有半天余额的“加班券”还给我，然后低声低语道，小肖你很像个自由职业者啊。

就这样，我一张加班券可以使用两次，也就是休息两个半天，这使我的业余写作生涯有了缓冲时间。于是，平日里积攒的加班拳，越发显得金贵了。

一张加班券可以换取八个小时的自由，这是当今的年轻人无法想象的事情。

20世纪80年代初期，国营工厂开始“企业整顿”，有的设立“企业管理科”，派员东渡日本学习企业管理经验，实施“PDCA”循环管理模式。中国企业的生产管理，逐步走上正轨。

有的企业引进生产设备，同时请来外国专家安装调试。所谓外国专家，其实就是外国技师而已。这些外国专家在八小时工作时间里，除了吃饭喝水上厕所，一言不发埋头工作。只要到了下班时间，立马收拾工具抬腿就走，回酒店休息去了。假若中国工人继续加班，这些洋人往往流露出惊讶表情：你们不在工作时间里完成生产任务，难道非要下班后加班吗？

外国人有外国人的逻辑，中国人有中国人的规矩。外国有外国的法律，中国有中国的特色。

革命样板戏《海港》里韩小强的台词：“八小时以外是我的自由。”当时属于落后典型，戏里戏外受到批判。革命工作是不分八小时以里和八小时以外的，这体现了当年工人阶级价值观——为共产主义事业贡献全部力量。

如今，我们建设具有中国特色的社会主义，终于懂得工人经常加班属于不正常状态。一个具有正常生产管理的企业，它的员工应当在法定工作时间里完成额定的生产任务，除非紧急状态是不需要加班的。我们当年“救火式”的加班加点，既表达了工人阶级的革命生产热情，也说明我们缺乏基本的科学管理。

以前表现工业生产的诗歌，有“浓烟滚滚，炉火熊熊，马达轰鸣，汽锤铿锵”之类的句子，如今看来是很不环保的。同样，狂热的加班加点，也属于往昔工厂的革命景观。我们构建和谐社会，提倡“以人为本”了。

如今，我国涌现大量民营企业，尤其以密集劳动为主的中小企业，再度出现任意加班加点的现象，有的外资企业劳动强度超大，甚至出现工人心理崩溃跳楼自杀的悲剧。当年，工人自愿加班加点是共产主义义务劳动，不要钱。如今，工人过度加班加点违反社会主义国家《劳动法》，给钱也不行。于是，当年的加班券便载荷着政治含义，甚至比人民币更能体现革命年代的金钱观了。

那天遛沈阳道古玩市场，我面对一件件旧物突发奇想：怎么没人收藏当年工厂的加班券呢?

那一张张曾经的加班券，无疑已然成为共产主义义务劳动的活化石了。

都市村庄

我们的政治经济学教科书说，中国最早的工人阶级来自失去土地的破产农民。例如“华北机器工业摇篮”天津三条石的工人们，绝大多数来自河北省泊镇附近的庄户人家。2004年，我率天津文学院作家骑自行车沿大运河采风，抵达河北省交河县泊镇（如今改称泊头市），探访河北铸造之乡与天津三条石的血缘关系。

由于来自传统农村腹地，即使解放后成为新中国大型企业里的工人，他们的“原型文化”还是依稀可见。我认为文化是一条粗壮的根，它在一两代人身上是难以消磨的。这正是文化的生生不息。以20世纪70年代初期我所接触的工人们为例，便保存着明显的传统农耕文化痕迹，只是时隐时现而已。

首先，他们依然保留着乐于耕种的农夫习惯。举凡大工厂，大多地处城市远郊，尤其20世纪50年代的“拖拉斯”构想，使得工厂占地广阔，颇有跑马圈地的意味。

工厂落成投产，车间附近的大片空地，无疑成为工人师傅们的“自留地”，早早便有了张王李赵的归属，呈“分田分地真忙”之景象。

平时工余时间，身为工人却保留农夫心理的人们，积极投入开荒生产，再现新中国版“南泥湾”。他们一人开垦出一块土地，互不干扰，各自为战，作小农经济状。有栽葱的，有种蒜的，有栽“猫耳朵豆角”和“西葫芦”的，有栽小白菜的，总之属于蔬菜类，长势良好。

我生在城市长在城市，丝毫没有农村生活经验。然而，通过与这样的工人师傅接触，我竟然增长了很多庄户知识。譬如“头伏萝卜，二伏菜，三伏种荞麦。”还有“夏至三庚便数伏”的农谚。所谓一庚是10天，三庚是30天。也就是说夏至节气后30天，就进伏了。后来我特意验证过这句谚语，果然是不差一两天。

出身农村的工人对土地有着深厚情感。庄稼一枝花，全凭肥当家。他们为了给农作物积攒农家肥，一大早儿宁肯一路憋着，也要坚持跑步进厂将“人工肥料”屙在“自留地”里。顽强践行着“肥水不流外人田”的古训。

春去秋来，车间四周一派丰收景象。无论西红柿还是黄瓜，都是要搭架子的。你参观一块块结满果实的“自留地”，一定会被他们精彩的“农田手艺”所打动。这正是当年的独特风景——大工厂里的小村庄。

大工厂附近，往往建有工人家属宿舍。住在这里的工人师傅们，每逢秋季便纷纷呈现清晨拾柴的劳动本色。进入深秋，万木凋零一派萧索，枯枝败叶满地堆积。天色未亮，工厂家属宿舍里便走出一个个或高或矮或胖或瘦的身影，渐渐消逝在工厂周边的原野里。

天色大亮，他们背负着一捆捆树枝返回了，好似旷野里归来的樵夫，工人师傅们猫腰撅腚将过冬柴火运回家里，一路行走纵然辛苦，却是满脸知足常乐的表情。

那时候，做饭没有天然气，采暖也没有供热，过日子烧煤球。这一捆捆艰辛打来的柴火，可以用于引火生炉子，也可以用于“烧大灶”做饭。中国农民吃苦耐劳勤俭持家的传统美德之花，竟然盛开在工厂家属宿舍里，可谓亦工亦农。

上班时间到了，这一个个出没晨风里的“樵夫”立即走进工厂大门，成为车间里熟练操作的技术工人。

工厂附近也建有单身宿舍，家属在农村的工人师傅们，时间更为充裕了。他们八小时工作时间是工人，下了班自愿打回原形，钻进“自留地”里忙碌着。每年他们享受探亲假，还将自留地收获的农产品带回老家，以贴补家用。因为那时候的农村尚未实行“联产承包责任制”，自留地很少的。

由于原籍村庄相邻而且同时享用探亲假，比如春节期间回家团聚。于是他们孩子也几乎同时出生。就有这样的歌谣流传："刘家堡的柳树一行行长，刘家堡的孩儿一般般高。"

是的，在土壤相近而且同时播种同时发芽的情况下，麦苗儿当然同时破土，而且同进抽穗同时灌浆同时收获，"刘家堡的孩儿一般般高"——这种同时生育的现象，竟然呈现春种秋收的农业耕种状态，显得十分有趣。

前些天，我在电视相亲节目里看到"异地恋"男女，不由想起当年男人在城市工厂做工，家属在农村老家务农的现象，当时被称为"两地生活"。一旦农村家属进城落户，被称为"农转非"。即"农业人口转为非农业人口"。这是极其难得的事情。从这里我们也可以看到，中国工人的根系来自中国农村。

为了解决"两地生活"造成的生活困难，城市里自发形成"对调工作"的民间市场。譬如老张在A城工作，家属在B城农村，老李在B城工作，家属在A城农村。所谓"对调"就是在A城工作的老张与在B地工作的老李进行"对调"：老张调到老李的单位去工作，老李调到老张的单位去工作。这样的"对调"，既解决了老张也解决了老李的"两地生活"难题，双都拥有了家庭生活。

这种现象再次说明，农村与城市有着千丝万缕的联系，中国农村与城市工人有着无法割断的关联。

我在工厂生活八年，向这样的工人师傅学到很多农村生活常识。譬如不用绳索就能够将一只装满粮食的大麻袋挑在扁担上，譬如有一种绝对牢靠的打结方法谓之“绝户扣”，譬如怎样在一池即将干涸的水塘里捉鱼，譬如怎样选择风向在小树林里悬挂逮鸟儿的粘网，譬如捉住一窝没长毛儿的小耗子泡在香油里，一年后即可泡成不亚于獾油疗效的烫伤药，譬如患了“撞客”那样的怪病如何用土法医治……

中国工人与中国农民，本来就有着千丝万缕的血缘联系。即便新中国涌现的工业题材文学作品，也残留着农业祖先的“胎记”。这种血缘联系，我们无须将其斩断——这就是历史，这如同我们在水中看见的自己的倒影。

如今大量涌入城市的农民工，其实正在重复着我们祖辈离开土地进城谋生的道路。因此，我们没有理由向他们投去不以为然的目光。假若对他们表示轻蔑，那就等于我们忘却了祖辈进城创业的艰苦历史。

城市是人类进步文明的产物。哪座城市不是由集镇发展进化而来的呢？哪个城市人的先祖不是来自农村土地？这或许正是我写这篇忆旧文章的初衷吧。

红　医

如果我们没患健忘症，许多中老年人会记得“文革”年代著名的“六二六指示”。伟大领袖号召广大城市医务工作者下到农村去，批判当时国家卫生部为“城市老爷卫生部”，完全脱离广大工农兵群众。

一时间，全国各大城市医疗战线执行“最高指示”，迅速掀起上山下乡高潮，医生们举家迁往生活条件艰苦的边远地区，为基层革命群众服务。

我的小学同学萧珑的大姐是医院护士。领袖挥手，我们前进。于是萧氏全家迁往广西壮族自治区，一去就是十几年。萧珑在广西曾经成为话剧演员。萧珑的父亲萧朗先生则执教于广西美院，多年后返回天津美院成为著名画家。

就在广大医务工作者迁离城市上山下乡之际，被称为“新生事物”的“赤脚医生”如雨后春笋涌现在中国广大农村。所谓“赤脚医生”，顾名思义就是肩挎药箱打着赤脚奔走于田埂地头的“土医生”，他们没有正规学历和文凭，却有着一颗为人民服务的红心。

农村涌现赤脚医生的年代，人民公社实行“合作医疗”，今天中国广大农村实行的“新农合”，其实就是当年“合作医疗”的“转世灵童”。我认为，所谓时代进步而出现的新生事物，有些只是继承而已。

我的表叔树起是农民，他患了严重的肝病住进天津总医院，生命垂危。当时医院没有他急用的药物比如安替舒通，我还跑到医药公司门市部去买，根本不用托头系找门路。树起表叔长期住院期间，不曾出现“治不起病，吃不起药”的窘境，更没有听到病房护士“某某床家属该去交费啦！”的喊叫。当时贫下中农有病得医，正是广大农村实行“合作医疗”发挥了作用。

我们的改革开放初期，分田分地实行“联产承包责任制”，重返一家一户的“小农经济”状态，先前农村实行的“合作医疗”不复存在，于是出现个体农民“有病难医”的惨况。尤其有些身患不治之症的农民，为了避免人财两空的不幸结局，毅然选择自杀之路，令人唏嘘不已。

革命年代自有革命文艺作品。为了表现赤脚医生这个新生事物，当时拍摄了电影《春苗》与《红雨》。我记得出演《春苗》的女主角的是天津籍演员李秀明，她曾经是天津市五七中学的学生，活跃在学校宣传队里主演阿庆嫂。而电影《红雨》

的主题歌“赤脚医生向阳花，贫下中农人人夸”由郭兰英女士演唱，她高亢与抒情的歌声，一时广为传唱。

反映农村赤脚医生的文艺作品不少，文学工作者也不甘落后。我曾经在新华书店买过诗集《巡诊的路》，就是诗人扎根少数民族地区创作的，作者好像姓苏。

那时候文学作品遵循“三突出”创作原则，后来被批判为“高大全”与“假大空”。可是不知为什么，正值青春期的我手捧诗集《巡诊的路》，想象着那位来自大城市的青年医生，半夜里手持火把奔走在山间小路，或抢救病危的老人，或为难产孕妇接生，全心全意为广大贫下中农服务，还是被感动了。看来我很早就受到“帮派文艺”的影响。

当时，农村有“赤脚医生”。工厂则有“红医”。农村与工厂互为镜像，成为革命年代的同株花朵。

所谓红医，就是工厂里的“土医生”，尽管属于“文革”年代的产物，却极大方便了广大职工，受到普遍欢迎。

“文革”期间，工矿企业实行军事建制，车间主任叫连长，车间书记叫指导员。一座国营大工厂，少则几千人，多则数以万计。一个车间至少也有几百号工人。既然工人阶级是领导阶级，他们的身体健康必然受到重视。

20世纪70年代初期，工厂车间普遍设立“红医站”。红医站的主要任务是为奋战在生产第一线的工人们送医送药，进入高温季节还要做好防暑降温工作。

每个车间红医站，至少配备一名红医，或男或女。这种“红医”一般不穿白大褂，身穿工作服保持工人本色。他们绝大多数从工人队伍里提拔，也有厂办技校毕业生。红医通常根红苗正出身好，一般二三十岁年纪。

我所在的铸造车间有两名红医，男的姓高，以前是浇铸铁水的壮工，女的姓李，以前是电工，都是出身工农家庭的年轻人。毛主席教导我们说，“卑贱者最聪明，高贵者最愚蠢”。当时“大老粗”绝非贬义词语，而是透露着几分理直气壮的自豪感。

车间红医上岗前，也要经过集中学习——就是红医培训班。工厂请来正规医生讲课。那时候强调“古为今用、洋为中用”，中西医结合自然成为红医培训班的主要课程，包括针灸和验方。

那时候，“处方权”概念已经淡化。车间红医开药方，无外乎医治头疼脑热。一般红医没有“开假条”的权力。一旦面对需要休病假的患者，红医就将他打发到工厂保健站或者职工医院去。有一次我被大锤砸伤脚面，车间红医开了转诊单，让我去厂部保健站接受治疗。

车间红医站的红医，大多出自本车间，属于土生土长。前来就医的患者，百分之百是红医知根知底的熟人。这很像如今的社区医务站，谁有什么慢性病，谁要什么常用药，社区医生心里一本账。尽管车间红医的医术有待提高，却颇有工人阶级贴心人的感觉。如今大医院的大夫们如果能够做到这份儿上，他的医德就高尚了，频频发生的患者家属殴打医生事件，可能也会减少的。

车间红医虽然半路出家，有的确实专心钻研医书，四处求教，渐渐医术有所提高，也会获得“开假条”的权力。于是，红医便成为工人堆儿里的特权人物，时时有人求了。无论钳工电工木工，他们都愿意给红医干活儿，从修锁配钥匙到攒半导体补自行车胎，从打木匠活儿到拉电线安电灯，可谓积极主动上赶着。那些尚未婚配的红医，无论男女搞对象都比较容易。

车间红医站白墙上，大多挂着一幅人体穴位图，这是全国推广针灸疗法的景象。说起针灸疗法，我有着极其深刻的记忆。当今大行其道的针灸疗法与当今颇受尊重的针灸医生，不应当忘记这门针灸医术能够发扬光大走出国门，完全源自中国的红色年代。

中国大城市的大型综合医院，“文革”前设有中医科，像北京天津这样的大城市还设有专科中医院以及中医学院。然而，中医似乎不如西医受到当局推崇，比如针灸便难以进入大型综合医院。针灸这门古老的医术，只得顽强地生存在民间社会。有些掌握针灸医术的并非执业医生，他们利用业余时间为城市居民解除病痛，街头里巷称此种特长叫“扎行什”。

其实早在“文革”之前，伟大领袖就发出“西为今用”和“洋为中用”的号召，具体反映在城市医疗战线，体现为“中西医结合”，比如中西医结合治疗疑难杂症，包括癌症攻关。天津的中西医结合治疗“急腹症”取得显著成绩。南开医院的学科带头人吴咸中先生，曾经为周恩来总理治病，改革开放成为首批中科院院士。

在中西医结合的革命热潮里，古老的针灸术迎来它的春天，首先成为农村“赤脚医生”与工厂“红医”必须掌握的不二法门。大城市综合医院也纷纷成立针灸科，长年流传于民间的古老医术，终于理直气壮登堂入室了。

就这样，革命年代的针灸术成为“古为今用”的代表作，几乎成了包治百病的利器。身穿绿军装的解放军医疗队开进城乡，革命群众排队接受治疗，说扎针灸可以治疗近视眼，扎针灸可以治疗“老寒腿”，扎针灸可以治疗“老腰病”，扎针灸可以治疗羊角风……

最为神奇的是针灸可以替代麻醉药物，一根根银针扎准穴位，开肠破肚动手术，患者毫无疼痛感。为此上海电影制片厂专门拍摄科教电影《针刺麻醉》，将我国古老医术推广到非洲及第三世界，尔后还拍摄了故事电影《无影灯下颂银针》。

赤脚医生掌握针灸医术，活跃在车间工段的红医同样大力推广针灸疗法。俗话说，三百六十行，行行出状元。有的红医甚至练就一手“独门绝活”，譬如扎“芒针”什么的。久而久之名声大了，有的工人将家属领到厂里，请红医治病。

车间红医站渐渐成为社交中心，一上班就热闹起来：求人办事儿的，介绍对象的，散布小道消息的，还钱的借饭票的，当然不乏泡病号的……好似风云际会的大场所。

时兴“工农兵学员”年代里，有的车间红医被工厂推荐去医科大学读书，接受系统的高等教育。每逢暑假寒假，有的工农兵学员主动回到车间给师傅们看病，受到工人们赞扬。大学毕业之后，有的红医被分配到正规的大医院成了正式的大夫——终于穿上真正的白大褂。多年后前来挂号看病的患者，肯定不知道白大褂里裹着的这位大夫曾经是“红医”。红与白，这是身份的彻底转变。

1974年夏季，天津体育学院的工农兵学员深入我所在的铸造车间，详细了解工人健康情况。他们在车间红医配合下根据铸工容易造成的腰肌劳损疾患，有的放矢编排了一套“铸工操”，每天带领大家操练。那场面，依然留在许多老师傅记忆里——毕竟有人专门为咱们编排了一套保健体操，这是功德。

当下，时兴高学历洋文凭。当年的“红医”显然土不堪言，渐渐被淡忘了。一个时代有一个时代的观念，一个时代有一个时代的风物。改革开放，建立新的“医保”体制，力争做到“有病得医”，旨在建设和谐社会。红医滥觞于革命时代，已然伴随“文革”终结而走进历史深处。但是，当年车间红医零距离为生产一线工人服务的情景，好似一幅年代久远的褪色油画，被结结实实镶嵌在记忆的画框里了。

随着时光推移，不知这幅油画能否成为文物，被巴金老人生前呼吁建立至今无人提及的“文革博物馆”所收藏。

食 堂

1970年初中毕业，当时尚未恢复高中，我们被分配到工厂。那时正值“文革”中期，物价却与“文革”前基本相同，低得很。一根油条4分钱，一个烧饼4分钱，一碗豆浆3分钱，一碗馄饨8分钱。面粉1.85毛，粳米1.47毛，棒子面9.9分，西红柿5分钱一脸盆……如今看来，那时的物价低得宛若史前社会。

工人在工厂职工食堂吃饭，必须要将粮票换成饭票，将人民币换成菜金券，饭票有粗粮细粮两种，菜金券简称“菜票”，最大面额贰角。那是粮食定量供应的年代，倘若有谁丢失整月饭票等于丢失30天口粮，其严重程度超过今天丢失钱包。丢了钱，你可以找人去借。丢了饭票，你去哪里借？每人每月粮食定量供应，谁有余粮借给你呢。

记得1971年初春，我在工厂职工食堂买了一份甲菜：一个狮子头肉丸子，配有一只鸡蛋，才人民币1角5分钱，今天大概要8元钱的。那时学徒工吃甲菜，在老工人眼里多少有些“小资产阶级”的奢侈。所以，我心里发虚，作贼似的买了狮子头肉丸子加鸡蛋，悄悄躲到职工食堂角落里，绝不敢显山露水回到班组去吃。

工厂的老师傅们勤俭过日子，大多从家里带饭上班。他们走进工厂大门，提兜儿里的饭盒是实的，沉甸甸装着昨晚家里的剩菜剩饭。当然也有家庭经济条件比较好的，则是媳妇专门给丈夫做的饭菜。无论冬夏，车间里设有蒸锅，工人们将饭盒交给蒸锅，午休时间便可以吃到热饭了。然而，各种饭菜装进这只蒸锅里，一旦加热便散发出“百家饭”的气味。这种气味很是诱人，多么高明的厨师也难以烹调出如此复合的味道。

车间蒸锅故事不少。有的工人带了有鱼有肉的饭菜，他们饭盒就成为众人觊觎的猎物，兴许没到午休时间便被偷光。这种行为既包含着工友间的“浑不懔”情感，也不乏贪占小便宜的心理，趁机起哄解馋。

工人们下班走出工厂大门，他们的饭盒空了，走起路来咣咣作响——那是一只只铝勺在饭盒里跳舞呢。我曾经在长篇小说《机器》里描写了这种场面，称为“下班交响乐”。

当时的工厂，只有小青年们爱去“吃食堂”，一派吃咸不管酸的劲头儿。无论什么年代，青年都代表着先锋与前卫。

每逢青黄不接季节，职工食堂的青菜完全断档，只供应两种菜品，一是炒海带丝，二是烩猪血丁。偶尔见到咸鸭蛋，味道也不新鲜。有时候青菜极端匮乏，中午食堂竟然出售臭豆腐。热饼夹臭豆腐，气息就浓厚了。一时间工厂处处弥漫着王致和遗留的味道，绕梁不散。记得女车工小金吃了臭豆腐，竟然被女工们排斥在更衣室外面，说有人闻见王致和就昏迷。其实这是女工们以开玩笑名义“挤兑人”。工友间彼此挤兑，其实强度不大，顶多把你带的午饭给偷偷吃了。

20世纪70年代后期，工厂职工食堂供应品种有所增加，出现“小炒”窗口。一样样菜品摆在里面，丰俭由你。我记得花5角钱便能吃上一条半斤大小的“胖头鱼”。只是老工人们依然舍不得吃，他们是要养家糊口的。

工厂职工食堂的饭菜价格，往往比外面饭馆便宜，因为工厂食堂属于福利性质，它的开销是摊入企业成本核算的。比如生产一台电机的出厂价格，它里面已经包含职工食堂所消耗的费用。如今，有些企业对员工实行免费午餐了。这也算是时代进步吧。

当年天津的工厂职工食堂中午供应大米饭，是可以凭粗粮饭票购买的。这种米饭是先煮后蒸，因此余有大量米汤。一大铁桶米汤摆在食堂中央，随便喝。有个极其吝啬的老工人，每天中午舀一罐米汤下班带回家，让老婆用米汤和面作饭。有人问其原因，他嘿嘿笑着说，这米汤里也有粮食啊。

毛主席教导我们说：“让哲学从哲学家的课堂上和书本里

解放出来，成为广大人民群众改造客观世界的武器。”这个老工人无疑实践了伟大领袖的教导。他从稀薄的米汤里看到它的本质——粮食，从微观世界看到宏观世界，堪称学哲学用哲学的标兵。

全国开展批儒评法运动，鼓励广大职工以诗歌为武器，批判“孔老二”的儒家思想。于是工厂职工食堂“诗墙”上挂着这样一首诗：“谁说老粗没文化？登上讲坛要讲话，创造历史讲历史，天大困难也不怕！”署名是“一车间老工人”。

其实，这首诗歌的作者是我。那时我经常为“老工人”捉刀代笔，创作了一大批革命年代的“顺口溜”。

1976年10月，打倒“四人帮”，全国喜洋洋。喜讯传来，工厂职工食堂连续三天免费供应打卤面，以示庆祝。工人们闻讯蜂拥而至，挤满售饭窗口。掌勺师傅宣布只是免费供应“卤”，面条饭票照收。不少老工人平时不吃食堂手里没有饭票，只得丧气而归。我连吃三天“卤”不收费的“打卤面”，越发拥护打倒“四人帮”了。

20世纪70年代末期，我所在的工厂食堂二楼开设了职工图书馆。我至今还记得当时书架上的诗集，有李学鳌的《太行炉火》，李瑛的《枣林村集》，李幼容的《天山进行曲》，黄声笑的《挑山担海跟党走》，还有纪鹏的《新坦克兵进行曲》……那些年出版了那么多诗集，中国好像真的成了诗歌大国，重返盛唐时代了。

由此可见，职工食堂不光为工人们提供碳水化合物，还提供精神营养。这里经常举行“批斗会”和“忆苦思甜大会”，后来举办文艺演出和年终表彰会，成为工厂政治文化大舞台。

除了政治文化，职工食堂也滋生爱情。这个车间的小伙子与那个车间的姑娘，不同的生产岗位难得一见，只有相遇于食堂，彼此间秘密联系方式就是传递纸条儿。一旦确立恋爱关系，胆子就大了。要么女方给男方买好饭菜，坐在那里等候。要么男方给女方买好饭菜，径直送到车间里去。这真应了“食色，性也”那句古语。

当然，已婚男女食堂邂逅，一旦摩擦出情感火花，就叫“生活作风问题”，如果到了发生“男女关系”的地步，问题就严重了。从当时的道德观念出发，工厂职工食堂也不是一块净土。

那时候胖子不多，工人们普遍属于“瘦肉型”的。工厂食堂的职工，胖子不少，这可能基于近水楼台的原理吧。有一次外号“张胖子”的厨师乘坐班车回家，坐车打盹儿睡着了，他的大号铝制饭盒从怀里滑落，满地都是夹带的火腿肠，引发全车愤慨：“你他妈的偷吃就是了，还往家里偷拿啊！”

工人阶级是宽容的，他们可以宽容厨师偷吃，但是不允许偷拿。据说张胖子因此受到处分。工人自有工人的逻辑，假若有谁饭票被偷，他便叉腰站在食堂大骂：“有本事你去偷公家东西，偷私人东西算什么能耐啊！”

这种言之凿凿的逻辑，无疑暴露出“一大二公”时代的弊端：都说工人是企业主人，一旦利益受损，还是宁可牺牲公家利益而维护个人利益的。

20世纪80年代初期，我调到局机关工作，有时跟随领导下厂检查工作，多次在工厂职工食堂吃“招待餐”，交半斤粮票五毛钱。一碟菜一碗饭一钵汤，还是比较朴素的。我记得某处长有次没带粮票找我借了半斤，多年后他高升了，我在电视新闻里看见他，就在心里嘟哝：“喂，您欠我半斤粮票没还呢。”

广遭诟病的“吃喝”风气，大约兴起于20世纪80年代末期，那时候，机关干部下厂检查工作，已经不在工厂职工食堂吃“招待餐”，而是被小汽车拉到外面饭店，也开始喝酒了。这种风气愈演愈烈，形成全国规模。

然而，工厂职工食堂毕竟属于工人，它的诸种细节透视出真实人生景观，成为真实的历史。如今，不知有多少人还在怀念工厂职工食堂的饭菜，有些品种确实是家庭做不出来的，大酒店也做不出来。譬如铁锹熬白菜，譬如素炒茄子丝，譬如油渣馅大包子，还有那大桶刷锅水味道的清汤。这些滋味只属于工厂职工食堂。因为工厂是一块独特的园地。举凡独特的东西，往往是无以替代的。

无以替代的，还有那一去不复返的工厂岁月……

歌 谣

新中国成立以来，国家的建设方针是以农业为基础，以工业为主导。为了加快经济发展步伐，实施第一个“五年计划”，中央决定在天津郊区建立几个工业区，比如陈塘庄工业区、郑庄子工业区、北仓马庄工业区，均被规划为重点工业发展区域。一时间，旷野里崛起一座座厂房，很是鼓舞人心。

有工业区当然就有工厂，有工厂当然就有工人，有工人当然就有劳动，有劳动当然产生歌谣。劳动产生的歌谣，其内容记录着工业生活。如果将这些歌谣归类，我以为近乎《诗经》里“风”的范畴。所谓采风，正是如此。今天所谓作家采风，仍然延伸着深入民间的含意。

当年的天津北仓工业区，规划蓝图很大。说起北仓地名的由来，它与漕运紧密相关。北仓坐落在北运河畔，当年漕粮进京沿途设立仓廒，北仓为北仓廒，简称北仓，当地还有南仓地名，乃是南仓廒的简称。

我工作过的那座工厂，就坐落在北仓工业区。北仓工业区以机械行业为主，也有化工企业，譬如捷克斯洛伐克援建的合成纤维厂。倘或沿着京津公路继续向北，永定引河桥还有几座钢铁企业。

后来我读了《林海雪原》作者曲波的回忆文章，他谈到当时天津北仓工业区的规划蓝图，那是模仿苏联的大型“拖拉斯”。当时天津工业系统的领导，是曾任团中央书记的冯文彬同志。

好景不长。国家进入三年经济困难时期，饿着肚子工业基础建设纷纷下马，在建的大型厂房只得停工。一根根钢筋混凝土的柱子朝天而立，被工人们称为“烧香”。这一炷炷香，一烧就是30年。

基础建设下马，天津北仓工业区的大型“拖拉斯”难以成形，只得瘦身分解成为几座工厂，就这样分了家。后来流行于北仓工业区工人口头的歌谣，这样描述那几座属于机械制造行业的工厂：“穷锅炉，富发电，铸锻件是养老院。”

所谓“穷锅炉”，是指天津锅炉厂。由于制造锅炉以铆焊工艺为主，生产设备主要是剪板机和电焊机，没有什么大型金属加工设备，显得家底不厚，因此被称为“穷锅炉”。那时候国营大企业工人，以本厂拥有大型机械设备为荣耀，其心理远远胜过自家拥有大立柜和五斗橱，真正是以厂为家。

“富发电”是说天津发电设备厂，也就是我曾经工作过的工厂。这座工厂以生产水轮发电机为主，北京的密云水库水电站就是这座工厂生产的。

同时，这座工厂还生产“移动电站”即军用电源车与“五七型”高射炮的底座，其生产工序环节既有铸锻铆焊的热加工，也有金属切削的冷加工，还有生产定子与转子的浸漆车间，因此各类生产设备极多。比如加工直径8米的立式车床、起重量100吨的龙门式吊车，这在当时都是不多见的，属于“部管设备”。所谓部，是指第一机械工业部。20世纪70年代第一机械工业部的部长是李水清将军。工厂歌谣里所说的“富发电”，正是比喻大型生产设备众多，家底很厚。

“铸锻件是养老院”是指天津铸锻件厂。它1970年改称“天津重型机器厂”，职工近万人，简称“天重”。它主要有铸钢、铸铁、锻造以及金加工，还有木型车间。这座工厂拥有自己的铁路与机车，专门运输大型工件。我的一个中学同学就是“天重”的火车司炉。天津重型机器厂最有名气是6000吨水压机，当时被称为“七〇工程”。这样的大企业被称为“养老院”，是不是因为老工人比较多？我至今不明白究竟是什么意思。

如捷克斯洛伐克援建的合成纤维厂属于化工行业，“文革”期间改称“反修锦纶厂”，以表示与东欧修正主义集团划清界限。这座工厂显得洋气，那座小白楼是它的标志性建筑，合成纤维厂女工众多，好像还没有歌谣描述这座工厂。

歌谣描述的是工厂，工厂里工种很多。当然也有歌谣描述不同类别的工种，比如“车钳铣，没法比，电气焊，凑合干，要翻砂，就回家。”

车工、钳工、铣工，统统属于机械行业冷加工，当然也包括开磨床、刨床、镗床什么的，这些工种技术含量高，工作环境明亮干净。当年工业宣传画上身穿背带裤手拿千分尺的工人形象，正是这些工种的代表人物。工人阶级的风采，那是没法比了。

“电气焊，凑合干”，说的电焊工和汽焊工。电焊工戴面罩，孤光闪闪，噼噼啪啪，场面很是壮观。汽焊工戴墨镜，手持气焊枪喷着蓝色火苗儿，颇有诗意。无论面罩还是墨镜，都是为了保护操作者的眼睛。

电焊机根据不同工件，要经常调试电焊机。汽焊工则要经常鼓捣乙炔气发生罐，这项工作大意不得，一旦违章操作出现“回火”，就有爆炸的危险。

电焊作业产生烟尘，长年操作容易患有被为“电焊尘肺”的职业病，夏季干活儿汗流浃背，弄不好被弧光“灼眼”泪流不止。因此，歌谣里的“电气焊”只得“凑合干”了。

除了传统焊接工艺，当时大工厂还有“氩弧焊”和“电渣焊”，属于新兴技术，大概不在“凑合干”范围之内。

“翻砂”是旧称，新称为“铸工”。这个工种劳动环境不好，制造砂模产生粉尘，有职业病为“矽肺病”。矽就是硅。每逢开炉铁水奔流，天车吊着铁水包朝砂模里浇注铁水，属于高温作业，不时出现烫伤。他们有这样的歌谣自嘲：“浇铸工，瞎胡闹，见眼儿就倒。”

这样的工种，以“要翻砂，就回家”比喻其作业艰苦。其时工人们思想觉悟很高，真正回家的并不多。一旦回家成了无业游民，名声更不好听。

还有关于其他工种的描述，比如“溜溜达达是电工，轻轻松松化验工。”这样的歌谣便有欠生动了。我记忆里，举凡描绘劳动条件比较落后作业环境比较艰苦的歌谣，反而十分传神。苦大力，往往是产生劳动艺术的丰厚土壤。

在工人堆儿里，还流传着不登大雅之堂的“民间歌谣”，虽然含有黄色内容，却不乏底层俚语色彩。这种歌谣形式，大多以四为题。

关于颜色的：

四大绿：青草地，西瓜皮，王八盖子，邮电局。

四大红：老庙门，杀猪盆，大姑娘月经，火烧云。

四大白：天上的云，剥了皮的蛋，小媳妇的屁股，缸里的面。

关于感受的：

四大欢：顺风的旗、逆水的鱼、十八的姑娘、小叫驴。

四大蔫：爬完杆的猴，耕完地的牛，卸完载的男人，撒了气的球。

四大硬：墙上砖，门上栓，半夜的老二，电线杆。

四大嫩：苔下韭，莲花藕，大闺女奶子，小孩儿手。

这种歌谣很多，有些直接与性器官有关，诉诸文字实在难以表达。

当然，工厂里也出现讽刺性歌谣，比如工人们对食堂伙食不满，就有“大锅馄饨，汤多片儿少，窝头眼儿大，馒头个儿小”。

计划经济时期，工人跳槽的极少。许许多多老工人坚持岗位不动摇，一直到退休。

那些流行于工厂车间的歌谣，只是一种情绪调侃而已。用工人们的话说，说一千道一万，咱还是该干吗就干吗去。

工人，确实就像一颗颗永不生锈的螺丝钉，牢牢将自己拧在那架巨大无比的机器上，终其毕生。歌谣，也就乐观地伴随他们终生了。

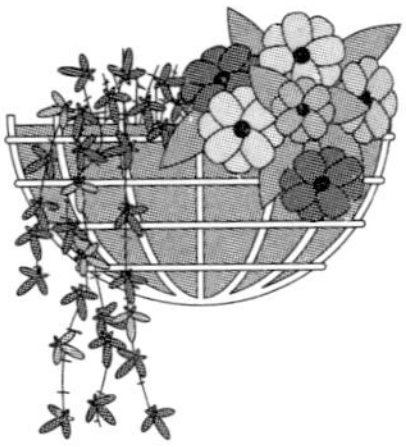

第3辑·文学地图

八闽大地

蔚蓝记

我生活在中国北方一座滨海城市，小时候记忆里却没有海的印象。这座城市有一条据说奔向大海的河流。说来几乎无人相信，我首次见到家乡大海已然二十几岁了。那就是被称为渤海的海。我询问前辈长者，很多人大半辈子不曾到过家乡海边。看来，我居住在一座伪滨海城市。

我们这座城市的居民，似乎只认识河流而不认识海洋。河流的水是淡而无味的，有时泛绿。尽管有《蓝色多瑙河》世界名曲，我却不以为蓝。人文地理形成文化性格，我认为自己不具备海洋性格，反而更像内河流域的人。我曾给一家滨海城市的文学期刊写过贺词："渤海像是被上帝撒了一把食盐的大湖。"渤海确实不曾唤起我蔚蓝色联想，它更多的是微黄甚至浑黄。

从微黄到浑黄，我越发喜欢蔚蓝颜色，包括湛蓝。因为它们是海洋的颜色。无论蔚蓝还是湛蓝，都令我产生深远的联想——那是特别遥远的地方。

有幸参加“海上丝绸之路”主题采风活动，来到与蔚蓝相关的地方。从福州而泉州，从现实平台走进历史深处，一路感受真正的海洋。海洋的水是咸而发腥的，它的味道散发着它的性格。倘若没有味道，那还叫海洋吗？

中国海岸线很长，从南到北，连绵不断，口岸颇多，海上丝绸之路为何选择从福建出发呢？看起来，闽地文化，闽人精神，确实有待我们深度发现。

明代郑和下西洋，这是国人皆知的历史知识。三宝太监的“宝船”前往南洋驶过印度直放非洲，成为当时最为先进的远洋船队，当时天朝的航海水平就连西方人都难以置信。只可惜后来明朝实行海禁政策，关闭了中国走向海洋深处的大门，更关闭了探索未知世界的窗口。

然而，闽人的“海丝”情结从来不曾断绝，他们的胆识与气魄，智慧与才能，以及对远洋的无限向往，似乎成为遗传基因，一代代越发强烈。自明清以降，检索中国近代史，你会看到一群闽人应运而生，他们大步踏上风云变幻的历史大舞台，以蔚蓝大海做平台，创造了一项项“中国之最”：马尾船政，闽系海军，航空奇才，造船专家，林译小说……精英林立，光彩照人。一代代闽人，顽强地书写着蔚蓝色历史。

瞻仰中国近代人物画廊，令我备感亲切的当数严复先生。

天津古文化街小广场上，严复先生身披青铜静坐其间，使人觉得老人家依然居留津门，并未离去。天津与福建的关系，也因严复先生而紧密起来。

严复，字又陵，1854年出生，福州船政学堂驾驶班首届毕业生，即留学英伦学习海军，1880年来到天津北洋水师学堂担任总教习，只有27岁。严复在天津工作生活了20多年，自称“三十年老天津”。他的母亲和妻子均病逝于天津，可以说津门是闽人严复的第二故乡。

严复故居在天津东北城角铁狮子胡同，他1895年翻译赫胥黎《天演论》就住在这里。《天演论》的翻译是严复在中国思想文化领域的重大贡献。“物竞天择，优胜劣败”，成为那个时代的最强音。康有为曾赞叹说“《天演论》为中国西学第一者也”。今人经常提到的翻译评价标准“信、达、雅”，正是严复首先提出，并且终生实践的治学原则，先生为后世留下百余万字译作，成为举世公认的翻译大师。

1895年甲午战争中国战败，这加深了严复的苦闷心情以及对封建旧制度的绝望，相继发表《论世变之亟》《救亡决论》等政治论文，为变法维新鼓吹与呐喊，他的思想直接影响了康有为、梁启超等维新派人物。孙中山拜会严复时曾说“君为思想家，鄙人乃实行家”。新民主主义时期的毛泽东评价严复是中国共产党出世以前向西方寻找真理的“中国资产阶级启蒙思想家”。

严复先生在思想文化领域的卓越建树，光芒照耀津门后人。多年后，他的学生张伯苓创办了著名的南开学校，这正是对先师的最好纪念。

1880年，严复应李鸿章邀请抵津就任北洋水师学堂总教习。说来也巧，同年十月，一个名叫李叔同的人诞生于天津。两位伟人以如此巧合而形成默契。

李叔同先生祖籍浙江，先祖落户津门成为富商。尽管李叔同先生不是闽人，他的人生历程却将天津与福建联系起来。

我们纵览中国近代文化发展史，可以说津门乡贤李叔同是公认的通才和奇才，他是中国新文化运动的先驱者，最早将西方油画、钢琴、话剧等艺术门类引进国内，同时以擅书法、工诗词、通丹青、达音律、精金石、善演艺而驰名于世。他在我国近代文化、艺术、教育、宗教领域做出极大贡献，堪称卓越的文艺先驱。他创作的“长亭外，古道边，芳草碧连天……”的歌曲，至今不论男女老幼皆为传唱，堪称旷世经典。他爱国的抱负和义举，更是贯穿于一生。

年近不惑，李叔同先生大彻大悟，离开天津南下游历，于1918年农历七月十三在虎跑定慧寺出家，取名演音，号弘一。从此，李叔同从才华绝世的博学先生转为高僧大德弘一法师。

弘一法师闻名僧俗两界，他潜心修行，研修佛经，尤其对律宗的研究与弘扬，做出非凡贡献。他为振兴律学，不畏艰难，潜心戒律，著书说法，实践躬行，受到学界高度评价“弘一大师的佛学思想体系，以华严为镜，四分律为行，导归净土为果的。他研究的是华严，修持弘扬的是律行，崇信的是净土法门……”。

弘一法师严守律宗戒律，悲天悯人，生前每坐藤椅总要先摇动几下，以免压死藏身其中的小虫，西逝前要求弟子在龛脚垫上四碗水，以免蚂蚁爬上法身被焚，高僧大德的善心，令人景仰。

出自津门的弘一法师不辞艰辛弘扬佛法，晚年走遍闽地。南安、厦门、福州、泉州，都留下他的足迹：在涌泉寺藏经阁发现《华严经疏论纂要》，叹为旷世稀有，不胜欣喜，发愿刊印；在妙释寺开讲《改过经验谈》；在万寿岩开讲《随机羯磨》和《阿弥陀经》；在承天寺开讲《常随佛学》和《律学要略》；在开元寺开讲《一梦漫言》并圈点《南山律钞记》……弘扬佛学，殚精竭虑。

1942年，63岁的弦一法师赴灵瑞山讲经，提出三约：一不迎，二不送，三不请斋。讲经后返回泉州开元寺，移居温陵养老院。10月13日晚间，弘一法师往生。西逝前三天，他写下“悲欣交集”四字，交给妙莲法师，也将他的最后哲思留给人间。

泉州是法师圆寂之地，尽得高僧舍利子一千八百颗，可谓佛光普照，遗福后世。泉州也是联合国教科文组织认定的海上丝绸之路重要起点。千百年间，这里帆樯如云，商旅竞发，堪称“东方第一大港”。时光流转，延续当代，前年泉州还被联合国教科文组织评为“东亚文化之都。”此行采风来到泉州，一路阅读蔚蓝色历史，大开眼界，增长见识，很有收获。

历史名城泉州古称刺桐，以文化厚重闻世，宋元时期便成为世界贸易大港，随着商贸往来，佛教、基督教、伊斯兰教、景教……多种宗教和宗教流派在这里汇集，印度文化、波斯文化、阿拉伯文化、欧洲文化……多元文化在这里交融，久而久之积淀出丰富多彩的文化土壤，也形成泉州兼收并蓄宽广包容的文化胸怀。

参观泉州古船陈列馆，显要位置陈列着那艘七百年前从波斯返航的宋代沉船，耳畔犹闻蔚蓝大海涛声。这艘沉船宛若活化石，再现昔日泉州航海的辉煌。那一筐筐从海底打捞出的瓷器，精美无比。在英语里“瓷器”与“中国”发音相同——China，令我想起那则民间传说：当年西洋货船抵达泉州，洋人看见瓷器好奇询问这是何物。那时沿海闽人习惯将瓷碗瓷盘码放在柴筐里，便说这是柴筐。闽语发音“柴筐”为“柴纳”，于是“瓷器”与“中国”便同时成了“China”。

沉船是早年航海的历史，柴筐则是瓷器的代名，以讹传讹成为“中国”的引申义。当然，这只是民间传说而已。

拜谒泉州开元寺，这座始建于唐代的名刹是福建省内规模最大的佛教寺院之一。又一则美丽的民间传说告诉我们这座寺院的来历：泉州有黄姓巨富梦见桑树生出莲花，便舍弃桑园建立寺院并取名莲花寺，唐开元二十六年更名开元寺。桑树竟然生出莲花，说是梦境其实透露着泉州蔚蓝文化的想象力，也展现着泉州佛教信仰的虔诚心。

泉州文化的多元性，同样在伊斯兰教的清净寺得以充分体现。始建于北宋年间的这座清真寺遗迹，阿拉伯文叫“艾苏哈卜大寺”，望月台、宣礼塔、洗心亭、讲经堂……明万历年间泉州发生八级大地震，这些充满古阿拉伯伊斯兰风格的建筑震毁不存，然而漫步寺院足以令我们想象当年外来宗教在泉州的传播与扎根。泉州与阿拉伯世界的交往历史可以追溯到唐代，那时候泉州是真正的国际大都会。举凡国际大都会，必然有宽广的文化胸怀与包容的文化心理。泉州正是当时的大都会的样板。

过午登临泉州清源山，此山同样包容着多种宗教文化，弘一法师舍利塔便坐落其间。还有弥陀岩、瑞像岩，皆为依傍石壁而雕凿的浮雕。

清源山很大，我们只拜访了老君岩。一尊巨大石像背倚青山端坐草坪间，这正是道教始祖老子雕像。仰望先哲，耳畔不由响起深奥的《道德经》“道可道，非常道”“大曰逝，逝曰远，远曰反”这些自幼可以背诵的名句，却包含着极其深刻的哲理，不是人尽皆解的。清源山的小草儿似乎告诉我们，无论佛教还是道教，这座清源山贮满精神宝藏，它唤醒我们探索世界终极真相与人类未来出路，鼓励我们走向丰沛走向深厚的地方，从而接近真理。

好像纪德说过，为了唤起对生活的热情我们付出了极大努力。日复一日的日常生活，可能使我们渐渐丧失热情产生懈怠。寻访别样的生活方式，这本身就是一种学习态度。我们乘车来到蟳埔村，走进泉州村民的日常生活。

蟳埔村坐落在泉州湾，临海，属于泉州的丰泽区。我们走进村子首先看到辛勤劳作的妇女，她们埋头收拾着一袋袋牡蛎，神情专注。我看到她们发髻都佩戴着鲜花，一朵朵很是耀眼。在我印象里从事体力劳动妇女都是包裹得严严实实，唯蟳埔村妇女如此打扮自己，看来很不寻常。

更不寻常的还有蟳埔村的蚵壳厝，就是用蚵壳建造的民居。一面面蚵壳砌成墙壁，远看酷似抽象派油画，显得蟳埔村别有风貌。我发现，这种砌墙用的是大蚵壳，村里妇女正在收拾的蚵壳则很小。原来，这里面蕴藏着一个蔚蓝色的故事。

自唐宋代以来，泉州便成为“海上丝绸之路”的重要港口，满载丝绸与瓷器的商航从蟳埔港起航，前往南洋、印度及非洲贸易。返航时形成空船便以当地蚵壳压舱，以利航行。这些来自异国他乡的大蚵壳卸在蟳埔海边成为弃物，当地先民废物利用，开始以大蚵壳建造房屋，这便是蟳埔村的蚵壳厝。

一座座蚵壳厝，见证着“海丝”的历史，成为泉州沿海风格独特的民居。我们走进蚵壳厝参观，听着优美的南音，仿佛嗅到历史气息，仿佛看到蔚蓝色海洋。

站在泉州后港马可·波罗出航的地方，一座石碑矗立岸边，显现着磐石的静默。古老的泉州身居何处，在我们眼前还是在我们身后？放眼远方，海天蔚蓝，浑然不可分也。古老的泉州在历史里，也在未来里。

因为，历史是青铜色的，而未来则是蔚蓝色的。泉州，一片蔚蓝。

续蔚蓝记

去年早春首次拜访泉州，大开眼界，收获颇多，于是写了《蔚蓝记》，记叙诸多感受。又逢初春时节，我再度来到八闽大地，重访刺桐古城。此行有机会参观去年不曾造访的地方，可谓填补人生几处空白，权作《续蔚蓝记》。

泉州文庙

我居住的天津也有座文庙，坐落老城厢东门里。我的小学时代它改为“天津少年儿童图书馆”，由宋庆龄女士题写匾额。不知为什么这座文庙的正门常年紧闭，或进或出要走侧门。我记得文庙侧门紧邻公厕，人们来去匆忙，神情不雅。长大成人得知，本埠有民间传说鞭笞此事，称文庙不开正门走旁门，所以少有状元榜眼探花。欣逢改革开放盛世，官方大兴土木修葺文庙，圣人府第终于开了正门，可惜早已废除科举。然而，每逢高考前夕文庙成为学生家长祈福的地方。尽管没了进士殿试，中国应试教育还是有高考状元的，可以直接被北大清华录取。文庙具有的民间实用功能，满足着世俗社会的需求。

泉州文庙大不相同。它是国务院发布的全国重点文物保护单位，初建于唐开元末年，始称“鲁司寇庙”，五代改称“宣圣庙”，宋代一度迁移，北宋大观三年迁回，南宋绍兴三年重建，定名“府文庙”。迄今千年时光了。

这次采风活动并未安排参观泉州文庙，我偷闲拜谒“千秋仁义之师，万世人伦之表”的圣人。小雨濛濛，只见文庙大门敞开，正气浩荡。进门无须购票，拾阶过槛而入。前庭有半月形泮池，水碧而风微，一派祥和景象。泮池中央有元代建造的泮桥，梁式石构，中部拱起。泮池里浮着几座色彩艳丽的纸扎荷灯以及振翅欲飞的纸扎仙鹤，我猜测此前泉州文庙承办盛大活动，这是节日遗韵。

当今兴国学尊孔圣，蔚然成风。泉州文化古城，儒学积淀深厚。这座千年文庙成为举办城市大型文化活动的旺地，也算古为今用。

来到大成殿庭下，一左一右两株古榕，根深叶茂，望之蔚然。一派苍绿散发着强劲生命力。人生不过百年。以千年榕树为背景，人渺小了许多。

登上大成殿前露台，抬头仰望大成殿，主体建筑体现典型的府殿式营造方法，历经宋元明清四个朝代保存至今，极具文物价值。大成殿为斗拱抬梁式木结构建筑，以48根白石柱承托，大殿正面有浮雕盘龙檐柱8根，风格古朴淳厚，这在全国文庙中极为罕见。

步入大成殿，正位有孔子塑像，老人家两千四百岁的年纪，青铜铸身神态安然，左掌托右掌作拱手状，已然成为人格化的神。大殿两旁有四配十二哲像，均为紫檀浮雕，栩栩如生，表情各异，绝无脸谱化套路，雕刻技艺精湛而传神。我趋前瞻仰，不论姓甚名谁，竟然多有不知，于是顿生感慨：古来圣贤垂青史，至今不为我辈知，这是何等寂寞。由此可见，中华民族文化传承，任重而道远。中华民族的伟大复兴，文化纽带断裂不得。参观文庙而知耻反思，乃是此行最大收获。

小雨初歇。泉州文庙东庑西庑均在修缮，用布墙遮挡长廊以施工。供奉于两庑的泉州38位历史文化名人则是无缘拜谒了。步出泉州文庙大门，回首望去，大成殿巍巍然。我分明感受到孔子深邃而祥和的目光，伸出大成殿而越过泮桥，直望浮华人间。顿时想起《论语》那句话："夫子哂之。"

2300多年过去，孔学几经沉浮，其间有孟子、朱子发扬光大。然而也曾遭革命洪流冲击，被贬为"孔老二"，举国批倒批臭。青山遮不住，毕竟东流去。苍茫中国大地，几多朝代更迭，江山依旧。儒学未灭，夫子不死。

《论语·侍坐章》云："暮春者，春服既成，冠者五六人，童子六七人，浴乎沂，风乎舞雩，咏而归。”《论语·公冶长》又云：“道不行，乘桴浮于海。从我者，其由与？”

孔学儒教，出世乎入世乎，人生境遇有别，各有不同解读。这便是泉州文庙给我等凡夫俗子的启示。

泉州天后宫

说起天后宫，天津有东西两座庙，位于大直沽的东庙始建于1316年，可惜毁于八国联军战火，幸得近年重建。坐落小直沽的西庙始建于1326年，至今香火旺盛，本地俗称“娘娘宫”，焚香求子者众多。有本埠文史专家考证，天津的妈祖庙为中国北方独有。

不论叫妈祖庙还是天后宫，多见于中国东南沿海地区。据说中国大陆有近千座供奉妈祖的庙宇，全世界四亿人信奉天后，可谓影响深远。

古代泉州是海上丝绸之路的起点，也是与亚力山大港齐名的东方第一大港，航运繁忙，远至阿拉伯地区。到了元代海漕兴盛，南方粮食源源不断运往元大都。福建运粮船队千里航行，途经刘家港抵大沽口，在大直沽换装平底船，溯白河而上，如今北京什刹海便是当年的卸粮码头。

一路航海，险象环生。水手生死，命悬浪尖。有赖神明保佑，福建船队平安抵达。于是闽人在大直沽兴建妈祖庙，以表感恩之心。就这样，元代妈祖落户天津（金代叫海津镇，元代叫直沽寨）。依此可见，无论海津镇还是直沽寨，天津信奉妈祖源于福建。天津与福建，颇具源渊。

妈祖原名林默娘，生于福建莆田湄洲岛，她“生而神异，有殊相，能知人祸福，拯人急难”，自幼得到仙人指点。传说987年九月初九，林默娘得道升天。自古莆田隶属泉州。可以说泉州乃是妈祖文化的发祥地。

有关妈祖的神话传说，给予远航水手以极大的精神力量。相传妈祖具有“乘席飞天”的神力，每逢船队遇到狂风巨浪身处险境，海天随即升起红灯，这是妈祖前来救难了。平民信奉妈祖，就是信奉天佑平安。泉州古称温陵，泉州妈祖传入台湾，被当地信众尊称“温陵妈”。妈祖愈传愈远，很快广布东南亚华人世界，影响日深。

其实，封建官宦阶级同样信奉妈祖。1407年三宝太监郑和下西洋归来，深感妈祖保佑船队平安，随即奏请朝廷广建妈祖庙。清代福建水师提督靖海将军施琅攻打台湾大捷，同样认为出于妈祖护佑，向康熙呈递奏章获准，皇帝册封妈祖为“天后”。从此妈祖庙尊称“天后宫”。

泉州天后宫，实为我国古建筑中现存历史最久、规格最高、面积最大的祭祀妈祖的庙宇。庭院古树参天，东有钟楼，西有鼓楼。山门背后的古戏楼，金碧辉煌，飞檐盘龙，戏台石基，雕刻精美，极富闽南建筑特色，宏伟蕴含细腻，壮观不乏精妙。尤其妈祖塑像身后的照壁，一幅作于道光年间描绘妈祖故乡湄洲岛风情的大型壁画，画面精美绝伦，堪称国宝级文物。

参观泉州天后宫，不禁思索“妈祖信仰”的精神内涵。林默娘身为湄洲渔家女，得道升天转为古代民间神祇，何以引起海内外华人广泛供奉呢？我以为妈祖凝聚着中华民族善良勇敢、扶贫济困、解险救难、造福苍生的传统美德，从而成为广大信众心目中极具人格魅力的神。劳苦大众对妈祖不断神化，也体现了中华民族的价值取向。不知为什么，瞻仰泉州妈祖神像令我想起南海观世音菩萨。是啊，中国民间社会需要妈祖这样庇护众生的神灵。

天后宫大殿高悬“神昭海表”金字横匾。一位紫衣黑裤细花头巾的惠安女，表情肃然双手合十，满怀虔诚拜谒妈祖。

走出天后宫大门，前方有德济门遗址，这座跨宋、元、明、清的古泉州南门遗址，引人发思古之幽情。然而，啖泉州林记绿豆饼，令人享当下之喜乐。

我猛然想起天后宫里的惠安女。渐渐明白，从古至今建造千座天后宫，其实妈祖娘娘是住在人心里的。

这就是信奉的意义。这就是信奉的价值。

泉州李贽故居

以前不知道泉州有李贽故居。然而李卓吾不是陌生人。经历过20世纪70年代“批林批孔”运动的人，大都知晓这位《焚书》《藏书》的作者。李贽被当作尊法反儒的英雄加以推崇，他从古书里被拎出来，成为革命年代反儒批孔的有力武器。李贽及其著作也被划归“法家”阵营。

李贽故居在古泉州南门外，距离德济门不远，有赵朴初题写匾额。这位明代思想家、文学家和泰州学派宗师的故居，院落显小，房间不多，似乎难以容纳主人公的思想宝藏。不知何故，我联想到当今社会大而无当的豪宅，真是换了人间。

李贽初姓林，名载贽，后改姓李，名贽。纵览故居展示的族谱，确有林李不分之说。李贽字宏甫，号卓吾，别号温陵居士、百泉居士。

他自幼聪慧过人，12岁写出《老农老圃论》，批判孔子视农民为“小人”的偏颇言论。长大成人读书中举，官至云南姚安知府，却随即弃官客居湖北黄冈和麻城，于芝佛院讲学，追随者逾千，其中不乏妇女。用时下话语描述就是粉丝众多。

流连李贽故居，我想象当年李卓吾先生讲学场景：新颖的观点，严谨的学问，反正统的精神，针砭时弊的勇气……人们从来没有见过如此“反潮流”的士子，内心必然受到强烈震撼。

李贽思想受到王阳明和泰州学派影响，以“异端”自居，以反对礼教、抨击道学为己任。不认同“咸以孔子之是非为是非”的观点，批判程朱“存天理，灭人欲”的理学，提出天理与人欲没有区别的见解，公开与儒学唱对台戏。李贽不赞成“重农抑商”政策，与封建王朝社会价值导向完全相反。

文学艺术方面，李贽重视小说与戏曲的社会地位，点评过《浣纱记》《拜月亭》，甚至将《水浒传》《西厢记》与《论语》《孟子》相提并论。这完全颠覆了以四书五经为儒学经典的封建社会的“主旋律”，实属“歪理邪说”。他强调“真心”和“童心”，主张文艺创作抒发己见，反对“八股文”，追求“绝假纯真”的思想境界。

李贽常住湖北芝佛院，发奋著书立说，历时多年，完成《初潭集》《焚书》等著作。他是性情中人，写到得意处，索性剃发留须，俨然译经的老和尚。十几年间，他不囿于书斋，走山西，赴山东，四处讲学，极力发声。所到之处，和尚、樵夫、农民，就连女子也走出闺门前来听讲，一时间满城空巷。

他的史学巨著《藏书》总68卷，系统论述战国至元末约800位历史人物，逐一对其作出不同于传统见解的评价，称赞秦始皇，肯定武则天，旨在反对儒学，批评卫道士。

这无疑对封建王朝正统思想造成强烈冲击，被保守势力视为“异端”“邪说”，李贽立场坚定、坚持己见、毫不畏缩，表现出中国传统文人“士可杀不可辱”的气节。1602年，李贽终以“敢倡乱道，惑世诬民”的罪名被捕入狱。

这样的命运结局，或许早在李贽的预料之中。我揣测他甚至期待这种结局早日来临，否则也不会抗拒朝廷要将他押解回福建原籍的成命。

他批判孔孟之道，他反对程朱理学，他不接受僵化的价值观，他抵触板结的社会秩序。他生来就是叛逆者，有着坚硬的“思想反骨”。他始终没有学会低头，他一生挺直身躯不弯腰。

于是，76岁的李贽在狱中要求剃发，即使封建王朝的北京监狱也认为这是合理要求。谁也没有想到他会突然夺下剃头师傅手中的剃刀，割喉而死。这个中国古代文人，连死也要自己动手完成，绝不允许他人染指。

我注视着李贽故居庭院里的塑像，目光低垂，面颊清瘦，蓄须。我试图从这张面孔里觅得某种表情：愤世，悲悯，清高，自守……但我无法找到足以表现这位思想家的典型表情。或许，这种具有独立思想与反叛性格的伟人，既难以概括也无法抽象吧。你只能整体接受他，你只能全面研究他。这也是李卓吾先生留名至今的根本理由吧。

如今，国学大兴，儒学复归，年年祭孔，童蒙读经。然而，我们这代人从小接受教育是批孔反儒的，比如鲁迅先生的《狂人日记》，巴金先生的《家》《春》《秋》，使我辈得知以儒教为代表的封建礼教，害人甚至吃人。当然，如今的儒学与往昔的儒教概念不同，儒学为学术经典，儒教则是封建统治者教化百姓的工具。李卓吾先生毕生反儒批孔，成为离经叛道的异类。在一个封建国家里，不合时宜的异类是不会有好下场的。

参观泉州李贽故居，我明显感受到他的人格精神与学术思想，还有他坚硬而不缺钙的骨骼。这于古于今，都是弥足珍贵的。

走出泉州李贽故居，眼前又是热热闹闹的现实生活，身后一派清凉。

晋江古街行

我从小喜欢地理课，而且喜欢打听地名的由来。比如天津就是“天子渡口”意思。走进晋江博物馆，得知西晋永嘉年间（307—313），中原晋人南避战乱，沿江而居，因思恋故园，即称此江为“晋江”。知晓地名由来，总觉得是收获。

晋江城区发祥地，古称五店市，始于唐开元年间。一个地方能够保留古称，说明文化的传承与延续。随着近年中国造城运动的风起云涌，一座城市文化脉络在大拆迁中断裂甚至消弭，多有所见。晋江市对五店市传统街区的保护，正是出于对传统文化的珍惜。

俗话说建筑是凝固的音乐。参观五店市建筑群，亚似置身无声且宏大的“雅乐”中。一座座明清风格的闽南院落，从庄氏家庙到蔡氏家庙，这条小街遍布历史典故，眼睛里注满无声的阅读。

如果说五店市街区是“凝固的音乐”，这只是建筑学意义。一阵清宛悠扬的乐曲从宅院深处传出，悦耳沁心。我们拍着节拍寻声而去，一条古街倏地活了——“凝固的音乐”在清雅的乐声里，一下子成为鲜活的存在。

我走进庭院看到，五位艺人端坐庭前，琵琶与三弦列左，洞萧与二弦于右，居中者执拍而歌。我听不懂唱词，只觉得古风扑面而至，直入心脾。这正是久闻其名今闻其声的南音。

南音流行于晋江流域，由古代中原移民带到闽南，与当地民间音乐结合而成，其演唱形式主要为“丝竹相和，执拍者歌”。南音，由“大谱、散曲、指套”三大部分组成，现存曲目两千余首，有着丰富完整的音乐体系。它在这里得到保护与滋养，成为中国版“室内五重奏”。

脚踏南音行板，游走在五店市街区古街上，仿佛进入传统文化长廊。

一面影壁前，与著名的闽南高甲戏不期而遇。以前听说过这个地方剧种，今朝有缘亲眼目睹。晋江高甲戏，它是高甲戏中最具特色的也是传承最为完整的流派，以丑角挑大梁，表演生动活泼。柯派丑行艺术表演，已然成为高甲戏中的瑰宝。我们现场观看高甲戏，那个媒婆子的表演生动传神，令人捧腹。尽管彩妆，我还是看出他们都是年轻演员。这个堪称“活化石”的古老剧种的传承，因年轻演员而焕发着青春活力。

沿街来到庄氏家庙大门前，一座小戏台上演着极具晋江地方特色的布袋木偶戏，据说它有着一千多年的传承。我特意绕到后台观看这种掌中木偶戏的表演，发现这又是一群非常年轻的演员。一只只牵线布袋偶在他们手中翻动着，演绎着一出出古典剧情。我在中国北方看过木偶戏，后台演员多为白发老者，后继乏人。晋江则不然，这里的布袋木偶戏，正由一群年轻演员担任主角。我从他们的笑脸上，看到对家乡传统文化的热爱。

五店市街区，处处都是国家级非物质文化遗产。闽地饮茗，尽人皆知。我们走进万应茶博物馆，看到庭院当央矗着僧人铜像一尊，乃是万应茶创始人沐讲禅师。细看文字介绍，沐讲禅师俗名张定边。这么熟悉的名字？不由令我想起京剧《九江口》。

我喜欢听戏，那出《九江口》里小生是巧嘴华云龙，花脸是张定边。唱功尤佳。这尊铜像张定边与戏台花脸张定边有何关联？我怀着考古的心情看到这样的文字："元末，陈友谅与朱元璋于鄱阳湖大战中兵败身亡，部将张定边将其遗体葬于武昌，后遁入泉南灵泉山隐居，为避前嫌，削发为僧，自号沐讲禅师。他看到贫苦农民缺医少药，便遍采灵草，取红茶、鬼针、青蒿、墨旱莲等17味青草药，配以59味中药，以师姑泉水精心泡制，历练成丹，号称菩提丸，即今日的灵源万应茶。从明初沐讲禅师始，一代代禅师传承下来，至"中华民国"为第49代，至中华人民共和国为50代，已然600余年了。"

我为意外发现元末农民起义大将军张定边的下落而惊喜，同时也为灵源万应茶从一代宗师而传演50代而震惊。这足以说明，地处闽南的晋江传统文化传承，有着难以描述的生命力。我们通常称为“海土”的地方，竟然有着如此深厚的文化土壤。

五店市街区是一座宏大的传统文化民俗生活博物馆，我之所以钟情“晋江灵源万应茶”。不仅由于它散发着悠远历史的清香，还有那连绵不绝的勃勃生机。

这一桩桩一件件，都是这条古街告诉我的。它不是高声大嗓的述说，而是低声细语的浸润。从而，我想到我们天津的意式风情区和五大道地区，同样是历史“活化石”。历史，从来是不可以断裂的。保护历史就是保护文化，这是我们共同的责任。

彩云之南

云南四景

1.景东的茶

曾经听说我国云南省的“小云南”。此行从昆明乘车西去，途经祥云县。这祥云便是最初的“小云南”。传说，一队南来的彝族女兵与唐军作战在此阵亡，遂化作一团祥云升空而去。我们通常称云南为“彩云之南”或者“祥云之南”，正是得名于此。

车过“小云南”抵达滇西南的景东彝族自治县，遇到的欢迎仪式是“献茶”。这种仪式与我国内蒙古地区欢迎客人的“下马酒”相似，只是以茶待客。接过彝族姑娘奉上的普洱茶一饮而尽，景东人的热情深入心脾。

景东如今隶属于普洱市。此地古称银生，乃唐南诏银生节度首府所在地。当时南昭率土广阔，远达今日缅甸、越南和泰国一带。唐代学者樊绰在864年所著《蛮书》中记载，“茶出银生城界诸山，散收无采造法，蒙舍蛮以椒、姜、桂和烹而饮之……”。所谓城界诸山，即无量山和哀牢山，如今均为国家级自然保护区。景东县城便夹在这两座大山之间。无量与哀劳，皆出自傣语。夹在无量山与哀牢山之间的川河，流经景东之后改称把边江，最终流入越南境内。《蛮书》记载的是我国西南地区兄弟少数民族的生活。然而，最令景东出名的还是普洱茶。

樊绰在《蛮书》里记载的茶是最早见诸史籍的云南茶，道出普洱茶的悠久历史。尤其“以椒、姜、桂和烹而饮之”的记载，告诉我们古代此地流行的独特的烹茶技术。

这几年普洱茶声名大振行情暴涨，就连思茅市也更名普洱市了。可见，一片小小茶饼，给这里带来巨大福音，应了“靠山吃山，靠水吃水”的俗语。去年，中国普洱茶协会组织一批专家对景东境内茶树进行普查，发现这里拥有普洱市最大的野生茶分布群落，面积达28.6万亩，还拥有3.7万亩古茶树，堪称最古老的普洱茶产地。早在民国年间当时的云南省长唐继尧即为这里的“老仓茶”颁发了优质奖章。足见这里茶文化源远流长。

我在景东适逢“银生古城首届普洱茶交易会”开幕。天降小雨，开幕式上的祭祀茶神表演，令外来者大开眼界。茶，无疑是这里的关键词。

景东人民的日常生活，无不与普洱茶息息相关。尤其极具彝族风情的“跳菜”将祭茶表演推向高潮。交易会上有现场制作普洱茶饼的演示。彝族汉子依照古老工艺将自己的名字与年岁印制在茶饼上，无言诉说着他们的信誉。交易会上还陈列着为纪念1739年瑞典哥德堡号帆船于2006年重访中国广州而制作的普洱茶砖。我看到印有“全球限量发行”的字样，切实感到普洱茶是这里一笔文化积淀深厚的独特资源。可谓天赐也。

古城银生给我留下深刻印象的是专家品茶鉴赏会。近年参加文学作品研讨会，所见所闻多为和风细雨式的赞扬，出以公心的尖锐批评极为鲜见。除去个别者的网上“恶搞”，我们德高望重的文学批评家基本成为赞美诗的吟唱者，表现出令人感动的宽厚与温和。景东的专家品评鉴赏会，则出现激烈争论。一方认为野生茶不可饮，并且指出当年发生在西藏地区的教训。另一方则持不同意见。这场发生在茶界的争论，使我看到专家们严谨的治学精神，值得我们文学界虚心学习。

景东的彝族公职人员大多取了汉化名字，分明使我感受到“全球化”的大背景。然而景东的少数民族兄弟姐妹依然保持着自己民族的生活方式，普洱茶就是他们对中华民族大家庭的无以替代的贡献。同时，景东还是世界黑冠长臂猿之乡。令人羡慕的生态资源，汇集大地乳汁与森林血液形成一座绿色宝库，奉献出茶之珍品。

我登临景东境内海拔2400米一个名叫“高峰”的地方，一派迷蒙细雨之中，天地无界。滇地古老文化与现代化生活的融溶，再度使我想起普洱茶。天然之水沏开天然之茶，形成一盏盏澄香透彻的香茗，那份沉静，那份深厚，那份和谐，无不诉说着中华古老文化的真谛，引人遐思不止。

茶出银生小云南。民族的，就是世界的。古老而新生的普洱茶，代表着中国气派。

2.官渡的镇

初冬时节，走进春城昆明附近的官渡古镇。这又是一座古镇。时下中国古镇不少，而且愈来愈多。俗话说物以稀为贵，犹如美女过多了，往往失去眼球效应。尤其近年过度商业化包装，有些地方出现毫无文化积淀的“伪古镇”，显得不伦不类。

中国名叫官渡的地名不少，比如《三国演义》里的“官渡之战”。当然，彼官渡非此官渡。我望文生义地认为，官渡就是官方设置渡口的意思。果然，这座以官渡命名的古镇，恰恰坐落在古代南方丝绸之路要津。当年之繁华，可以想象。

这座官渡古镇是国家级风景名胜区，进入《昆明市非物质文化遗产保护名录》。我却觉得它与其他地方的古镇相比，并无明显不同。

走过官渡牌坊，沿途一座座出售旅游纪念品的摊位，难以引人驻足。于是走向古镇深处，接待方说是要领我们去听滇剧。

滇剧当属云南独有的剧种，我一时抖擞了兴致。在京津冀听京剧，到四川听川剧，去安徽听黄梅戏，来到云南听滇剧，这是个好去处。

远远望见那座飞檐斗拱仿古建筑，便是小剧场了。大门前高高悬挂“古渡梨园”黑底金字匾额，顿时古风扑面而来。走进小剧场乘兴落座，板胡便拉响了。

一位凤冠霞帔的女子踩着节拍走出边幕，这戏装显然是青衣扮相。她开口唱了，我专心听着，却不能完全听懂戏文。这剧情似乎与大登殿有关，是折子。

她的演唱只有一尊板胡伴奏，这似乎体现着古老剧种的朴素美。

我渐渐听出其中的皮黄味道，也有梆子腔的痕迹。有关王宝钏的折子唱罢，我向琴师请教一二，他认同我的感觉，说滇剧含有皮黄成分与梆腔。我询问女演员是否“非遗传承人”，她操着比较标准的普通话说正在争取申报。

我环视小剧场两侧墙壁，上面画着一出出戏：《曹庄杀妻》《双龙会》《卖胭脂》《双断桥》《庆顶珠》……竟然还有《二进宫》和《摘缨会》。

几天之后，我从《保山通史》里偶然读到有关滇剧的文字："滇剧属于外来剧种，明代传入云南。"由此看来，当年活跃于彩云之南的滇剧是来自中原地区的，这可能与来自北方的驻军有关。那声腔，那身段，那戏文，从遥远的中原地区传播至遥远的云南，它落地生根与本土文化融溶，演变出云南的滇剧。

于是，历史没了距离。于是，地理并不遥远，云南历来就与中原文化紧密相连。滇剧，正是这样的活化石，她证明着中原文化在云南的演化。这就是滇剧存在的意义。

然而，今日滇剧的式微，乃是文化领域里严峻现实，各地非物质文化遗产的门庭冷落，令人揪心。

我们走访官渡古镇金大师的黑铜店铺，这也属于非物质文化遗产。经主人讲解，得知此黑铜非黄铜非紫铜也非青铜，属于民间独创的铜类。我大学时代学过金属学，一时难以为黑铜归类。

店铺主人很是热情，为我们送来古镇著名小吃饵饼，它出自隔壁一家饼店。我发现这不是一家普通饼店，门前挂着"官渡饵饼传习所”的牌匾。店铺光洁，器具齐整。

我看到玻璃房里摆着一架古老而巨大的椿粉机，宛若一株放倒的大树。年轻的主人告诉我，他是官渡古法制作饵饼的传承人。为了让“非遗”具备造血功能，他们不仅仅是传习古法制饵工艺，还创出自家名牌饵饼，投放市场呈现供不应求的局面。在商品经济大潮中，古法制饵也要与时俱进，他们本着减小饵饼体积增加饵饼品种的思路，打算研制系列产品，推向更为广阔的大城市市场。

这是令人欣慰的思路。如果一味依靠政府政策保护“非遗”，那么很可能使“非遗”成为博物馆的陈列品。官渡古镇的饵饼创新，无疑活化了这种古老“非遗”，自我新生，自我成长。

这是官渡古镇给我启示：中华民族祖先留给后代子孙无比丰富的文化遗产，我们的任务不是将它们送进博物馆，而是让它们活在人间，让它们宛若鲜花般盛开着，四季飘香。这就是官渡古镇的示范意义。

官渡官渡，古老而进步。

3.洱海的水

曾经听人说起云南词语的独特：昆明翠湖那么小的一片

水，叫湖；大理洱海那么大一片淡水，却叫海；云南滇池那么大一片水域，反而叫池。我以为这不是修辞意义的混乱，这是云南式哲学思维：以小为大，以大为小。

这是我第二次来到大理，却是首次如此亲近洱海。那么大一片淡水，却叫海。乘杜鹃号游船行驶在洱海上。从杜鹃联想到杜鹃花，我觉得自己置身一只巨大的花朵上，漂浮于洱海。

洱海，视野无边，名不虚传。我切实有了海的感觉。你看那一群群洁白的海鸥，或飞翔于湛蓝的天空，或嬉戏于碧绿的水面，无不诉说着这里就是真正的海。倘若不是海，这里怎么会有海鸥飞翔呢。春雨不偏，海鸥不私。

不知为什么，我觉得自己就像一只海鸥，从寒冷的北方飞到温暖的云南，以此越过严冬，梳理着曾经被北方暗夜染黑的羽毛。如今，人们愈来愈像候鸟，为了躲避寒冷更为了躲避雾霾，纷纷前往温暖而清洁的地方。对于生活在京津冀的人们来说，云南就是天堂。

洱海，首先是候鸟们的天堂。如今，人已然成了候鸟。于是，保护洱海便不仅仅是云南人的重任，更不仅仅是大理人的重任。面对日显严重的环境恶化，洱海已然成为全体中国人的洱海。我们必须打响洱海保卫战，像保护自己眼睛一样保护洱海。

杜鹃号游船行驶在洱海上，阳光灿烂，浪波不兴。途经小普陀，游人登临，拾级而上，鱼贯而行，拜谒那座悬挂“苍洱风光”匾额的寺庙。一楼殿堂供奉弥勒，楼上供奉观音。我揣测，游客焚香礼佛，有人求生财，有人求转运，有人求家宅平安，有人求学子上进……总而言之，出自虔心。我当然祈求家宅平安亲人康健，同时我还要祈求上苍保佑洱海，保佑它的天空永远蔚蓝，保佑它的湖水永远清澈，保佑它鸟鸣花香人寿年丰，保佑它不被人类所污染……

人类？这令人幡然猛醒的称谓，你何时沦为破坏环境的元凶？为了追求GDP与财富原始积累，你们填埋了多少湖泊，你们砍伐了多少森林，你们玷污了多少河流，你们削去多少山头……从这个意义讲，贪婪的人类已经成为大自然的罪人，置身社会转型期的国人应该猛醒了。

杜鹃号游船停驳南诏风情岛，据说，这里是发呆的好地方。面对大海，尽情发呆。时下发呆也成为一种人生状态，可见我们社会生活的多元化。

这是我第二次造访南诏风情岛，今年夏季里曾经驾车前来，尽享洱海风情。在中国历史长河中，南诏乃是古国名。这座岛屿以古国南诏名命，可见它处于历史与现实之间。海鸥临空飞翔，鸟瞰这座南诏风情岛，它正是现实与未来的交叉点，宛若明珠，熠熠生辉。

其实，我们同样也站在现实与未来的交叉点，因此任重道远。

我们离船登岸，前往僖州古宅游览，将清澈的洱海留在身后，也将清澈的洱海装进心里。

洱海清澈，滋润心田。我们的心灵，更是不得污染。

4.腾冲的树

这是第三次造访这座明珠般的边城。此前，我曾经拜访和顺古镇，参观艾思奇故居，游览热海大滚锅以及浅水草地，还有玉石城……

此番抵达腾冲，依然去了和顺古镇，依然去了艾思奇故居，依然拜谒了国觞园和滇西抗战纪念馆，依然去了小空山火山公园……然而，我刻意寻找着腾冲的新意。

去银杏村吧，那里充满新意。三千多株银杏树，来自六百多年前的湖南。它们姿态万千地站立在那里，等待着六百多年后的我们。

众人来到银杏村，首先要去拜访那株被称为“银杏王”的古树。当年来自湖南的驻军栽下银杏树苗，这一株株树苗宛若湖湘游子，不远千里，落地生根，在这座边城生存了六百多年，那株三人合抱的“银杏王”，终于成为腾冲当地的著名景致。

不知为什么，打量着这株“银杏王”，我竟然想起屯垦戍边的历史。就这样，一株株银杏树人格化了，活生生站在面前，成为腾冲历史里不可删改的内容。这里是边地，却有着中原文化的纽带；这里有军功，银杏树就是明证。

置身银杏林，融入淡黄光影里。时值北方深秋初冬，我们还是来得过早，此时腾冲银杏树叶尚未金黄，只呈现浅浅的金，淡淡的黄，仿佛积蓄着无穷的力量，只待一夜之间爆发出令人惊叹的美景。

银杏树叶，有着入药价值，降血脂、降血压、降血糖。银杏树的果实，被人们称为白果，热锅炒熟可食。我想起儿时首次吃炒白果的情景，想起站在东兴街上掏钱给我买白果的父亲……

腾冲已然过了收获白果的季节，此时只有银杏树们站立着。前些年我在首尔郊区见过采摘白果的场景，一个个韩国男子用力摇动树干，那白果便纷纷落地了。我不知道腾冲这地方采摘白果的方法，只觉得韩国人的方法原始而环保。莫非他们担心使用器具采摘会伤害银杏树吗？人与银杏树，惺惺相惜。

漫步银杏林间，依然期待那浓烈如瀑的金黄色的降临。然而，一株株银杏树显出的沉稳与含蓄，仿佛静静考验着人们的耐心。这六百多年前来自湖湘的银杏树，株株直径超过水桶粗，却是身姿各异，有的雄奇，身材如塔好似壮汉；有的婀娜，枝蔓招摇宛如少妇。有的树冠如伞竟成浓荫，有的树杈优雅引人写生。这望之蔚然的银杏林，不乏几株楸树高耸其间，它们性子急落叶早，七分孤独三分高傲地耸立在银杏树里，长枪大戟地给大地注入一股大理威武之气。

有了楸树的过早谢顶，越发显现出银杏树的沉着。那令人激动的金黄色，何时能够层林尽染？可惜，我们没有更多等待的时间，此行无缘欣赏腾冲银杏村的美景了。

遥想六百多年前，此地是什么情形呢？一群群古人忙着栽树，栽种来自他们湖湘家乡的树种。六百多年过去了，小树长大，大树成为古树，根深叶茂。栽种树苗的人呢，也繁衍了一代代子孙。然而，银杏树的子孙呢？

放眼望去，远处一派绿色。是啊，人类繁衍，树木成林，这正是子子孙孙的相传。无论什么人都不可以切断这种生生不息传递。

凡是切断这种生生不息传递的地方，便是荒漠了。大自然的荒漠令人叹息。人心呢，则更不可以荒漠化。

因此，我们需要银杏树的浓绿，也需要银杏树的金黄，就是不需要大地与心田的荒芜。所以，腾冲的银杏树必须站立在那里，说明着腾冲的历史，也说明着腾冲的今天，当然也展望着腾冲的未来。

银杏树的果实叫白果。我便想建议和顺家鲜花饼，应当增添白果口味的品种，如果这样腾冲的银杏就走向全国了。

期待。期待白果口味鲜花饼问世——它是生出双腿的腾冲银杏，一路走向北京。

曲靖之春

遍地金黄

见过油菜花开，在内蒙古，在甘肃，在安徽，在湖北……这里是云南的曲靖市，这里是曲靖的罗平县。罗平，这是地名。这地名很像人名，一个姓罗叫平的人。行车途中得知，罗平地名果然得名于先贤。于是，人与地融溶，人名与地名叠加，越发感觉亲切了。

罗平县位于滇东，地处滇、桂、黔的结合部，乃“鸡鸣三省”之地，素有“滇黔锁钥”之名，被称为“地球上春天最美丽的地方”。

既然这里是“地球上春天最美丽的地方”，我们就踏着春天的脚步来了，来看油菜花。油菜是罗平主要经济作物，油菜花盛开，则是令罗平闻名于世的亮丽风景。

是的，以前见过油菜花开，还是颇有几分审美经验的。一路行车，道路两旁始见种植油菜的田地，如星罗，如棋布，一缕缕黄色，闪过车窗，好似大地挥舞着黄手帕。我揣测这只是油菜花开的预演，随着道路延伸，只见远山如屏，盛大花季的序幕渐渐拉开，主角即将出场。

不容你走思，也不容你分神，一大片金黄色倏地扑进车窗，不由分说灌满你的视野，沐浴你的周身，让你跌入一个金灿灿的世界。这就是罗平的油菜花开，她衔远山之势，乘春风之机，铺天盖地，席卷而来，令你无处躲闪，使你猝不及防，随即融身其间。这时候你会想到那个词汇：海洋。

金黄色的海洋。

下了车，嗅到淡淡的香。这显然是油菜花的香。罗平的油菜花香容身于空气里，不事张扬，不喜炫耀，暗怀隐士风度。你若不存心留意，竟然不晓她的存在。罗平的油菜花香，不以浓烈夺人，却以淡香自况，颇有君子气节。莫非这就是罗平人的性格？

走进油菜花深处，人也变得金黄了。一望无际的油菜花海，静若处子，浪波不兴。我只觉得心头有金色涟漪生出，徐徐而荡远。这金色涟漪若无远方山峦阻挡，必然演作金色波澜，镀亮罗平地平线。

据说我们来得略迟，大片油菜花刚过盛年。我却觉得此时正值油菜花海的盛世，流连忘返，不知今夕何夕。身心沉浸花海，别无他求，只愿驻足其间，尽享视觉之金色盛宴，尽享嗅觉之淡香熏陶……

还是要乘车向前，前方有正值花季的油菜花地，那是油菜花的青春期，那是金黄色的春天。是的，此时罗平的春天，已然驻扎心间。

告别油菜花海，我多有不舍，悄悄购得两瓶油菜花蜜，颇有大孩童的喜不自禁。噫！我模仿小小蜜蜂，已然将属于罗平的风景采进瓶内，一路将金黄色罗平的精华带回北方家乡。

我遥想秋季罗平的景象。有翠绿也有金黄，才是收成。有金黄也有翠绿，才是四季。这里号称东方花园，这令人魂牵梦绕的油菜花海。

九龙十瀑

见过瀑布，在黄果树，在九寨沟，在庐山，在天池……但是没见过瀑布群。这里是罗平。罗平有瀑布群。瀑布竟然成群，颇有新意。

罗平境内最高海拔白蜡山主峰2468米，最低海拔三江口722米，相对高差1746米，如此悬殊的落差，正是产生瀑布群的地理条件。

人往高处走。瀑布群在河流上游，命名为“九龙瀑布群”

景区。当今微信风靡于世，微信群成为众多拇指族的归属。一个“群”字，吸引上亿人。罗平的瀑布群吸引力何在，一路疾行便是明证。

走近景区古典式门楼，疑似听到水声。快步穿过景区门楼，有巨石站立道路左侧，石上镂有朱色铭文，字体苍劲有力，“九龙十瀑，南国一绝”。落款“布赫”，前全国人大常委会副委员长，蒙古族书法家。

沿坡道上行，首先抵达海拔最低第十瀑。水流沿途跌宕，一路辛苦，水势至此，已然舒缓许多，颇有抵达终点的从容。

水往低处流。然而，水瀑的终点正是我们登攀的起点。我们对神奇造物的拜谒，开始了。有道是远看山有色，近闻水有声。争相以瀑布为背景，拍照留影——十分积极地将自己镶嵌在自然风光画框里，执意成为瀑布故事的主角。

远山在望。九龙瀑布群从山麓而起，依照近大远小的透视法则，宛若一面面天然白色帷幕，由近及远悬挂于山间。一瀑高于一瀑，一瀑远于一瀑。远山苍绿，瀑布亮白，浩浩荡荡列出宏大的阵势。纵深之处，目不可及。

近处流水潺潺，性格刚烈的瀑布已经转化为安静的处子。远方瀑布，水声不闻。仿佛一幅巨大无朋的静物画。没了喧哗没了咆哮没了奔涌，瀑布便不是瀑布，疑为一方湿漉漉的巨型挂毯。

你想欣赏真正的瀑布吗？那么只有攀援向上，走到瀑布面前。那高空坠落的水流，正是瀑布对你的迎接；那“哗哗”呼喊的水响，正是瀑布对你的倾诉；那水流落地的喷溅，正是瀑布朝你的招手……你浑身沾满水滴，这是瀑布对你的洗涤；你耳畔充满水声，这是瀑布与你的私语。

近身九龙瀑布，你会心有所悟。瀑布是什么？瀑布是义无反顾的勇士，宁愿粉身碎骨也要从高空跳下；瀑布是不改初心的情圣，宁可放弃高位也要与爱人同归；瀑布是激情的奔流，瀑布是狂欢的跳跃，瀑布是大自然献给人类的教科书：该喧嚣的时候就要喧嚣，该宁静的时候就要宁静。

仰望九龙瀑布，便意识到自己渺小。只有沿着水流向攀登而去，人在山巅俯瞰九龙瀑布，别有一番景致。九龙十瀑矮在脚下，自然别有一番心情。

我看到有人朝着山巅攀登着。那山愈攀愈高，那人影愈来愈小。渐渐远了，只觉得那远山瀑布宛若白练，轻轻系在他的腰间。

九龙瀑布群，就这样纤细起来，得以储存于我记忆深处。

山鸣谷应

师宗县名源于人名，唐朝初年聚居部落首领名叫师宗，演化成为地名。3500年前这里有人居住，设州县700年了。悠久的历史，多元文化，汉彝壮苗多民族融合，形成师宗独特的风情。这里为咸丰帝师何桂珍、岳阳楼楹联作者窦垿故里，师宗赢得“帝师故里、楹联之乡”美誉。

师宗境内有山，名叫菌子山。师宗境内有谷，名叫凤凰谷。

举凡风光奇特的地方，往往不以名号赢人。你听——菌子山，多么质朴的山名。我望文生义想象着漫山遍野的菌子，有红的，有黄的，有白的，有紫的，取之不尽，采之不竭。

初春时节，拜访被称为“世界地质奇观”的菌子山，我们从黑松林起步，并未见到菌子丛生。登山途中多有树木，一株株沿山坡生长，以栎树居多。有的树态度严肃，一株株笔直而立，作玉树临风之状；有的树生性散漫，一株株斜倚侧靠，作闲云野鹤之态；满山栎树形态万千，彼此相处融洽，不论顸细年轮，径自生长着。树，可能是世界上最不钩心斗角的植物。

初春还寒，菌子山未受雨水滋润，略显干燥。绿色生机潜伏地表下，暗暗积蓄勃发的力量。放眼菌子山，一派褐色包裹，使人想起画家速描使用的赭石。

人们喜欢绿色，她象征着勃勃生机。然而，初春时节的菌子山，一派深褐色里透露出深沉的气质。这是大山的沉稳与持重。横断山区民谚“一山有四季，十里不同天”。我们沿山行走，并没有感到气候骤变，身心仍在初春天气里。

我停步与栎树合影，权作留念。一瞬间我发现菌子山的树木竟然穿着衣裳。一株株树木被一层层苔藓包裹，从树身到树杈，几乎毫无裸露，令人想起褐色法兰绒。身穿苔藓外衣的栎树们，形态各异，尽显毛茸茸的憨态。如今这种憨态叫“萌”。一时间，我觉得漫山遍野充满童趣——菌子山令我忘却年龄，有返老还童的感觉。

树的衣裳——这是初春季节的褐色法兰绒。一俟夏季雨水降临，空气湿润，苔藓吸足水分，褪去褐色外衣，苍绿初显。那时放眼菌子山，满山遍野身穿苍绿衣裳的栎树们，好像一群英俊威武的少年。

难怪我在旅游手册里看到菌子山的学名：英武山。我想象着这座英俊威武之山：冬春有着深褐色的稳重，夏秋有着苍绿色的鲜活。在深褐与苍绿之间，菌子山厚积薄发。这是大自然赋予师宗山水的性格。不论菌子山还是英武山，这都是一座蓄满力量的大山。

沿着石板路逶迤前行，山间两侧有树为伴。树枝伸手牵住你，这是菌子山对你的邀请，树干横身拦住你，这是菌子山对你的挽留。我记得李白有诗“云想衣裳花想容”，壮胆改为“树想衣裳山想容”。

菌子山的树，每株都穿着衣裳，几近正装。菌子山的岩石呢？反而肌体裸露于世，不遮不掩，满山的石头凸现身躯，尽情展示着亿万年前的体态——考验着人们的想象力。

亿万年前，这里是大海。这里的岩石均被海浪雕凿。大海退去亿万年，人间留存菌子山。此时，犹闻海涛拍岸，海风拂面。

一块青色岩石矗立山坡上，遍布皱褶形似头颅，侧望苍茫云天，其形宛若老者沉思。另一块岩石伏在山坡下，深黄色苔藓丛生头顶，使人想到有虎下山。

一片山岗，浩浩荡荡遍布岩石，岩石凸露于山坡，形成广阔岩石阵地，山间掠过清风，好像吹起号角。疑似山间埋伏雄兵百万。大山，轻而易举就拟人化了。

一座城郭，巍巍然屹立山谷间，片石层叠，高墙耸立，地名“荒城古墟”，此景疑是人工建造的城池，实则出自神奇造物——海底沉积物抬升形成的地质奇观，被地质学界称为“菌子山地貌”，大自然的伟力令人臣服。

鹰巢，古城垣，荒谷，野猪林……历经远古大海洗礼，再由人间烟火熏染，菌子山的石头充分表达着自身来历。有的像铁砧，有的像铜鼓，有的像棋盘，有的像釜钵……

一尊体形修拔的岩石，不声不响站在高处，引起我的观望。有人说像树冠，有人说华盖，有人说像灯塔。我听到一个声音说，“这像蓑笠翁的背影……”

蓑笠翁的背影？我被这个重大发现感动了。人，这是菌子山最大的风景。如此风景，令人心旷神怡，忘了山路辛苦。

沿着山间石板路行走，曲折蜿蜒。石板路面上刻有各种图案，隔三差五，驻足颀赏。石刻图案以动物居多，动物以牛为主，形体神态极其传神。人物图案多为狩猎题材，或射箭或投石或跑跳或攀援，无不诉说着远古祖先的生活。一路走下来，仿佛从历史深处返回现实世界。回想石板路的石刻内容，多为对祖先感恩与对大自然敬畏。

感恩与敬畏。这是菌子山留给我的深刻印象。既然叫菌子山，我还是想品尝它的菌子。因此，我会再来。

有凤来仪

师宗县境内的凤凰谷，传说是凤凰涅槃的地方。其实动物界没有凤凰这种大鸟。但是民间传说里有。我们相信民间传说，因为它来自远古世界。

凤凰谷大溶洞，尽得高原海拔优势，被誉为世界第一高洞。尤其玄牝之门，形象逼真地阐释着性学内涵，使这里成为生命文化主题公园。

来到凤凰谷景区，迎面的“图腾林”分列两侧。右侧代表女性，六根褐色石柱从少女16岁花季起，青年、中年、老年，一根石柱代表着一个年龄阶段，最终体现耄耋之年，停留在生命末端。

左侧褐色石柱代表男性，也是从少男阶段起，六根褐色石柱依次展示男性由盛而衰的生命过程，同样终止于人生暮年。

图腾林两侧，区分着男女。图腾林中央，则有巨大卵形石雕，象征生命的诞生。我发现有人仍然观看着“图腾林”褐色石柱，显然在寻找自己的“年轮”。

看来，图腾林引人深思。尽管米兰·昆德拉有“人们一思考，上帝就发笑。”之说，我觉得游客触景生情的思考，毕竟具有人生意义。

好景引人入胜。从“图腾林”起步，前往蕴含生命哲学的大溶洞，领略峡谷风光。

当年走访太行大峡谷，仰望“天梯”我曾经气馁放弃登攀，终成遗憾。此行前往师宗凤凰谷，我不愿再酿遗憾，执意随队前行。

既然前方有神鸟凤凰招呼，于是脚力倍增，一路石阶登临而去。行至最佳观测点，驻足远望对面山壁，尽显玄牝之门的形状，酷似母性生殖器。凤凰谷的玄牝之门，有“洞外观看为阴，洞内观看为阳”的说法。华夏文明的“阴阳学说”蕴含在大自然风光里，平添神秘感。

继续攀登，赶往大溶洞。中途意外发现“高空滑梯”入口。此时得知，只有乘坐高空滑梯降至谷底，方可踏上参观大溶洞的路程。

自从告别幼儿园，多少年不曾乘坐滑梯。于是穿得防磨裤套，戴好细线手套，坐进凤凰谷高空滑梯，恍惚间觉得即将成为出膛的炮弹，一旦发射出去，势不可当。

我就这样被发射出去。滑梯陡峭，滑梯曲折，滑梯逼仄，滑梯令人发出孩子般尖叫……仿佛置身时光隧道，一下失去年龄感，重返学龄前儿童时代，再作祖国花朵。

乘坐滑梯抵达谷底，渐渐从学龄前儿童回归，心态依然年轻。仰望山壁，有小瀑落下，亚赛白色珍珠，天降清凉。人在谷底，抖擞精神，拾级而上，朝着大溶洞进发。看来探访凤凰谷绝非寻常之旅，我不是唐僧却有了西天取经的感慨，当然也无白龙马可乘。

沿着栈廊走向大溶洞，不时有人提醒回首观望。我几次不明所以。再前行十几步，扭身仰首观望，果然应了玄牝之门"洞外观看为阴，洞内观看为阳"之说。此时，以蓝天为背景，山壁形成的轮廓线，极其形象地勾勒雄性生殖器的形状，其逼真程度，令人惊叹造物的神奇。

大溶洞的前厅，宽阔得使人想起足球场。溶洞壁形成大片钟乳石，呈现凤凰振翅形象，它介于清晰与模糊之间，使人相信这里是神鸟涅槃之地。

走进溶洞深处，步步有景。钟乳石是世界顶级造型师，亿万年来，塑造出神龟，塑造出金蟾，塑造出神猴，塑造出吉祥鸟，也塑造出生命之根……还塑造出一个个远古故事。这故事令你身临其境，点头信服。

这条人工开凿的长118米隧道，最具创意。运用先电光影技术将一只只蝌蚪形灯泡点亮，它象征着人类精虫。沿着隧道行走，小蝌蚪们奋力向前游动，随着隧道延伸，小蝌蚪们愈来愈少。一路冲刺，只有一只小蝌蚪抵达隧道终点，最终实现精子与卵子结合，一个新生命开始孕育。我们一路行走，也切实体验了生命初始形成的全程。

我以为，凤凰谷并未因旖旎的自然风光而止步，她引进当代电光影技术，投资构建了这条“科普通道”，寓教于乐，寓教于游，让游人体验到生命孕育的初始过程。这才是旅游的新意。

不觉间走出大溶洞，阳光普照，前面是女儿湖。行走于山水之间，领悟生命的意义。登舟乘船于女儿湖上，回望青山，脚踏绿水，似觉耳畔有声。我以为这正是神鸟凤凰振翅而飞，送来清风拂面。

不觉褪去疲乏，身心清爽。纵身登岸，劲头十足。这正是凤凰谷送给我的精气神儿。不亦快哉。

感受昭通

1.文学是座山

终于来到昭通，这是我很想拜访的地方。此前知晓昭通，有喜有忧。喜得是昭通乃文学沃土，文学创作人多势众，成就斐然，全国知名。忧则是地震灾害多发，灾区百姓生活受到严重破坏。无论喜兮忧兮，到达驻地时我还是受到震动，因为我看到了昭通文学艺术家创作中心，那坐落在山坡上的建筑。

这些年走过不少地方，见过那些为“公仆们”建造的楼堂管所，有直辖市也有省会城市，却不曾见过被称为贫困地区的地级市，竟然投资为文学艺术工作者建造如此规模的创作之家。我一下喜欢上昭通，并且对当初决策建造这座文学艺术创作中心的地方父母官，产生了不曾谋面的好感。

有言道，建筑是凝固的音乐。我以为，昭通文学艺术创作中心是一座无字碑，它记载着昭通父母官的文化功德。

第二天，我见到当初决策并实施建造这座无字碑的当地官员。我没有当面奉承他们，心中认定他们是昭通文学艺术事业的功臣。当今中国，几经打拼成为GDP功臣的官员很多，但是成为文学功臣的官员有多少？我不知道。反正我在昭通见到了。

昭通文学艺术创作中心建在山坡上。仰头望之蔚然。由此看来文学是座山。登攀，无疑是作家们的生活常态。昭通的文学山，已然矗立在这里。同时，它也矗立在昭通人民心中。我分明看到昭通的文学同行们，从容不迫地攀登着文学山峰。

我来自中国北方那座因濒海而盐碱地貌的城市，并且极度缺水。在云南昭通看到这座“文学山”，感慨良多。我不知道如何形容自己心情，只晓得这是此行不可多得的风景。

文学确实是座山。这就是文学的昭通。

2.废墟与樱桃

前往鲁甸县龙头山镇，那是8·05地震灾区。途经沙坝村回龙湾恢复重建居民集中安置点，尽管这里还是工地，已经初具规模。我看到路旁立着云南建工的标语牌：“与灾区人民共建美好家园。”这是条好标语，共建共建，这说明建设者没把自己当成外人。是啊，灾区不需要悲情，全力投入恢复重建，才是真正对灾区的关怀。

看到那座钢铁便桥了。它是地震发生后分分秒秒抢建的，当时被称为“救灾生命线”。远远望着这座钢铁便桥，我感觉它像巨人的脊梁。一个巨人伏身迎着天崩地裂的灾难，全力承载着无数生的希望。此时我切实感受到“桥”的分量，它与人的脊梁近乎等义。因此，才有“钢铁脊梁”这个词语。

龙头山镇政府所在地，现场保留着地震毁坏的状态，一派废墟模样：被砸扁的汽车，被扭曲的楼房以及成堆的瓦砾……我是经历了1976提唐山大地震的人，眼前的景象对我似乎没有产生巨大震动。

李善云书记赶来了。他的讲述还原着当时的景象。当我听到地震突发时派出所当班民警奋力将老百姓推出房间，自己以身殉职的事迹，猛然受到强烈震撼。我站在震毁的派出所门外，想象着那惊心动魄的时刻……

面对危难甘愿献身的英雄，仍然站立废墟间。他的临危不惧，肯定不是每个人都能做到的，包括我。然而，虽不能至，心崇拜之。这就是我们基本的价值准绳。所谓解构英雄甚至反英雄的学说，在龙头山镇派出所没有市场。舍生取义杀身成仁，这是古老中华民族的道德观。

龙头山镇灰街子集中安置区，由一座座蔚蓝色帐篷组成。正是村民午饭时间，一位大妈蹲在帐篷门前煮面条，热情地招呼我说“你也吃碗面吧”。我被她感动了。这就是鲁甸村民——历经灾变依然不改质朴热情的性格。我们写文章多次使用“从容”与“淡定”这类词汇，此时就洋溢在这位大妈脸上。

这才是具有真正质地的从容，这才是具有真正质地的淡定。我又看到厨房里那位年轻妇女从瓦坛里舀出雪白的泡菜，脸上露出日常生活的微笑。这种平和的生活态度，我难以用文字表达出来。

地震遭灾，这是悲剧。鲁甸村民们面对震灾流露的表情，胜过空洞的抗灾口号。生活中没有过高的欲念，就没有过度的悲伤。我们在地震灾区所受到的感召是：生活还将继续下去。

地震并没有摧毁灾区的日常生活。鲁甸小寨樱桃文化旅游节准时开幕了。我们适逢其盛，感受到灾区群众热爱生活的乐观精神。

小寨的樱桃，远近驰名。樱桃节开幕当天，人流涌动，煞是热闹。小寨樱桃吸引周边地区的群众前来赴会，喜庆的气氛使你完全忘记这里是地震灾区。

小寨樱桃，这种宛若南红玛瑙的浆果，小巧玲珑，透着感人的弹性。这么多年我们习惯于硕大硬实的“车厘子”，几乎忘却了本土产物。小寨樱桃，从挂果到成熟，经历了从澄黄到深红的过程。品尝小寨樱桃，意味深长，似有所悟。我们的本土化写作呢？这是小寨樱桃引发的思考。

3.山的乳名

那地方坐落在昭阳区。一听到“区”字，城市里长大的我便认为是城区。大山包——这是个没有经过丝毫修饰的地名：一个很大的山包。

路途不近。下了车还要步行。阔叶植不见了，针叶也不见了，只有苔藓类植物。这分明进入高海拔地带了。我没有出现丝毫高原反应的迹象。这说明大山包不排斥我吧？

沿途有少数民族妇女和马匹。游客骑马，这是她们的生意。我们沿着深褐色山路走上前去，内心向着最高的风景。

登临观景台，满目苍翠，环视脚下山谷，勃勃生机升腾而至。此处观影虽然不是大山包的最高点，却是纵览景致的好位置。低目远眺，那细若丝线的正是牛拦江，我揣测它是金沙江的支流吧？极目仰望，那接近云端的是药山。

转换角度，看到那形似公鸡的山峰，被层层浓绿包裹着，使人想起金鸡长鸣的清晨。这是大山包最为吸引人的景致。注视如此神工鬼斧的造物，我却产生了近乎幼稚的提问。

如此奇绝惊险的景致，怎么没有取个惊世骇俗的名字呢？比如“金鸡山”比如“天堑岭”。依然执着地名叫大山包——

这个质朴得近乎赤裸的名字。

质朴得近乎赤裸，就是本色了。是的。一处风景的命名多少会透露出地域文化特征。本色而不形容，赤裸而不装饰。这大山包，我以为就是它的乳名。当我们以乳名呼唤这座景致的时候，它正是一片尚未开垦的处女地。

归途车上，当地旅游开发公司的小伙子采访了我。我提出几点小建议，并没有建议给大山包另取名字。因为我从心里认为这个乳名挺好的。假若你是游子，身处异国他乡听到有人唤你乳名，你会是何等心情呢?

你是一个很大很大的山包。于是，我牢牢记住你深褐色的乳名——大山包，还有那从深褐色怀抱里突然跳出的满眼翠绿。

4.雄鸡一唱天下白

前往红色扎西途经豆沙关，得知这里是中国自然交通博物馆。站在高处，放眼望去：关河水道，内昆铁路，昆水公路，秦五尺道，水麻高速公路，五道汇拢于此，贯穿古今。你低头打量着秦五尺直道石板上深深的马蹄痕迹，起身远望公路上疾速驶过的车辆，两千多年的历史汇集在这个交叉点上，时而秦风佛面，时而今声在耳，便仿佛进入时间隧道。豆沙关风景，让我体会到历史离我们很远很远，历史又离我们很近很近。于是，前往威信县鸡鸣三省的地方，那里有距离我们很近的历史。

1935年2月的扎西会议，是继遵义会议后值得纪念的重要会议，实现了博古洛甫的权力交接，实现了新的战略转移，为红军长征奠定基础。我们参观扎西会议纪念馆和水田花房子会议会址，肃立烈士陵园，思索着历史真相。这种时候往往心生感慨，历史有时离我们很近，真相有时离我们很远。

那座“鸡鸣三省”不锈钢标志碑，雄鸡昂立碑端，英姿勃勃。我仰望碑体，心有所思。这里没有选用木碑也没有选用石碑而是选用不锈钢碑，是防止生锈吧？倘若历史生锈面目遮蔽，后世子孙将难以还原本色。不让历史生锈当是中华儿女世世代代的责任。扎西会议也将在历史长河的冲刷下，铮铮屹立。

威信多元文化共存。荒田苗寨与湾子苗寨，少数民族风情浓郁。尤其湾子苗寨的老祖屋，处处透着苗族的智慧。那古老大墙上砌满“人”字，似乎与文学同宗了。

湾子苗寨田野边，生长着一株参天红豆杉，据说树龄四百多年，堪称活化石。此时面对活化石，你会感觉历史近在眼前，四百年时光伸手可触。

村外小路，夕阳西下。一个苗族男娃哭泣着寻找田间劳作的祖母。他是认为祖母距离遥远而哭泣的吧？四百年的红豆杉与两岁的小男孩，正是我们与历史的距离。

夕阳里苗寨静寂，田野无人。这是鸡鸣三省之所在，此时显得与世隔绝。遥想80年前的红军扎西会议，恰恰在如此闭塞的地方召开，红军再渡赤水，开路前行，长征而去，生生闯出940万平方公里的新天地。

从鸡鸣三省而鸡鸣全国，沧海桑田，于是领袖借用李白“雄鸡一唱天下白”的诗句，以示志存高远。然而不要忘记，这始于扎西，这始于威信。我的感受昭通，当然也愿意从这里重新开始。

晋善晋美

山西短章

煤

既不是再现，也不是展现。这是什么呢？这是真实的存在。坐落在太原市区的煤炭博物馆，堪称中国唯一的煤炭博物馆，却不是通常意义的博物馆。它从煤炭的起源说起，却不囿于中国范围，而是囊括世界。举凡地球有煤炭的地方，均在这座煤炭博物馆展区里。

这里是山西省太原市，它地处中国内陆，却建成这座具有全球视野的煤炭博物馆。我受到轻微的震撼，跟随着美丽大方的讲解员，一路听讲，从远古走到当今，亲历了地球环境的演变以及煤炭形成的漫长过程。同时，我们也从中国山西走向世界各地：俄罗斯、美利坚……那些有煤的地方。

“契丹掘出的黑色石块可用作燃料”，这正是被西方旅行家称为“黑色石块”的煤。那是古代中国，西方国家对煤炭还没有什么认识。

站在山西太原煤炭博物馆里，我聆听讲解，对当年西方旅行家所说的“黑色石块”有了经典意义的了解：我国根据煤化度和工业化特点，将煤分为十四大类：褐煤、贫煤、贫瘦煤、瘦煤、焦煤、1/3焦煤、肥煤、气肥煤、气煤、1/2中粘煤、弱粘煤、不粘煤、长焰煤、无烟煤。

煤，来自亿万年前的绿色森林，变成神奇黑色精灵。她们被我们开采出来，燃烧出极大的热能。绿色森林是黑色煤炭的前世今生。

于是，我想起童年冬季家里取暖的“大砟”和“开滦”，当然也有“大同块儿”，于是我站在展柜前对同行者说：“没有大同煤，我的童年将是寒冷的。”

这是我的童年记忆。这是我的由衷之言。如今城市实行集中供热，家家户户没了取暖炉。煤，反而一下亲切起来。

讲解员告诉我们，煤炭博物馆可以下井参观，这实在出乎意料。于是排队领取安全帽，捻亮盔顶灯，依次乘坐焦罐车下井。

焦罐车均速下降着，东摇西晃，显得极其真实。我顿时觉得自己成了煤矿工人。是的，我正在下井，前往作业面。

走出焦罐车，走进巷道，我便忘记了这里是地处太原市区的煤炭博物馆。一切都太真实了。它真实得令我想到那个词汇——开采。

从古代采煤开始，一步步走进近代。这里就是开采现场。我们乘坐小火车前行，前往现代化作业面。在一座大型采煤机前，我呼吸到现代化的气息。

一块黑色石块，让我们穿越了千万年，也让我想起童年取暖的炉火。山西，你为中国贡献了多少煤炭啊，你为中国现代化发展提供着不竭的热能与动力。如今，你面临产业结构调整的挑战。这令我想起凤凰涅槃。

山西，那是一只用乌金雕刻的凤凰，这是乌金的涅槃。

醋

赤色的高粱米是君，红小豆、小麦、豌豆、白小米、黄小米、药扁豆、芸豆、糜子、大麦、麸皮、谷糠、稻壳等等辅料是臣，君臣佐使，酿出山西好醋。

“自古酿醋数山西，山西酿醋数清徐。”走进“醋都”清徐，参观宝源老醋坊，扑面而至的是来自明朝年间的古老醋香。

这里是晋中清徐。清徐是中国酿醋的发祥地，宝源老醋坊珍藏着从古至今不同时期的醋坛、醋葫芦、醋篓、醋壶以及醋车等生产器皿与运输工具，一件件一桩桩陈列开来，堪称中国醋文化博物馆。

精选原料、原料碾磨、润糁蒸煮、酒精发酵、醋酸发酵、熏醋、淋滤、陈醋，我们一路参观这八道不可或缺的工序，它实景还原了明清时期山西老陈醋的传统酿造工艺流程。我在现场得知，宝源老醋坊酿醋投入的原料与茅台酒厂酿酒投入的原料完全相同；宝源老醋坊酿醋的工艺与茅台酒厂酿酒的工艺，前半程完全相同，只是茅台酒厂在“酒精发酵”工序之后继续酿酒了，而宝源老醋坊则转入“醋酸发酵”工序，坚定不移地酿醋了。

于是我心生不平：你茅台酒厂在发酵途中去酿酒了，于是一瓶酒买到几千元。我宝源老醋坊义无反顾地去酿醋了，可是一瓶醋只卖百十元。这是何道理?

参观醋醅工序，我看到身穿古代服装双手佩戴黄铜手帽的师傅们，他们伏身缸前不断翻醅，为了更充分地耗氧发酵，完成醋酸发酵的过程。

师傅们表情怡然，完全融合在古老的劳动方式里。此情此景，令我释然。山西人酿醋，这既是天赋也是天意。假如他们都去酿酒了，中国便没了这种舌尖上的味道，古老的三晋大地承担着为中华民族调味的责任。因此，他们永远不会放弃酿醋的。

我终于明白，只有到了山西，才能真正体味到什么是醋。真正的好醋，乃是老实人酿造出来的，而不是精明人勾兑出来的。

参观这家醋厂现代化生产车间，我看到生产水塔牌老醋的流水线。一瓶瓶老醋经过机械灌装、机械装箱，最终走向市场。依遵古老的酿造工艺，引进现代化生产设备。古为今用，不改本真，山西老醋焕发青春，为中国人的日常生活添加着味道。

倘若中国有国酒，那么必然也有国醋。国醋就在山西。这正是中国文化的味道。

我在山西认识了什么是好醋。于是我携带山西好醋回家，不亦快哉。

水

中国北方是缺水的。于是有了南水北调世纪工程。古语云：胡马依北风，越鸟巢南枝。南方多水，见水不以为然。北人见水，将水视若财富。

我在山西，见到好山，当然也见到好水。首先是晋祠的水。身临古亭前，有竖匾高悬“难老”二字，下有“晋阳第一泉”横匾，争相观之，井底有清泉涌出，长流不断。我知道晋祠文化积淀丰富，起源与孝道有关。此水长流，诉说着中华传统文化的不竭不涸，恰恰警示着当下日渐脆弱的传统道德价值观念。

游览晋祠，有此心得，可谓不虚此行。无此心得，则山水失色矣。山西晋祠的泉水，不仅清澈，而且保有内涵。

我不知难老泉的水最终是否流入汾河。但是，我知道汾河畔有一座以环境污染而闻名于世的城市：临汾。它曾经名列十大污染城市行列。近年京津冀名声大噪，成为环境污染的后起之秀，不知早年以污染成名的临汾市怎么样了。

一路向南，我们寻访汾河，前往临汾市。抵达临汾正是近午时分，多云天气，阳光不强，一时难以判断这里的空气质量。

我们穿过宽广的河滨广场，心情随即开朗。乘坐环保电瓶车，沿着弯弯曲曲的小路前往滨河路。这时我得知，兴建滨河公园之初，临汾市便制定保护树木方针，让道路给既有的树木让路，而不是砍伐树木开设道路。于是，便有了这条逢树让路的弯曲道路。保护环境首先从爱惜树木做起，这个令人感动的细节，已然透露出临汾人民环境意识提高的端倪。

一路行驶，终于见到了汾河。这是山西人民的母亲河，也是黄河在山西境内的最大支流。多年以来，我们屡屡听到“汾河干涸了”“汾河污染了”这样的消息，以牺牲环境为代价的

GDP，确实使得中国境内没有不被污染的河流了。于是，此行我们对汾河也没有报以更大期待。

乘船前往河心岛，这使人想起长沙湘江的橘子洲。放眼汾河，一脉清水，浪波不兴，两岸草木，郁郁葱葱。空气爽滑，沁人心脾。我们下船登临河心岛，拾级攀上仿古楼台。汾河，尽收眼底了。

我们意外地发现，浩浩荡荡的汾河，新生了。曾经入选“城市污染黑名单”的临汾，一扫阴霾而重获新生了。水势雄阔，直连天际。俗话说，一滴水可以见太阳。我们从汾河的巨变看到临汾的巨变。临汾的巨变似乎是一个奇迹。在中国还有哪座城市像临汾这样，一声不响埋头苦干，用了不足八年时间便摘掉“最脏城市”的帽子，让这座城市的人民清洁而尊严的日常生活。

倘若站在宇宙立场看临汾，汾河不过一滴水而已。然而当你站在汾河畔，却从这“宇宙一滴水”发出无限感慨。

我们以一滴水洗涤了焦煤，却弄脏了这滴水。当我们想洗净这滴水的时候，必将付出多么巨大的代价啊。

临汾，他以晋人自强不息的精神，终于洗净了这滴水。透过这滴清洁剔透的水，我们看到了太阳，我们看到了蓝天，我们看到了人们久违的笑脸。

我们沿着新生的汾河而行，期待看到更多的阳光灿烂，期待更多的碧水蓝天，期待更多的笑脸。

就这样，我们在临汾广胜寺山门外，邂逅霍泉。一池碧水，被微风吹出几分皱褶，静若处子。不经意间，偶见池水现出五只泉眼，无声地涌出股股清泉。

多少年了，河流干涸，我们习惯于向地下水索取，轰隆隆打出无数口深层机井，甚至达到数百米深层。此时目睹霍泉，这是久违的大自然景观啊。一只只泉眼，静谧而轻柔地涌出股股清水，无言地奉献着。

人类的强行索取与大自然的甘愿奉献，形成鲜明对照。这正是霍泉给我们的深刻启示。这也是山西“一滴水”给我们的启示。

水，无疑是财富。我在山西看到了财富——它不仅仅是煤。

晋城撷英

结识王莽岭

多年前，有河北作家告诉我，太行山主峰在河北省满城县。他当时表情绝非信口开河。无知的我信以为真。一次我将此说讲给别人，自然引起听者惊诧，似乎我并未具备小学文化程度。于是，关于太行山主峰的话题，牢牢刻在记忆深处。我暗暗告诫自己，人生在世，不可沦为耳识之徒。

多年后，有河南作家告诉我，太行山主峰在王莽岭。既然有河北作家的前车之鉴，我还是查了相关资料，确认河南作家之说不伪。从此，我的文化程度渐渐高于小学毕业。同时，也对太行主峰王莽岭产生向往之情。

此番晋城采风，圆我多年夙愿。历来有着“太行主峰情结”的我，终于有缘领略王莽岭的风采了。

王莽岭景区坐落山西省陵川县，与河南省辉县搭界，因西汉外戚王莽追赶后来的光武帝刘秀在此扎营而得名。南太行主峰最高海拔1700米，为“太行至尊”。素有“清凉圣境”“世外桃源”美誉。

时在过午光景，阳光普照大地。主人说这是访客带来好天气。一路采风所到之处，阴晴不同，风景各异。王莽岭有何美妙之处，人人心生期待。

我们乘坐登山缆车，一路攀升，王莽岭辖近百座山峰，远近高低，参差错落，座座山头，一望无际。此时阳光依然普照，脚下山峦颜色出现明显差异。一峰浓碧，一峰浅绿，一峰底色深重，一峰表象亮丽……我揣测这是太阳光照不同所致，有了山阳与山阴之别，高空鸟瞰，深浅浓淡有别，明暗间山峦有了层次。

然而，此番景色在他山同样多见，此时的王莽岭，你并未给访客们送来意外惊喜。

偌大的王莽岭，一声不吭，群山深沉。访客们乘坐的登山缆车继续爬升。只是一个瞬间，那普天阳光尽褪而去，远岫白雾腾起，宛若净纱素缟，卷舒间漫天而来，一下遮去群峰面目，只余几尊身高体健者，任雾幔缭绕其间。访客们惊喜不已，争相拍照。一幅幅近乎水墨的底片，兴冲冲存储心里了。

又是一个瞬间，云雾倏然散去，好似天公发力抽尽漫天云纱，群峰重现本来面目，活脱脱一个清新版王莽岭。王莽岭的云海景色，近似昙花盛开，稍纵即逝。有拍照不及者，高呼可惜。

这便是王莽岭的妙处所在。阴晴间，明暗处，悄然变幻只在眨眼间。阳光普照的王莽岭，分明是轮廓清晰线条分明的大汉，浑身肌肉隆起。云霭掩映里的王莽岭，则是身披薄纱身姿朦胧的美妇，令人近窥不得。

王莽岭的云开雾聚，令人忆想青春。那段看似漫长的岁月于人生旅次，绝非满目青山矣。

登临太行云顶，云雾再度聚拢，满山满谷皆为白色世界，万物隐于无形。此时你会觉得世界只是无边大雾而已，你则为雾中的自己。此时访客的观景感受，人人各有不同。

雾去雨来。我们在山顶凉亭避雨，不待雨歇即冒雨下山，一路湿身于王莽岭。沐雨下山途中，一拨拨游客冒雨登山，逆行而上，可见游兴大矣。我以为，有人喜欢云海朦胧的王莽岭，也有人喜欢新雨清丽的王莽岭，还有人喜欢阳光满山的王莽岭。有一千个游客，就有一千座王莽岭。王莽岭因此而丰富多姿。

登临王莽岭恰逢漫天云海奇观，不虚此行。归途下山巧遇新雨涤身，难得清新。王莽岭的云雾，朦胧而令人难忘。王莽岭的雨珠，则浸透记忆深处，润湿心田了。

夜宿王莽岭景区，有人竟然酣睡迟起而误了早餐，连呼

“睡不醒”。这便是富氧离子的王莽岭。它令城市白领失眠者想起儿时摇篮，睡意甜甜沉入梦乡。

清晨时分，我走出宾馆沿左侧小径，快步攀援登上观景台，终于看到著名的昆山挂壁公路，宛若玉带环绕于悬崖峭壁。山高万仞在山西，谷深莫测是河南。

薄雾升起了，挂满太行绝壁，难辨山西与河南。你伸手采一朵带回家去吧，这肯定是王莽岭对你的馈赠。

发现蟒河

这里肯定没有蟒，蟒只是河流的名称。这条“蟒”沿山谷而下，你逆水而行进入景区，俨然走进一幅天然山水画间。

蟒河生态旅游区位于山西省阳城县境内，主峰指柱山海拔近1600米，素有“山西动植物资源宝库”之称。一路进山，只见蟒河顺势而下，沿途流淌跳越，便形成一挂挂瀑布。蟒河流经的山峦落差不大，因此瀑布性情温和，少咆哮而多柔情，一路相遇，水幕连连，湿了你的臂膊湿了你脸颊，极具抚摸感，很是可人。

今年外出采风多与瀑布相逢，当数蟒河景区最具特色，因为这里生活着人类的朋友——猕猴。儿时以为人类先祖为猴子所变，因此对猴子自然亲切有加。

随着当今城市化的进程，我们生活中出现许多热门词语，比如“散养”，尤其以散养鸡最有卖点。蟒河景区的猕猴正是“散养”的，于是形成最大看点。游客走进景区，首先得到温馨提示看好自己的提包，当心被不承担法律责任的猴子掠去。

游客们来到山前小广场，满山猴子闻讯随即下山，争先恐后好似士兵扑向阵地。蟒河猕猴有大有小，还有携带幼猴的猴妈妈，浩浩荡荡冲向游客。

面对漫山遍野的猴子，游客们惊喜不已，高声欢呼起来。对于游客来说这是来了好节目。对于猴群来说同样是来了好节目。

20世纪40年代作家宋之的在重庆，创作话剧《群猴》，讽刺国民党议员选举的闹剧行为。抗战胜利后中国社会有丑陋的“群猴”，此时，改革开放的蟒河景区有着可爱的“猴群”。

宋之的话剧讽刺国统区“群猴”觊觎私利，言辞堂皇，手段虚伪，冒充正人君子。蟒河景区的“猴群”完全不同，面对乘兴而来的游客，它们毫不隐瞒自身诉求，趁人不备抢夺游客背包，全然不顾女士们发出尖叫，急速扯开拉链寻求美食，有则食之，无则弃之。

这里的猴群抢夺游客食物，从不遮遮掩掩，反而堂堂正正，瞅准机会就出手，显得磊落而坦荡。于是，人类的虚伪与动物的本真，在蟒河景区形成鲜明对照，反而越发引得游客喜爱，笑声不断。这可能与“大人不与小人怪”的传统文化心理有关吧。

给猴子喂食，几乎成为八方游客的共同需求。为了获取食物，猴群展开争抢。观看动物轮番争抢食物，也就成为游客们的莫大乐趣。我发现男游客投食多持戏谑心态，女游客则不乏同情弱者心理，极力将食物投给母幼猕猴。置身动物世界，可见人性光斑。

这里是猴子王国，它们或攀援枝头，好似守望；或隐身山岩，类似伏击。嬉戏玩耍，野趣横生。根据“对立统一”哲学原理，猴子的王国自然成了游客的乐园，可谓互为表里。

果然如此。小任女士告诉我，她独自下山，一只猕猴尾随身后，相隔丈余，一路不舍，她驻足回望，猕猴随即止步，与其对视，目光烁然。游人与猴子，互为观光客也。

蟒河景区重峦叠嶂，植被繁茂，水瀑成群。沿着山路行走，呼吸湿漉漉的空气，切实体验到水乃山之灵魂。无论满山植物还是遍野猴群，皆以水为生命源泉。

蟒河流水，水流不断。蟒河水流何方，那满山猕猴可知否？

猴的山峦，蟒的河流，猴山与蟒河，这应该成为景区的两个关键词。当然还有不可或缺的游客。

你发现蟒河，蟒河发现了你。

品鉴泽州

山楂白兰地、山楂红酒、山楂甜酒……一款款美酒陈列面前，使你忘了山西是酿醋大省，当然也是煤炭王国。坐落晋城市泽州县的彤康食品有限公司建厂不足十年，双手捧出以山楂为原料的多款美酒，并且得到国家专利认证。

红酒源起西方世界，以葡萄为酿酒原料，尤其以法国波尔多最为著名。中国改革开放以来，西方红酒大行其道，先是法国西班牙，近年又添阿根廷与澳大利亚的酒品。我也参观过国内几家红酒生产基地，一条条生产线都在酿造葡萄精灵。似乎酿造红酒是离不开葡萄的。

然而，太行捧出红宝石。我只知道北京的糖葫芦和天津的糖堆儿，从来没有想过被称为红果的山楂能够用来酿造红酒，这是山西省晋城市泽州区的创新，这里正是给你带来惊异的彤康山庄。

走进彤康酒窖仿佛走进巨大宝库。这一尊尊贮满红酒的橡木桶，那外形好似古代战鼓，我耳畔却流淌着悠扬的佛乐；那一座座存储红酒的大肚陶缸，那布封仿佛佩戴红色头巾，我想起迎娶新娘的队伍。不知为什么，总感觉这座工业化的酒窖，有酒香，有人气，有文化积淀其间，阵阵散发着古晋气息。

这一款款以山楂酿造的红酒，富含黄酮和有机酸，尤其那款富含低聚果糖的山楂酒，具有健胃消食、抗菌消炎、排毒洁肠、活血化瘀等等功效，特别适合糖尿病患者饮用。

行走在厂区大道上，一面青砖墙壁镌刻《彤康庄园赋》引人驻足，此赋乃彤康食品有限公司董事长赵武锁所作。这位从事煤炭工作多年的汉子，开宗明义写道：“混沌初开，阴阳剖判；天地蕴秀，含哺育人。分四季而定天秩，循五行而演万籁。卒有万物之灵者，仰观天象，俯察品类，取法自然，休养生息，俱踪乎日月星辰之序列，欣欣其诸和俱生，繁茂斯域焉！”

作者从天地初开起笔，尽道万物其详，当我读到“夫彤康实业者，天地王坡煤业转型发展之实体也”顿时明白了彤康庄园的前世今生。

我们参观彤康庄园山楂种植基地，登高放眼满山绿色，无不被这世外桃源般的风光所吸引，董事长赵武锁貌似平淡地说：“我们这是还债呢……”

尽管此公语焉不详，我则揣摸这是对过往采煤的反思。山西能源大省，多年从地母腹中掏取乌金，不乏有高速公路铺设在煤田采空区上的实例。多少年了，也应当返还绿荫给土地公公了。当然，彤康人懂得有债必还的道理，他们要给子孙后代树立榜样。

于是，赵武锁从北京返回家乡。十年生聚，励精图治，十年创业，埋头苦干。日复一日，经年不歇。时光不负有心人。就这样，山西省版图终于在晋城市泽州县出现了6000亩浓绿——这是赵武锁们还的债，这也是赵武锁们立的功。

他们立足家园开发建设山楂种植基地，这里有三晋祖先的血脉，这里也有古老文化的传承，这里更有当代的奉献精神……

彤康人以“净天、养地、裕民、利己”为愿景，以“经营道德、经营良心、经营诚信、经营人性”为理念，走出一条具有中国传统文化特色的道路，这是真正的绿色经济，这是可持续发展的创新企业。

你看那6000亩山楂种植基地，为当地数千村民提供稳定的就业环境，这就是利民德政。当下有“大学毕业即失业”的负面说法。彤康庄园做出样板工程，他们以自身实例证明，山西人离开乌金，仍然能够立足华夏大地。

站在山楂种植基地遥想金秋时节，那一株株山楂成熟了，果实累累挂满枝头，宛如一颗颗太行红宝石，满树红宝石耀人眼目。只待一颗颗太行红宝石几经酿造成为红酒，则是香透心扉，不醉不休了。

下午时分，彤康庄园举行山楂白兰地收藏仪式，敬天、敬地、敬酒神。一时只觉得古风拂面，恍惚间穿越魏晋，置身唐宋了……

我以为，这不是彤康庄园的文化包装，而是彤康庄园根植乡土大地的文化内涵。文化包装是短时间可以完成的，文化内涵却是悠久历史积淀而成。历史的时间是野生的，任何人无法将其随意嫁接。这正是彤康人的无以替代的优势。

彤康红酒有“泽州红”系列产品。作家采风团长叶辛先生才高八斗，当即建议改为“太行红”并挥毫题写。

太行红。这是中国气派，这是国际视野。彤康人以泽州为起点，以走向全国走向世界为胸襟，以轻声细语告诉世人，我们以山楂酿造出旷世美酒，红了太行，醉了群山。

太行红，深得吾心。让我们拎起泽州美酒，带福还家。

太行高万仞。彤康人要站在太行之巅，手捧美酒以禀天下：敬请诸位到山西泽州来，在彤康庄园过绿色生活，在彤康庄园品尝山楂佳酿。

红酒彤康，山西之光。

晋城美食

山西晋城美食，品种多样。晋城米淇、清汤饸饹、李圪抓、羊杂格、油圪麻、炒凉粉、十大碗以及八八六六宴，各具特色。

人的肠胃是有记忆的。肠胃记忆的载体则是食物。某种食物凝结着中华民族的共同记忆。比如元宵节汤圆，比如中秋节月饼，比如端午节粽子，还有许多少数民族的小吃。

古老的晋城同样拥有凝结着千年文化记忆的食物，给我留下深刻印象的首先是高平烧豆腐。

一路采风餐餐可见烧豆腐，得知这道菜起源于高平遍布晋城地区，迄今两千多年历史。高平古称长平。正是著名长平之战的古战场。那场秦赵大战遮天蔽日惨绝人寰，秦国大将白起击败赵国统帅赵括，40万赵军投降。秦将白起嗜杀成性，被六国称为“杀人魔王”。白起下令坑杀40万俘虏，一日之间血流成河。

长平百姓憎恨残暴成性的白起，同时祭祀40万亡灵冤魂，将豆腐烘烤制成“白起肉”。仇之深，恨之切。他们大吃“白起肉”以解心头之恨。

久而久之，“白起肉”渐渐流传开来，形成高平名菜“烧豆腐”。

我们在高平的“长平之战纪念馆”外边的小摊上，品尝了原产地的“白起肉”。这种豆腐经过先炸后煮，以豆腐渣和蒜泥姜汁制成“蘸头”。一人一份，咀嚼不已，不觉已然两千多年历史了。

以前曾经听说是西汉淮南王刘安发明了豆腐，从而传遍华夏大地。如果从“白起肉”算起，中国豆腐的历史还要提早近百年了。

如今“高平烧豆腐”成为晋城名菜，多见宾馆酒店餐桌，受到八方游客欢迎。一道名菜承载着两千多年的历史，本身就是“非物质文化遗产”了。一块小小的豆腐，记载着一场大事件。一块小小的豆腐蕴含着古老赵国百姓爱憎分明的情感，已经成为当今餐桌上的“历史活化石”。

在晋城地区体现悠久历史与人文理念的菜肴，还有阳城烧肝。它同样包裹着故事与传说。

很久以前，阳城县官姓甘，他为官贪腐搞得民怨沸腾，可惜那时没有巡视组。城南住着三兄弟，大哥为屠以卖猪肉为生，二哥贩菜，三弟是个读书的种子，很有才学。

一天有学友远道来访。三弟无米无柴，锅灶冷清，只得求援于长兄，可惜大哥家别无长物，只剩半叶猪肝。那时阳城人比现今讲究，从来不吃猪下水。三弟转往二哥寻求帮助，哪知菜贩筐里只余几瓣大蒜。

聊胜于无。三弟携半叶猪肝几瓣大蒜归家，洗净切碎包紧成型，上锅蒸熟切片，然后主客两人临火烤食，吃着外焦里嫩的美食，纵论天下不平事。一时间香味四溢，学友询问美食名称。三弟想起祸害百姓的县官，书生意气义愤难捺，连声说“烧甘！烧甘！”从此“烧甘”音转为“烧肝”在阳城流传开来，竟成民间美味。

这道承载历史文化的菜肴，佐证着世道人心。我在晋城地区几个地方吃过烧肝，听到不同版本的传说。

在阳城烧肝的不同版本中，贪腐成性的阳城甘姓县官改为陷害忠良的南宋奸臣秦桧，一下扩展了民间传说的空间。

“白起肉”演化为“高平烧豆腐”，绝非世世代代的高平人不忘旧怨，它反而医治着国人的“历史健忘症”，告诫子孙后代抵制战争，反对杀戮。至于阳城烧肝传说中的反面角色从地方县官变为当国宰相，则将阳城民间所蕴含的正义感，表现得淋漓尽致。这道菜也因百姓对秦桧的痛恨，更容易走向全国了。

晋城好奇妙，竟然将普通美食吃成历史教科书，而且让你吃得不忘爱憎，秉持公道。

无须多论。仅以高平烧豆腐和阳城烤肝便足以证明，晋城是个具有深厚历史文化内涵的好地方。

上党吟

漳河水

少年时代知道漳河，来自阮章竞的长篇叙事诗《漳河水》，记得长诗开篇是这样的：“漳河水，九十九道湾，层层树，重重山，层层绿树重重雾，重重高山云断路。清晨天，云霞红红艳，艳艳红天掉在河里面，漳水染成桃花片，唱一道小曲过漳河沿。”

因由这部长诗我读到了漳河，却不知晓她跟我有什么关系，也不知晓她跟我居住的城市有什么关系，一下就过了这么多年，当然，我也喝了这么多年海河水。

后来知道了红旗渠，还知道这项工程原名“引漳入林”工程。从此，我对漳河有了些许印象——红旗渠把山西的漳水引入河南的林县，造福子孙后代。即使这样，漳河依然离我很远。

初秋季节，来自京津辽川的作家们齐聚山西省平顺县采风。采风启动仪式上，主人介绍全县概况：平顺县位于太行山南端、地处晋、冀、豫三省交界，是抗日战争的革命老区，也是国家扶贫开发重点县……我认真听着，对这个陌生的地方有了感性认识。

主人谈到平顺县水系："漳河源头七条支流，在山西境内就有三条，发源于平顺境内的浊漳河流出山西之后，在河北西南部边境与清漳河合为漳河，向东经馆陶并入卫河，在山东临清汇入南运河，流至天津进入海河。"

流至天津进入海河？我听到"天津""海河"这两个熟悉而亲切的词语，颇为惊喜。哦，原来我到了海河源头。仿佛孩子听到手中糖果的来历，漳河与我的关系，顿时清晰明朗了。

我是土生土长的天津人，自幼喝海河水长大。天津号称九河下梢。海河是天津的母亲河，多少年来哺育着津门儿女。我想起少年时代的海河，水流奔腾，不舍昼夜，朝着大海滔滔而去。然而，关于海河的上游，我只知道子牙河和大清河，由此上溯便不晓其详了。

如今我来到平顺采风，有幸抵达海河源头，不禁备感亲切。同行作家们，只我一个"天津卫"，我便成了与平顺有着特殊关系的人。从小喝着海河水长大，那里面就有漳河水。于是心头泛起沾亲带故的涟漪。拜山谒水访亲情，自然成为我这次采风的关键词。

平顺奇山秀水，旅游资源丰富，文化积淀深厚，却鲜为世人所熟知。参观大云院，方晓该寺创建于五代后晋天福五年，距今千年有余。清康熙三十一（1692）年夏，山洪将“殿宇僧舍漂流无存”，颇为神奇的是唯弥陀殿和七宝塔安然无恙，成为迄今全国仅存的五座五代木构建筑之一。尤其大殿内的五代壁画，经过“文革”浩劫仍然保存着，堪称全国仅有的艺术绝品。

平顺县城迤东的龙门寺，创建于南北朝时期的北宋天保元年，现存五代、金、元、明、清六朝建筑，被誉为“中国古代建筑立体博物馆”。其大雄宝殿建于北宋，从建筑开间比例到木构件细部做法，与《营造法式》规定非常相近。而燃灯佛殿为元代建筑，梁架构架用自然弯稍加砍凿即用，结构形制不受宋金之矩，元代特征明显。殿内供奉燃灯古佛，也为世罕见。

平顺境内还有金灯寺、九天圣母庙等多处文物保护单位，足以令游人大开眼界。近年全国各地着力开发旅游产业，纷纷恢复重建寺院庙宇，甚至出现以传说为依据的伪文物和假古董。此行平顺采风，处处真山真水真风物。面对如此古老而真实的文物风景群，我们则颇有平顺风景“养在深山人未识”的感慨。同时也为当年梁思成林徽因不曾到达这里考察而惋惜。

汽车行驶在山间公路，我无意间看到一条石砌水渠悬挂于山壁一侧，阳光下酷似绿色绸带，“哗哗”蜿蜒而去。我蓦然意识到这正是“引漳入林”的红旗渠源头，也正是我期待以见的漳河水啊。

汽车驶去，渐行渐远。我的目光依然紧紧系在那条“水绸”上，不忍挪目。尽管上游修建水库，沿途分流，下游废航。河尾与河源的关系，却是永远存在的。我在采风日记里写下这样的文字：“如果你是喝海河水长大的，就应当去她的源头看看，如果你认为海河水是甜美的，那么她的源头——山西平顺的山川肯定是秀美的。不品源头水，枉为天津人……”

挂壁公路

平顺境内的太行山，时而露出郁郁葱葱的真面目，时而隐于云雾深处，一派朦胧仙姿。一路盘山而行，一路承受着“万仞悬空”的心理压力。有那么几个瞬间，我竟然觉得云丝缠绕袖间，温润心田。几经逶迤盘旋，我们乘坐的“考斯特”驶近“挂壁公路”隧道入口，大家下车拍照。

隧道入口右侧，一座石拱桥横跨深涧，山风佛面。我们上桥留影，身后背景则是万仞绝壁。石拱桥下正是深不见底的太行大峡谷，向东望去可以到达河南林县——那是因红旗渠而著名的地方。

上车驶入隧道。洞体并不宽阔，两侧明显留有钢钎开凿的痕迹，使人想起一双双布满老茧的大手，还有凿山开路的故事。一路行驶，光线转暗。继续行驶，天色猛地放亮。我以为汽车出隧道，原来是隧道右侧开出一孔孔石窗，吸进外面的光亮。啊，原来我们行驶的隧道就开凿在峡谷峭壁边缘，石窗外便是目不可及的万丈深渊。我们行驶在著名的“挂壁公路”里。

临窗而坐的冯秋子女士面色紧张。我鼓起男子汉勇气主动与她调换了座位。我临窗坐了，壮起胆量感受着这条沿着峡谷开凿，悬挂于峭壁的“天路”带给我的震撼。

我想起寓言《愚公移山》里的句子，“山北愚公者，年且九十，面山而居。惩山北之塞，出入之迂也，聚室而谋曰：‘吾与汝毕力平险，指通南豫，达于汉阴，可乎？”

果然，主人向我们介绍说，这里是革命老区。世代居住井底村的山民们，为了改变世代被大山隔绝的生活，自己动手开凿道路。1985年他们沿着山壁，一钎一镐地开山劈石，整整用了15年时间，在悬崖上凿穿39孔石窗，在峭壁间开出33条连体隧洞，终于打通这条总长1526米的挂壁公路。山民们扬眉吐气走出祖祖辈辈封闭的天地，阔步走进改革开放的新生活。

举世闻名的红旗渠，其间流淌的是漳河水。不为世人所知的“挂壁公路”，穿行其间则是车流。这条山西平顺境内的挂壁公路，充满着愚公移山的气概，足以与红旗渠相媲美。即使进入所谓“娱乐至死”时代，当代愚公精神仍然值得我们大力弘扬。

2007年，当代愚公们将隧道拓宽，同时铺设柏油路面。如今，我们乘车驶过一孔孔石窗，仿佛从一幅幅太行油画前掠过。“劳动创造世界”的人间真谛，响彻太行大峡谷。

平顺境内的挂壁公路，无疑是现代版《愚公移山》。为我们树起“造福当代，昭示后人”的丰碑。我们走访平顺县西沟村，则感受到“劳动光荣”的深刻含义。

太行山区的西沟村，出了两位全国闻名的劳动模范，一位是全国第一个互助组的建立者、爱国丰产运动的首创者李顺达。一位是中国最早举起男女同工同酬大旗的申纪兰。今年82岁的她，是唯一的一至十一届全国人大代表，几十年来，她在西沟村创造了不朽的太行精神，堪称劳模“活化石”。

尤其使人感动的申纪兰担任过县委副书记、市人大副主任、省妇联主任（这是正厅级干部），仍然本色不改，扎根西沟，坚持田间劳动。她提出“五不方针”，至今令人感到震撼。

第一，不转户口。第二，不要级别。第三，不领工资。第四，不配专车。第五，不离开西沟，不脱离劳动。

我站在西沟展览馆里，望着申纪兰风华正茂的照片——那是她新中国初期去芬兰参加世界妇女代表大会的留影。几十年过去了，一诺千金的申纪兰，毫不走样地坚守着她的“五不方针”，说到做到，一丝不苟。走进改革开放新时代，老树新花，申纪兰更是不甘人后，率领西沟人民走进前头。办起铁合金厂、农工贸实业公司，尤其纪兰饮料公司生产的核桃露，货真价实，受到广大消费者信任。喝纪兰牌核桃露，一百个放心。

参观后我在留言簿上写道：“劳动光荣！申纪兰是当代中国劳动人民的杰出代表。”

是的，申纪兰代表的太行精神，闪烁着金子般的光芒。她本身就是一座丰碑。至于那条令人惊叹的“挂壁公路”，则告诉我们在生生不息的太行深处，生活着默默无闻的当代愚公。

寻访黑铁

从长治市去长治县，一路向南，公路平坦，并不像行驶在太行山区。天色渐晚，车速适中。我无意间看到公路右侧有长平地名，朦胧间想起那场大决战。

这里正是2300多年前秦赵生死决战的地方。我的思绪沉入悠远的历史深处……

赵王贪心不足，笑纳了韩国奉献的上党郡，于是引发秦国讨伐。尔后赵王弃用老将廉颇，改用盲目自信的赵括。当时有人言，“齐之技击不发魏之武卒，魏之武卒不如赵之劲骑，赵之劲骑不如秦之死士。”经过变法的秦国，已经强大起来。

赵括纸上谈兵。秦将白起佯退，最终大败赵军于长平，秦军坑杀40万被俘赵兵，令史册滴满鲜血。

2300多年过去了。公路两侧的北方农田，广袤而哑言地躺着，一任玉米和高粱站在自己身上，从青涩到枯黄。这是多么古老的土地啊，已然不见丝毫战争痕迹。那数千年的历史积淀究竟沉落何方呢？

车过长治县而继续前行，说是去一个名叫荫城的地方，参观铁器博物馆。铁器？我顿生还乡之感。16岁入机械行业工作，我对铁器情有独钟。

驶入荫城已然暮色四合。与当今社会主义新农村相比，荫城显然没有旧貌换新颜。然而，我喜欢旧貌。所谓千篇一律的“新”，不如风格独特的“旧”。

我得知，荫城在春秋后期开始冶炼，代表着当时最为先进的生产力。当韩赵魏三国大量使用铁器进入“黑铁时代”，秦国军士还在手持青铜兵器。从西汉铁官进驻荫城，到明朝洪武年间铁业所在荫城成立，此地的铁货行销全国，甚至出现国际贸易。荫城不是一个地名，而是一个时间绵长空间辽阔的中国概念：千年铁府。

随着冷兵器时代的终结，荫城冶铁自明清两季渐渐失去昔日辉煌。荫城头顶的光环也日渐黯淡。一座名镇就这样站立在历史深处，渐渐被遗忘了。

走进十字街头的荫城铁器博物馆。它与大都市宽阔高大的博物馆相比，乃小巫也。然而，它的馆藏却显得充实，处处散发着黑铁的气息。

玻璃展柜里，陈列着一柄柄生锈的兵器，或刀或剑，生着厚厚的铁锈。我学过金属学和铸铁学，那厚厚的锈层，从五氧化三铁到三氧化二铁，既说明着铁器氧化的过程，更说明着深厚的历史进程。我甚至揣测，这刀这剑，或许就出土于长平战场吧。这厚厚的锈蚀，恰恰是漫长的历史啊，尽管有时候锈蚀也意味着遗忘。

放眼铁器博物馆陈列品，大多出自清明两代，止于宋。铸铁的物什，大小不一，小的有杈，有油灯，有马镫，有铃铛……我发现一只形如镇纸的物件，便以为是铁质镇纸，主人告诉我这是晋地农村冬天压被角用的，以防止小孩儿睡觉蹬了被子挨冻。我顿时被扑面而来的古老生活气息感动了。

大型铸铁器里，我看到十几口铁钟，还看到“鸣金收兵”的“金”，这种军用响器的独特之处在于发出的音响短促有力，它不像磬声绵长悠远，也不像锣声空旷发散，显现着军令如山的行伍精神。

锻铁陈列品展台，摆满各种刀具，这是历代战争的记录，从古代的剑到近代的刀，无声记载着人类争伐的历史。

尽管不乏藏品，还是感觉这座博物馆有些简陋。经人介绍我认识了馆长原建国。这是一个寡言的男子，笑容里隐藏着难以察觉的坚毅。

他热爱家乡，倾一己之力办起这座民间博物馆，为的就是不让“千年铁府”被历史掩没，让人们知道中国有一个名叫荫城的地方，曾经为华夏黑铁时代做出极大贡献。他十几年来花费大量财力物力，逐步积累着铁器收藏。而这座铁器博物馆址也是原来供销社的房间，他借来用的。

我问原建国，你有何等财力支撑这座几乎毫无收入的铁器博物馆呢？他平淡地笑了笑，说自己有建筑工程队。

在如今习惯于索取而疏于付出的时代，原建国平淡的笑容令我难忘。我做过六年铸造工人，我了解黑铁。与原建国的交谈，我甚至觉得黑铁的质感已然融入他的血液里，保留着自古荫城的遗传基因。

我不知道如今有多少像原建国这样的人，做了这样大的事情脸上却挂着平淡的微笑。但我知道中国有多少赚着大钱而脸上毫无表情的人。从这个意义上讲，原建国为了恢复家乡历史保存黑铁记忆而流露的平淡的微笑，足以感动具有正常文化心理的人。至少我被他的铁器收藏感动了，也被他的文化义举感动了。我希望大家能够知道中国山西有个名叫荫城的地方。这里有着悠久的文化积淀，也有着守护历史遗产的人士，还有着生锈依然散发着幽暗光芒的黑铁。

与青铜时代一样，黑铁也是一个时代。置身令人目眩的高科技时候，忘记黑铁时代可能不会对我们的日常生活产生任何影响，然而，还是不应当忘记。因为无用之用可能是最有用的。

你站在荫城铁器博物馆里，应该会明白这个道理的。

慷慨燕赵

七月，沿滦河而上

七月，七月流火，其实是说天象而非天气。七月，我们赴河北采风。有俗语云，十里不同风，百里不同俗，千里不同情。相隔十里，生活风气不同；相隔百里，生活习俗不同；相隔千里，人情世事不同。看来采风并非寻常意义的旅行。接到河北省作家协会发来的日程安排，果然路程千里。由此说来，燕赵大地的风、俗、情，乃是此行的主要观感。天津与河北原本一家，内心顿生亲切之感。

一、遵化·清东陵

这是河北省旅游局与河北省作家协会联合举办的“作家看河北”活动，我有幸觍列其中。出京城走燕郊，采风首站是遵化。遵化属于京东文化板块，与天津蓟县相连，因此并不陌生。从小知道遵化，由于这里农业合作化时期出了著名劳动模范王国藩，被称为三条驴腿的“穷棒子社”，受到革命领袖毛泽东的称赞。改革开放以来，旅游业振兴，清东陵成为著名景点，尤其慈禧陵墓被盗的故事几度被拍成影视作品，吸引着来自世界各地的游客。至于陵寝珠宝的真实下落，更是令人猜想不已。

我此行再度游览清东陵，感觉景区设施与管理有了很大提升。然而我心目中的最大风景乃是赵英健女士。她曾经四次做客央视名牌栏目《百家讲坛》，以清代陵寝故事为主线，为观众揭开康熙、嘉庆、道光、慈禧陵寝的谜团，一跃走红成为电视明星人物。

赵英健女士聪慧健谈，亲自为我们讲解，这是高规格的待遇。我是她的粉丝，听其讲解获益匪浅。清东陵，皆因赵英健女士登临《百家讲坛》的传播，更加成为吸引广大游客的著名景点。从大众传媒意义讲，电视受众与旅游业发展，确实关系密切。

清东陵，沉睡着皇帝皇后与皇妃，无言无语凝固于中国历史深处。赵英健女士的讲解，使得皇家清东陵成为具有深厚历史积淀的公共景点，从这个意义讲，她盘活了历史也盘活了遵化的旅游资产，在历史与现实之间，搭起一座无形的桥梁。原本已被固化的历史遗存，遂之鲜活起来。在历史与未来之间，恰是社会变革的当下。

这正是遵化给我的启示，也是我对“赵英健现象”的解读。

二、迁西·青山关

从遵化向东继而向北，我们前往迁西境内的青山关长城遗址采风。沿途丘陵不绝，山坡多栽板栗树，于灌木丛中呈鹤立鸡群状。当地名产“遵化板栗”，香甜可口。然而，从天津口岸输出海外，却改名“天津甘栗”。我在日本各地中华城或唐人街，发现都有“天津甘栗”出售，颇受欢迎。明明是遵化板栗，却让天津出了名，真是委屈了遵化。

进入迁西境内，一路车程，河流频现。我蓦然意识到“考斯特”正向滦河上游驶去，心情难免有些激动。

从20世纪70年代起，天津便饱受干旱缺水之苦，民间流行“自来水腌咸菜”之说，市民饮用的自来水，苦涩难咽。20世纪80年代初期“引滦入津”工程告竣，天津人民终于喝上甘洌清亮的滦河水。滦河对天津市确有恩德，天津人对滦河怀有亲情。因此，车近滦河上游，我的心情与同行作家相比，别有一番滋味在心头。

我看到公路右侧小河流淌，一打听方知它是滦河支流名叫长河。这就是一千两百万天津人喝的滦河水，不声不响奔流而下奉献而去，解救了一座特大城市的焦渴。

迁西境内河川纵横，还有洒河、清河、横河等等支流，全县80%的流域面积为滦河水系，积小流为大川，持续不断为天津市提供着水源。

迁西境内景点不少，有景忠山宗教文化旅游区、凤凰山民俗文化旅游区、潘家口水下长城、喜峰雄关大刀园……尤其迁西境内的大黑汀水库区，尚有栗香湖和滦水湾两处景点，均入引滦入津工程有关，可惜行程紧迫，我无缘造访。

在迁西众多旅游景点中，我们还是选择了青山关长城古堡旅游区。中国人的长城情结，几乎代代难以磨灭。

在迁西县115公里的古长城中，青山关古长城保存最为完好。这里有72券楼、月亮城、提吊式水门，还有修建于明朝万历年间的长城古堡。关城设南北两门，我们从南门进入，登上城墙俯视城关，南北略扁，东西凸起，呈元宝状，因此此处被人们称为“元宝城”。

我们穿过水门，在古堡址拍照留念，人一下子融入深远的历史里。青山关长城古堡颇具“活化石”的意义，令我们全然不觉地化入历史深处，不知今夕何夕。

夜宿青山关，这是一座古式山村小院，栽有果树与菜蔬。我与诗人汪国真为邻。闭灯安歇，夜黑如墨，万籁俱寂。多少年了，身居嘈杂喧嚣的大都市，黑白颠倒的夜生活，霓虹闪烁，街灯如炬，使得黑夜不黑；笙歌不断的夜生活，卡拉OK，灯红酒绿，使得静夜难静。

青山关之夜，黑得如此清净，静得如此纯粹，不由发人深思。我们究竟需要什么的生活？反思社会生活的现代化，究竟让我们得到了什么又失去了什么。

是夜，我头枕长城，滑入童年梦乡。

三、前往北戴河·路上

离开青山关，驱车向南而后向东，前往旅游胜地北戴河。此行途中经过迁安，这也是辽代古县。改革开放以来，迁安钢铁产业崛起，成为经济强县。不觉间车过钢城大桥，一条宽广的大河跃入视野。这就是迁安境内的滦河干流。它与此前迁西境内的支流长河相比，可谓浩浩荡荡。心怀感恩之情，我终于体验到滦河何以济津，那正是由于它的宽广与浩荡。

驶出城市，进入郊野，滦河一下露出它的本来面目。宽广无比的河面上，薄雾笼罩，似真似幻，宛若仙境。这才是真正的滦河，这才是城市人多年无缘相见的充满野性的大河。我想起多年前看过北欧艺术团演出的“大河之舞”。滦河的滔滔之水，印证的艺术的真实。

我想套用《黄河大合唱》里的朗诵词：“朋友，你到过滦河吗？朋友，你见过滦河吗？你见过滦河那奔腾不息的场景吗？”

尤其天天喝着滦河水的天津人，请你们在节假日里到上游去看看真正的滦河吧，那是一条真正具有生命的河流，在那里很可能获得对生活的重新理解。

一路行驶，前方就是著名的北戴河。那里有更多的水，那里有大海。大海乃是无数条河流的汇聚而已。海水咸，河水淡。有俗语云：咸中有味，淡中香。

我还是想念迁西和迁安境内的滦河。

四、丰宁・一个不曾到过的地方

乘车行驶在承德境内的高速公路上，我发现写有“丰宁大汗行宫”的巨大广告牌，挺身矗立高速公路两侧，颇为引人注目。我几次觉得“丰宁大汗行宫”字体颇为熟悉，一时却想不起这书法出自何人手笔。

原来它出自“何人”手笔——著名作家何申先生告诉我，这六个大字是他写的。只要沿着承德境内高速公路行走，几乎随处可见。何申先生乐乐呵呵说，我并没有得到半个铜板的润格。作家兼书法家何申为自己第二故乡的风景名胜出力，写字自然不为孔方兄。

何申先生的题字，唤起我造访丰宁大汗行宫的兴致。承德境内的丰宁大汗行宫坐落在丰宁坝上，有“京北第一草原”之称。这是距离首都北京最近的天然山地大草原，海拔1486米，总面积350万平方公里，可谓辽阔高远，令人心旷神怡。

这片草原自然风景区吸引游人的地方，正是被称为“大汗行宫”的景区，也就是当年成吉思汗驻留之所。这个旅游景区以大自然为资源依托，以蒙元文化为基础，集访古探幽、观光娱乐、餐饮住宿为一体。进入大汗行宫城门，一片开阔地带矗立着无以计数的古铜色雕塑，再现蒙古骑兵战场冲锋的宏大场面。一尊尊雕塑形态神色各异，蔚为壮观。

沿中轴线行走，远处一尊雄鹰石雕呈离地起飞状。越走越近，方知此尊雄鹰石雕之硕大无朋。众人与其合影，相比之下人体宛若豆荚。由此可见蒙古民族对雄鹰的崇拜，与天齐高。

中轴线的底部是成吉思汗的寝帐。此公塑像居中，形象伟岸，面露英气。大账中央高悬儿狼头的图腾，透露出蒙元铁骑横扫欧亚大陆的霸主气概。

乘小火车样的电瓶车环游景区，凉风习来，尽扫暑热，令人身心爽快。沿草原湿地行驶，一条小河若隐若现，令我想起早年舒婷在诗歌《故乡山岗上》上的句子：“我相信浅草中，有一道看不见的泉水。”

果然，我得知这道浅草中的河水居然就是滦河源头，不禁兴奋不已。我饮滦水三十多年，始见到滦河源头，这是人与大自然的缘份。我当即取出相机拍照，便将这源头美景带回家了。

这条与天津人民紧密相关的滦河，发源于丰宁大滩镇的东猴顶山，其干流在丰宁境内长147公里，流域面积3134平方公里，不舍昼夜流淌，经潘家水库分流，最终汇入天津蓟县的于桥水库，送往天津的家家户户。

饮水思源。我站在丰宁大汗行宫，眺望滦河源头。丰宁胜地，不仅“丰芜康宁”，而且有着丰富的水利资源。从而滋润着我们日见干燥的心田，使我们得以享受湿润而抵御沙化。

其实丰宁的历史还是颇有来历的。它于1778年建县，县名来源于乾隆皇帝御赐，取“丰芜康宁”之意。如今丰宁是满族自治县，县城里有座满族文化博物馆，内容丰富。丰宁境内风景名胜不少，令人称奇的景点是九龙松。

那株被称为“九龙松”的古树，据说栽植于北宋年间，历经六个朝代，已有千年历史。这株松树高4米，树围3.5米，全树覆盖面积525平方米，九条粗大的枝干，盘旋交错，枝头似龙头，树身弯曲似龙身，树皮宛若龙鳞，形成九条腾空欲飞的蛟龙形状，神韵绝伦。因此，它获得“天下第一奇松”的美誉。

我以九龙松为远景，拍摄留念。猛然间我发现，若以此角度拍照，九龙松的全貌宛若一顶巨形官帽。据说有志于仕途登攀者，多选此角度拍照，以求官场平步青云。这株九龙松带给世人各种各样的吉祥期待与美好期许。

如今举国反腐倡廉，形势逼人。据说官场流传“做官属于高危职业”的说法，并有“官不聊生”戏言。我想，无论是网络戏言还是内心真实写照，当官都是社会公职和人民公仆，一身清廉两袖清风，谈何“官不聊生”，谈何“高危职业”，举凡持此论调者，可能心存难见阳光之隐情吧。

我拍了“九龙松”照片发在微信上，那么多朋友表示惊奇，都说走南访北，没见过如此壮观奇特的古树，却无人提及九龙松全景形若“官帽”。有人闲云野鹤，有人心系功名。由此看来我可以改造那句名言了：有一千个观众，就有一千株九龙松。

以前我从《中国作家大辞典》里得知，承德所辖的丰宁县乃是诗人郭小川先生故乡。郭小川故居在丰宁县凤山镇，那是一座普通的农家院落，庭院不大，六间房屋设为郭小川生平展室。我从一张张图片里看到这位著名诗人的人生沉浮。他在天津静海五七干校写作的著名长诗《秋歌》和《团泊洼的秋天》，广为人知。我与郭小川的长子郭晓林是好友，曾经听他讲起诗人意外去世的经过，不禁感慨不已。人生无常，那是在拨乱反正之际即将返京任职前夜，郭小川竟然逝于河南省辉县。一个杰出的诗人从此哑言。即使哑言，郭小川的诗歌仍然唱响于人世间……

前往赤城寻访温泉

离开怀来县的大唐温泉，乘车前往赤城，继续寻访温泉。这一带温泉堪多，几乎进入大数据时代。然而，无论沿途温泉多少眼，总会有那么一股暖流属于你——润泽肌肤，沁养心脾，全身心感受大自然的恩赐。于是，寻访心仪的温泉，几乎成为此行的重大使命。

初次听到赤城这个地名，我下意识想到它的同音词：赤诚。不知为什么竟然受到莫名的激励。炎炎夏日里，赤城的地名愈发显得与众不同。这地名确实令人不易忘记。

郦道元《水经注》中称，“渔阳之北实有汤泉，去燕京三百里。”此公所言，正是今日赤城。傍晚时分，结伴入住寒谷温泉区，依山傍水，满眼植绿，爽风徐来，一派祥和所在，只是未见“汤泉”何在。

此前已然得知，古人对自然涌出地表的热泉分为“温”“汤”两类，水温高而烫手者为“汤泉”，水温略低而不烫手者为“温泉”。赤城热泉水温接近70℃，足以煮熟鸡蛋，自然归为“汤泉”了。

汤泉，这又是个引人神往的词语，一时觉得古风扑面而来，恨不得立即听到潺潺流水，亲近赤城汤泉。

华灯初上，晚间走出住所，沿山坡而行，步步登高。道路两侧，店铺生意火爆。一路上人流渐稠，一辆辆小轿车从身后驶来，似乎不约而同朝着一个共同目标而去，颇有渐入佳境之感。

行至半坡，道路右侧出现一方坪地，一座仿古牌坊赫然而立，掩映灯火间。我随人流拾级而上，夜色朦胧，抬头望见这座牌坊顶端镂刻两个行体金字，近前观看，竟然是“汤泉”。

这便是郦道元先生所言的汤泉了。疾步上前，迈过小桥，石阶左侧有水汽蒸腾，伴着潺潺水声。

一道明渠，沿着山坡逶迤而下，热泉流淌，雾气环绕，颇似仙境。明渠两侧，一个挨一个，已然坐满游人，有男有女，有老有少，衣着颜色各异，宛若五彩盛开。他们挽起裤角，伸出双脚蹬踩在水畔鹅卵石上，不时将足尖儿浸入奔流里，旋即提起，不由丝丝吸着冷气。这便是赤城汤泉，水温偏高，人体难以沉浸其间，所谓足浴，匆匆好似蜻蜓点水，场面颇为好玩。女人们只得将毛巾浸湿，不停地擦拭着双腿，动作文雅而从容。男人们则打了赤膊，挥动毛巾擦胸拭背，不亦快哉。

我沿着明渠，拾级而上，寻访源头。明渠两侧，早已没了空位。人们尽情享受着汤泉，人气极足。这时候，我看到奔流的泉水出现落差，陡然形成一个热气腾腾的小瀑布。我从未见过热泉瀑布，夜色氤氲，飞流疾下，跌宕起伏，颇有一唱三叹的感慨，堪称人间奇景。

夜色渐浓，人们或端盆或拎桶，从小瀑布处接满热水，然后闪到旁边，悠然地享用汤泉之美。

我找到渠畔足浴的一家人，主动攀谈。这户人家居信县城，经常开车来这里享受汤泉。我问男主人生活满不满意，他下意识指着奔流而去的热泉说，“当然满意！我开车搞运输，妻子开饭馆，生活很好！”他说话时目光不离脚旁的奔流，似乎他的生活与汤泉有着很深的关联。

女主人则说，“我全家经常来这里，汤泉保健，含二十几种微量元素，治风湿，治皮肤病，治神经衰弱，降血压，软化血管，消炎止疼！”

如数家珍。我被这家人的生活态度感动了，而他们的生活态度决定着他们的生活质量，而他们的生活质量，又确实与这里的汤泉有关。

赤城的汤泉啊，又确实与民生有关。于是，我初步认识了赤城汤泉。它不仅仅是旅游景点，也不仅仅是疗养胜地。它首先属于赤城民众的日常生活。月色朦胧，被称为草根阶层的城镇居民休闲于此，优哉享受着汤泉足浴，其乐陶陶。

倘若时光倒退三十年，我肯定认为这里是欧洲瑞士小镇。如今，这已经成为赤城民众的寻常生活。为普通百姓提供热情与兴致——这才是赤城汤泉的应有之义。因此，我听到泉水一路欢歌而去。

当晚返回宾馆住所，我灯下捧读有关赤城的史料，渐渐了解到汤泉的来历。赤城汤泉，又称“关外第一泉”，早在明代便已闻名天下。俗话说，大地方有大地方的风光，小地方有小地方的景致。赤城汤泉汩汩流淌，有着深厚的历史文化积淀。

举凡风光景致，总是伴随着古老神话而传播。相传上古天有九日，赤阳炎炎，暴晒九州。赤城有个壮汉名叫二郎，他常年下田劳作，老母亲给他送饭，半路晕倒暴晒而死。二郎至孝，拔起一株千年古松，担起两座大山要把太阳压在山下。他终于追上一个太阳将其压在山下。从起，地下泉水经过这个太阳的炙烤，腾腾升温成为赤城汤泉，终日流淌不绝。如今赏析二郎神话传说，赤城汤泉的来历无疑与中华民族的传统孝道密切相关。弘扬仁孝，当是正道。

神话终归神话。赤城周边的民间传说里，首先出场的是康熙皇帝的祖母孝文皇后——博尔济吉特氏布尔布泰。

孝庄太皇太后年老，患有腿疾，俗称“老寒腿”。她得知“关外第一泉”赤城汤泉疗效神奇，便萌生前往赤城的意愿。康熙皇帝至孝，立即派大臣耿昭忠前往赤城汤泉修建行宫，以迎驾祖母莅临。民间传说无凭，有《赤城县志》记载，“屋两层，各三间”。楼下“凿石为盆”，“明渠引泉”，这便是耿昭忠修建的行宫，以供太皇太后享用汤泉。

汤泉行宫建成。1673年正月二十四，康熙皇帝率领文武百官护送孝庄太皇太后鸾驾离开京城，翻越八达岭，经过怀来卫，过长安岭，走雕鹗沟，前往赤城。《赤城县志》记载，“上出居庸关奉太皇太后幸温泉行宫。”一路历时六天，康熙皇帝为祖母扶辇而行，适逢浮桥，他还要先行上桥检验是否坚固，以确保太皇太后安全。中途住宿，这位皇帝或暖塌或奉膳，均亲自侍奉，不离左右。

太皇太后抵达汤泉行宫。人们意外地发现，有褐色石碑立于汤泉之畔，镌刻“洗心”二字，很是醒目。康熙皇帝伺候祖母下榻行宫，心中有数。

原来，耿昭忠之兄耿精忠世袭驻守福建。清室入关，曾分封“三藩”。即“平西王”吴三桂，“平南王”尚可喜，耿精忠袭封“靖南王”。康熙十年，朝廷强化中央集权，撤藩之心日显。精明过人的耿昭忠唯恐其兄耿精忠罹祸，借修建赤城汤泉行宫之机，请胡之浚书写“洗心”二字，勒石刻碑于汤泉之畔，以此表明效忠清室之心，从而明哲保身。审时度势，明志效忠，这实乃精明为官之道。

五百多年后的今天，有赤城当地文人阎宪将这段历史写成六集戏曲剧本，使“洗心”的故事广为传播。

清代的赤城汤泉果然神奇。太皇太后驻跸赤城五十余日，以汤泉疗疾，困扰孝庄多年的“老寒腿”竟然治愈了。康熙皇帝的孝心总算有了圆满结果。从此，赤城汤泉的神奇疗效，更加天下流传，成了一时佳话。

赤城汤泉，皇家佐证。随着时光流转，这道热泉流淌着一个个感人故事。

九一八事变后，日军继而攻点热河，尔后占领察哈尔和河北大部土地。抗日名将吉鸿昌将军亲赴赤城，劝说孙殿英抗日。孙殿英虚与委蛇，延请吉鸿昌将军到赤城汤泉沐浴游览。走到康熙“洗心”牌前，抗日心切的吉鸿昌将军触景生情，大发感慨：“大敌当前，山河破碎，洗心何用？洗雪国耻才是当务之急啊！”

孙殿英只得连声称赞，当即叫来纸笔请吉鸿昌将军题写“洗耻”二字，镌刻于崖壁。这两个力破千钧的大字，久经风雨闪烁着爱国主义的光芒。

另一位抗日名将佟麟阁将军，于七七事变之时指挥第二十九军与日军激战，于南苑战场殉国。他生前曾经到达赤城汤泉，挥起大笔写下“赤泉”二字，其势刚柔并济，为赤城留写功德，名垂青史。

我几度阅读史料，沐浴历史长河，涟漪不绝，不觉心情激越。赤城一方热土，不仅有一眼眼热泉奔流，更有可歌可泣的热血志士涌现，他们的英灵与热泉相伴，永存人心。

曦光大放，旭日升起。我走出住所，趁着清晨脚步再度探访赤城汤泉。昨晚景象犹存脑海，今晨视野里又添新鲜场面。蓝天白云下，绿色草木间，晨风里，只见明渠两侧再度坐满洗浴热泉的人们。或家庭或团队，扶老携幼，煞是和谐。尽情享用着汤泉带来的生活情趣。我终于明白了，帝王之家，有皇室尊贵的至圣孝道。寻常百姓，有根植千年沃土的天伦之乐。这才是我们日常生活的意义，这才是赤城汤泉存在的真正价值。

沿着明渠攀援而上，我寻访被昨晚夜色遮蔽的景观。来到六泉之一的“胃泉”近前，我急不可待从泉口接满一杯清水，一饮而尽。泉水温热，沁人心脾，一扫疲惫之气。眼泉，平泉，气管炎泉……我终于站在总泉旁边。这里是源头，赤城汤泉流淌而下，皆出自这里。

总泉灼热。我尽情感受扑身的热气，空气中嗅得淡淡气息，这或许就是热泉微量元素散发的味道，它从几百年前的皇家行宫，飘进当今寻常百姓身旁，久久环绕而不散。这是时代的变迁，这也是赤城汤泉的新生。

汤泉不老，清水长流。我在距离炽热的总泉不足两米地方，看到“冷泉”石牌。冷泉近临热泉，水位平稳，常年不枯，两泉相邻咫尺，居然凉热各异，堪称人间“谐趣”。

我想，冷热相伴，辩证依存，和而不同。这正是赤城汤泉的谐趣吧。千年流淌，百世不竭。赤城有赤泉，更有赤子之心。

你也跟我一样来赤城寻访汤泉吧。途中，你可能邂逅沉甸甸的历史，路旁，你可能牵手生机勃勃的小树。冬天，这里必有一股温流属于你。盛夏，这里可以送奉一派清凉。

是的，赤城汤泉欢声笑语，她在这里等你。

热河观花

一、金山岭上

屈指算来，此番“中国作家看承德”活动，距离我初次登临金山岭长城，已然20年时光了。那时的金山岭长城，似乎处于野生状态，一派尚待修葺的景色。印象最深的是它浓郁的野趣与盎然的春意。

金秋收获时节，我再度访问河北省滦平县境内的金山岭长城，登高远眺，蔚为大观。我不禁想起《岳阳楼记》范子的名句：“览物之情，得无异乎？”

长城巍然屹立，清风徐来，绿意满眼。20年变迁换了人间，此金山岭景观自然也大不相同了。

文化沃土积淀，古树又增年轮，一处处浅绿，一处处深翠，远近层次分明。蓝天白云下，长城逶迤而去，从山麓而顶巅，高低错落，目不可极。此情此景令我突发奇想：阳光普照大地，从来不曾厚此薄彼，更没有长城内外之分；清风吹绿山野，从来不曾薄古厚今，更没有长城内外之别。然而，长城内外，却是我们多年惯常使用的词语，长城内外似有不同。

中国实行改革开放政策30多年了。此行登临金山岭长城，令我感受到正在实施的“京津冀一体化”国家战略，真可谓及时而切实。继珠三角长三角之后，又有改革大手笔勾画出中国经济发“第三极”的远景。

此前，京津两市近在咫尺，却难以全方位协同发展，港口重复建设，断头路难以织就交通网，使得咫尺形同万里。说起首都与河北，说起天津与河北，似有无形的长城阻隔，多年以来不能完全进入融溶互补状态，犹如三大高音歌唱家，似乎不能形成经济发展的大合唱。

其实，不论多年形成的交通壁垒还是区位局限，我们首先要破除的还是僵化的思想壁垒与短视的本位观念。站在改革创新立场反思，我们的思想解放任务，依然任重道远。

京津冀手机通信取消区域漫游费，此例正是突破地方壁垒的明证。从隔绝走向贯通，从隔墙走向共处，从各行其是走向共同发展，这是最好的开端。

始建于明代的金山岭长城，这分明是国宝级的文物古迹。戚继光当年筑建长城，自然出于军事防御之需，肯定是越坚固越好。长城内，意味着国泰民安。长城外，意味着战争危险。

长城，对封建王朝来说意味着闭关与锁国。从防御到防御，这是历代皇帝修建长城的本意。而今太平盛世，金山岭长城内外一派和谐景象，人民安享和平生活。尤其置身京津冀一体化的大背景下，金山岭长城只是一处国家级文物名胜而已，绝无长城内外之区别。

长城内外公平发展，共同进步，这不仅是大自然造物的平等，也是改革开放的新景观——长城内的青草与长城外的青草同样绿，长城外的鲜花与长城内的鲜花同样红。这正是京津冀一体化的应有之义。

长城，已经不再担负防御任务而依然屹立世界东方。放眼今日金山岭长城，它以逶迤起伏的宏大气势，时时激发着我们登攀向上，从而成为规模最大的人生励志风景。

我们，建造物质世界的长城并不难，不过一砖砖一石石，不过千千砖万万石而已。我们，破除僵化的思维定式则不易，不是一朝一夕，不是累月经年，而是朝朝昔昔时时刻刻分分秒秒，不松懈不怠慢不自满，从而在心中筑起我们新的精神长城。

众志成城，这应当是我们永不遗忘的民族精神与国家格言。我想，这便是金山岭长城给我的启示吧。

二、承德寺庙

不是首访普宁寺，也不是初谒小布达拉宫。承德外八庙，你多次拜谒也难以充分领略承德积淀深厚的宗教文化内涵。

普宁寺始建于清乾隆二十年（1775），三年后竣工。普宁寺主殿大乘之阁供奉着世界上著名的金漆木雕千手千眼观世音菩萨，高达22.28米。因为普宁寺俗称“大佛寺”。

大乘之阁大殿前，前来拜谒的僧俗两众，无不引颈瞻仰，惊叹佛教建筑的宏伟与精细。普宁寺是一座典型的汉藏结合建筑风格的寺院。尤其那尊跪拜姿态的石象，颇具藏传佛教“五体投地”的朝圣体态，独具匠心。

步出普宁寺山门回首望去，山门匾额“普宁寺”鎏金寺名，书有满汉蒙藏四种字体，这均出自乾隆皇帝手笔。身为九五之尊以四种字体题名普宁寺，乾隆不声不响流露出封建帝王数术心理：强化中央集权同时强调多民族大融合，以维护江山社稷的稳定。

此行拜访普宁寺，乾隆帝题写的四种字体鎏金巨匾给我留下深刻印象。

普陀宗乘之庙又称小布达拉宫，因为普陀宗乘是藏语“布达拉”的意译，因此这座寺院被称为“小布达拉宫”。它的名气并不亚于普宁寺。

1770年是乾隆皇帝60岁寿辰，次年适逢其母皇太后80岁大寿。青海西藏蒙古各民族王公贵族纷纷要求赴承德祝寿。乾隆皇帝下令模仿拉萨的布达拉宫建造普陀宗乘之庙，以迎盛事。

游览小布达拉宫，你会再度领会到封建帝王重视民族大融合的心思，可谓宏远高妙。我想起当年边关守将请求加固金山岭长城的奏折，竟然被乾隆皇帝驳回的故事。这位创造盛世的大清皇帝深知，以倾国之力建造长城，远远不如在广大臣民心里构筑宗教信仰，这才是确保江山社稷千秋不变的“精神长城”。乾隆摄取人心的思想与明代思想家王守仁“破山中贼易，破心中贼难”的说法，不谋而合。佛教因此而光大。

拜访承德的寺庙，因人而异，各有心得。然而，正是承德这样一座独具深厚文化积淀的城市，为我们提供走进历史长廊的机缘，从而不虚此行。

拜访承德寺庙，虽属圣地重游，依旧新意盎然，感觉颇有收获。承德有景，常游常新。

三、关于丰宁

此行采风行走，乘车行驶在承德境内的高速公路上，我发现写有“丰宁大汗行宫”的巨大广告牌，挺身矗立高速公路两侧，颇为引人注目。我几次觉得“丰宁大汗行宫”字体颇为熟悉，一时却想不起这书法出自何人手笔。

原来正是出自“何人”手笔——著名作家何申先生告诉我，这六个大字是他写的。只要沿着承德境内高速公路行走，几乎随处可见。何申先生乐乐呵呵说，并没有得到半个铜板的润格。作家兼书法家何申为自己第二故乡的风景名胜出力，写字自然不为钱。

何申先生的题字，唤起我前年造访丰宁大汗行宫的记忆。承德境内的丰宁大汗行宫坐落在丰宁坝上，有“京北第一草原”之称。这是距离首都北京最近的天然山地大草原，海拔1486米，总面积350万平方公里，可谓辽阔高远，令人心旷神怡。

这片草原自然风景区吸引游人的地方，正是被称为“大汗行宫”的景区，也就是当年成吉思汗驻留之所。这个旅游景区以大自然为资源依托，以蒙元文化为基础，集访古探幽、观光娱乐、餐饮住宿为一体。进入大汗行宫城门，一片开阔地带矗立着无以计数的古铜色雕塑，再现蒙古骑兵战场冲锋的宏大场面。一尊尊雕塑形态神色各异，蔚为壮观。

沿中轴线行走，远处一尊雄鹰石雕呈离地起飞状。越走越近，方知此尊雄鹰石雕之硕大无朋。众人与其合影，相比之下人体宛若豆荚。由此可见蒙古民族对雄鹰的崇拜，与天齐高。

中轴线的底部是成吉思汗的寝帐。此公塑像居中，形象伟岸，面露英气。大帐中央高悬儿狼头的图腾，透露出蒙元铁骑横扫欧亚大陆的霸主气概。

乘小火车样的电瓶车环游景区，凉风习来，尽扫暑热，令人身心爽快。沿草原湿地行驶，一条小河若隐若现，令我想起早年舒婷在诗歌《故乡山岗上》上的句子："我相信浅草中，有一道看不见的泉水。"

果然，我得知这道浅草中的河水居然就是滦河源头，不禁兴奋不已。我饮滦水30多年，始见到滦河源头，这是人与大自然的缘分。我当即取出相机拍照，便将这源头美景带回家了。

这条与天津人民紧密相关的滦河，发源于丰宁大滩镇的东猴顶山，其干流在丰宁境内长147公里，流域面积3134平方公里，不舍昼夜流淌，经潘家水库分流，最终汇入天津蓟县的于桥水库，送往天津的家家户户。

饮水思源。我站在丰宁大汗行宫，眺望滦河源头。丰宁胜地，不仅"丰芜康宁"，而且有着丰富的水利资源。从而滋润着我们日见干燥的心田，使我们得以享受湿润而抵御沙化。

其实丰宁的历史还是颇有来历的。它于1778年建县，县名来源于乾隆皇帝御赐，取"丰芜康宁"之意。如今丰宁是满族自治县，县城里有座满族文化博物馆，内容丰富。丰宁境内风景名胜不少，令人称奇的景点是九龙松。

那株被称为"九龙松"的古树，据说栽植于北宋年间，历经六个朝代，已有千年历史。这株松树高4米，树围3.5米，全树覆盖面积525平方米，九条粗大的枝干，盘旋交错，枝头似龙头，树身弯曲似龙身，树皮宛若龙鳞，形成九条腾空欲飞的蛟龙形状，神韵绝伦。因此，它获得“天下第一奇松”的美誉。

我以九龙松为远景，拍摄留念。猛然间我发现，若以此角度拍照，九龙松的全貌宛若一顶巨形官帽。据说有志于仕途登攀者，多选此角度拍照，以求官场平步青云。这株九龙松带给世人各种各样的吉祥期待与美好期许。

如今举国反腐倡廉，形势逼人。据说官场流传“做官属于高危职业”的说法，并有“官不聊生”戏言。我想，无论是网络戏言还是内心真实写照，当官都是社会公职和人民公仆，一身清廉两袖清风，谈何“官不聊生”，谈何“高危职业”，举凡持此论调者，可能心存难见阳光之隐情吧。

我拍了“九龙松”照片发在微信上，那么多朋友表示惊奇，都说走南访北，没见过如此壮观奇特的古树，却无人提及九龙松全景形若“官帽”。有人闲云野鹤，有人心系功名。由此看来我可以改造那句名言了：有一千个观众，就有一千株九龙松。

九龙松风景区内，还有一座五龙圣母祠。祠内供奉的圣母，俗姓李，她育有五子皆为龙。当地盛产野果“欧李儿”。

传说圣母受孕时感觉有“欧李儿”自左肋入而右肋出，即怀龙子，龙子出生皆从母姓。我在祠堂看到圣母所育的第五龙子塑像，其尾残缺。五龙圣母祠的讲解员告诉大家，这五龙子是条小黑龙，其龙尾被斩断，因此人称秃尾巴黑龙。每年圣母生日，这条秃尾巴黑龙定然风雨兼程回家省亲，被民间称为“孝龙”。

我打量着秃尾巴小黑龙的塑像，当场想起童年时期与祖母共同生活，每逢农历六月十三必然雷雨天气。她老人家便望着天空说“这是秃尾巴老李回家看望娘亲啊”。

我在丰宁县五龙圣母祠看到的这条孝龙，正是当年祖母给我讲述的“秃尾巴小黑龙”。当年祖母称他“秃尾巴老李”，这恰恰佐证他是随母亲李姓的。此则出自丰宁地区的神话传说，竟然远在天津地域得以广泛流传。看来“十里不同俗，百里不同风，千里不同情”这句民间谚语，也有不应验的地方。

当年承德境内采风竟然邂逅这个儿时听到的神话故事，丰宁之行，不亦快哉。

其实，以前我从《中国作家大辞典》里得知，承德所辖的丰宁县乃是诗人郭小川先生故乡。郭小川故居在丰宁县凤山镇，那是一座普通的农家院落，庭院不大，六间房屋设为郭小川生平展室。我从一张张图片里看到这位著名诗人的人生沉浮。他在天津静海五七干校写作的著名长诗《秋歌》和《团泊洼的秋天》，广为人知。我与郭小川的长子郭晓林是好友，曾经听他讲起诗人意外去世的经过，不禁感慨不已。人生无常，那是在拨乱反正之际即将返京任职前夜，郭小川竟然逝于河南省辉县。一个杰出的诗人从此哑言。即使哑言，郭小川的诗歌仍然唱响于人世间……

承德采风，方知人杰地灵。承德采风，方晓历史文化积淀深厚，这里不止于避暑山庄、不止外八庙、不止于木兰围场、不止于潘家口水下长城、不止清季帝王将相……你如何概括承德呢？似乎难以概括。举凡难以概括的地方，你也无法抽象它。这便是承德的丰饶与深厚。

四、由风而雅

采风结束之日，我清晨时光漫步于兴隆县安子岭乡上庄村的“诗墙”前，一时沉浸在诗歌王国的氛围里。这连绵不断的诗歌长廊，云集古今中外诗人诗作，宛若百花盛开的精神王国，令我流连忘返，不知今夕何夕。

这里是诗上庄。听得公鸡迎着晨风鸣叫，看太阳升起了。这太阳不光是小山村的，同样也是全世界的太阳。

诗人可以说，太阳是我的。诗人也可以说，我是太阳。

诗人们完全可以这样说。因为在诗人王国里，诗歌属于世界。诗歌就是世界。

我站在诗上庄的小路旁，尽情沐浴秋风。青山不改，绿水长流，这一派田野风光，不仅仅象征着五谷丰登的农家生活，也有诗风迎面彿来。

青山掩映下，我相信远处山村有炊烟初起。那袅袅炊烟在历史与现实之间，高高升腾起来了……

蒙古高原

阿拉善散记

知道阿拉善地名，很久了，大约是20多年前。打开中国地图册寻找，总觉得那是遥远的西部地区。后来我到过内蒙古自治区几个地方，比如赤峰，比如兴安盟，比如呼伦贝尔，水草不错，牛羊行走。想起西部的阿拉善，脑海浮现的是沙漠与戈壁的景象，甚至黄沙漫天。这种毫无实践佐证的最初印象，几乎成了我对阿拉善地理风貌的定见。

人，有时候被定见所左右。这即是我心目中的阿拉善。岁在龙年，我终于迎来走进阿拉善的机缘。夏深秋浅的季节，随中华文学基金会采风团走进巴彦浩特，这里是阿拉善盟所在地，也是阿拉善左旗所在地。阿拉善加阿拉善，我的阿拉善之旅就这样开始了。

阳光·蓝天

那么强烈的阳光，那么湛蓝的天空，那么纯净的白云，这是中国大都市里难得一见的景象。大都市的阳光没有这么强烈，因为阳光被灰霾消解了；大都市的天空没有这么湛蓝，因为天空被灰霾涂抹了；大都市的白云没有这么纯净，因为白云已然变成灰霾……巴彦浩特就是这样，爽朗明快地呈现在你面前，当你置身其间，觉得自己也爽朗明快了，任凭阳光强烈地抚摸着你。

是啊，很久没有被阳光如此豪爽地抚摸了。大都市里，处处飘动着太阳伞，同时散发着防晒霜的味道。人对阳光的躲避，似乎印证着人与大自然的隔膜。我不知道，这是都市人对大自然的逃离，还是大自然对都市人的疏远。

此时，我们在阿拉善第四中学校园里。一排排身着整洁校服的中学生们站在阳光下，参加中国作家协会、中华文学基金“金叶育才图书室”的捐赠图书仪式。那一张张透着健康肤色的青春面孔，使我想起一株株茁壮成长的小树。

价值两百四十余万元的各类图书，一箱箱摆放在炽热的阳光下，散发着知识的光芒。这光芒里蕴含着一股面向未来的力量。这使我们感到处于物质充盈甚至泛滥的时代，书籍，仍然是人类社会不可或缺的财富，仍然是人类精神世界最为宝贵的源泉。书籍，仍然为人类构筑着文明进步的阶梯，召唤我们走向更高的人生境界。

身穿天蓝色校服的女学生，跑上主席台为来宾们佩戴红领巾，以此表达阿拉善人的情意。当这个女孩子给我佩戴红领巾时，我内心惶恐起来，颇有无功受禄的感慨。是啊，我还没有为阿拉善做些事情，便成为这里的贵客。

佩戴着红领巾，顿时回到自己的少年时代。那时候大都市的蓝天白云与今天的阿拉善同样，湛蓝而纯净。阿拉善，你令我们的心儿重返少年，重温美好时光。

于是，我问给我佩戴红领巾的女孩子叫什么名字。她说叫张海燕。海燕，无论她是汉族还是蒙古族，我都祝愿她在知识的海洋里，学习进步，展翅高飞，舞动漫天白云，直冲蓝天九霄。

赠书，这不是单边行为。这是一次相互赠予。我们送来图书，是赠予。而阿拉善则赠予了我们天天向上的精神。

玛瑙·胡杨

胡杨的名气极大，蒙古语为“陶来”，它是当今最古老的树种之一，有着6500年历史，堪称“活着的树化石”。几乎人人知道关于胡杨的那句名言：“活着一千年不死，死了一千年不倒，倒了一千年不朽。”尽管这累计的“三千年”不乏修辞语义，然而胡杨无疑是最使人激动的大漠之树。于是，前往戈壁绿洲拜谒胡杨，便成为作家采风团的内心热望。

乘车离开阿拉善左旗，告别巴彦浩特镇，我们前往额济纳旗，据说那里有着令人神往的胡杨林，也是张艺谋导演拍摄电影《英雄》的外景地。

前往胡杨林这路程，穿越戈壁沙漠，足有600公里。那是遥远的额济纳，那是遥远的绿洲。此前，我已然得知三百年前一路冲杀奋勇东归的土尔扈特部落的后代，正是居住在额济纳旗。胡杨与土尔扈特，这更加令人神往。

大约八年前，我到黑龙江省大庆地区采风，到达了杜尔伯特部落定居的地方。我参观了那里的东归纪念馆，内心受到强烈震撼。土尔扈特部落与杜尔伯特部落，同属当年东归的“英雄部队”。此时前往额济纳旗拜访土尔扈特人的后代，他们身上肯定凝聚着大漠胡杨生生不息的顽强精神。

前往额济纳的途中，我们乘车经过被称为玛瑙滩的地方。善解人意的主人热情停车，带领我们去“沙海拾贝”。我有过大海拾贝的经历，赤脚行走在湿润柔软的海滩上，在细沙中寻觅着。置身干燥多风的大戈壁，这次沙海拾贝，却是崭新的体验。

阳光明亮，极目远方，一览无余，世界显得极其透明，人心也单纯起来。然而面对沙海拾贝的诱惑，心儿却像孩童般贪婪起来。

沙海拾贝，这贝正是亿万年前大海轰然退去的馈赠——玛瑙。我不懂得玛瑙的物理学定义，只觉得玛瑙应当是从石向玉演进的一种固化状态。这种玉化的演进，使得一望无际的沙砾里，隐含着饱经岁月磨砺的精灵。茫茫戈壁，天地相连。我们忘情地扑向玛瑙滩，以为戈壁精灵俯拾即是。其实，寻觅自己心仪钟情的玛瑙，却不是一件容易的事情。

同行作家告诉我，这几年阿拉善玛瑙声名鹊起，被称为玉石后起之秀。冒着烈日，我拣到一块形似山峦的玛瑙石。它紫色的底部，米色的腰峰，仔细端详，犹如一座微缩版珠穆朗玛峰。手捧世界最高峰，我蓦然想到它的形状完全出自亿万年前大海波涛的雕琢，浪花拍岸之声，犹然响在耳畔。我领悟着大戈壁的前世今生。亿万年前的大海，那是水做的大戈壁，如今的大戈壁，不就是沥干脱水的大海吗？此时我手中的玛瑙，正是当年海贝的化身。

沧海桑田，亿万年间。于是，我越发向往传说中的额济纳胡杨树——它无疑见证着滔滔大海退去后，大戈壁亿万年间的成长经历。成长，赋予了大戈壁蓬勃的不朽精神。

进入额济纳旗，这是包金女士工作生活18年地方，也是300年前英勇东归的土尔扈特部落的定居地。我们首先来到奥敦·高娃的蒙古包。未见大路两侧胡杨林，我却从手捧美酒的蒙古姑娘的歌声里，感受到乐观向上的民族精神。

生活在沙漠绿洲深处的蒙古人，他们以自己生生不息的传承，诠释着令人景仰的胡杨精神。

走出奥敦·高娃的蒙古包，我们在一条柏油公路的两侧，见到成片的胡杨林。我兴奋地朝前走去，一株株胡杨与我同行，我则成了胡杨身旁移动的风景。我看到幼年胡杨，它们的叶形接近柳树，而随着时光成长，它的叶形渐渐变成心形。心形，这是多么神奇的寓意啊。

面对“望之蔚然而深秀”的景色，我竟然感到词穷，不知如何形容大漠胡杨。根深叶茂，威武不屈，就这样默默站立着，一站就是千年啊。

秋色尚浅，胡杨还没有从浓绿变成金黄甚至赤红。然而，领略胡杨深沉的绿色，已然令我陶醉。

此时，我并不知道明天将去参观被称为“神树”的那株巨大无比的胡杨。只有站在那株神树面前，我才真正懂得我们之所以赞美胡杨，因为它象征着人类精神。

沙漠绿洲的绿色啊，你的灵魂正是一株株胡杨构成的。你绿得持重，绿得坚忍，绿得令人心动。

这就是遥远的额济纳。胡杨，使额济纳零距离站在我面前，还有美丽爽朗的奥墩·高娃和她的歌声。

遗迹·水

黑城，蒙古语“哈日浩特”，它是古代丝绸之路现存最为完整的一座古城。黑城始于西夏国设立的“黑山威福军司”，西夏语作亦集乃。1226年为成吉思汗攻破。当年意大利旅行家马可·波罗朝觐忽必烈，也曾路经这里。如今，它成为阿拉善境内为数不多的人文遗址：夯土筑成的城墙，覆钵式佛塔，清真寺，民居，街道……行走其间，古代情景，依稀可见。当年，这里是一部内容丰富的故事，如今，只残存几个故事细节。留在黑城迹址西北角城墙上的洞口，相传是当年黑城守将黑将军突围的洞口。这个细节，使游客们犹如听到当年战场的厮杀声。

遍布遗址城内的陶片与瓦砾，便是历史留给后人的点滴细节。细节是雄辩的。它证明着阿拉善地区的历史。游客们忙着拣拾陶片与瓦砾，分明是在拣拾历史细节，小心地捧在手里。

我捡到一块五彩瓷片，这是难得的纪念。望着黑城人文遗址，我寻思着。举凡历史遗迹的存在意义究竟是什么呢？我想，它的意义就是告诉后人，你从哪里来，你到哪里去。

我从哪里来，我到哪里去。这样的发问，正是黑城遗址不可替代的存在意义，也是黑城遗址必不可缺的存在价值。

我们离开黑城这座历史人文遗址，乘车前往“怪树林”观光，那里是一座自然遗址。

由于胡杨林干旱缺水，大片枯死形成“怪树林”。远远望去，那一株株原本挺拔茂盛的胡杨，仿佛宁死不屈的古代武士，屹立着。走进怪树林，心情反而沉重起来。一株株形态各异的枯树，已然成为植物界的“木乃伊”，风干着枯黄着，没有丝毫水分。游客们被一株株“怪树”的吸引，认为这株树像龙，那株树像鹤，尽情展开自己的想象力。怪树林，确实属于世间罕见的旅游景点，同时它更是一座大课堂，不断向我们敲响保护自然生态的警钟。

气候干旱，地下水位下降，造成大片胡杨死去。胡杨是沙漠地带生命力最为顽强的树种，它的从绿变枯，无疑说明大自然的危机。是水，染绿了绿洲。缺水，也使绿洲褪色，让生机勃勃的胡杨林成为“怪树林”。枯黄替代了浓绿，死寂替代了生机。这种强烈反差，时刻告诫着人类，生态是脆弱的，我们必须像保护自己眼睛那样，呵护环境与生态。

是啊，“怪树林”不光是旅游景点，它还是“警世堂”。

我们乘车来到居延海，发现这里是更大的“警示堂”。生态的危机，日渐严重。远望那片水面，自幼背诵唐诗“单车欲问边，属国过居延”，不曾想今日站在居延海面前，发思古之幽情的同时，颇为未来的生态担忧。

居延为匈奴语，意为“天池”或“幽隐”。蒙古语叫“苏泊淖尔”。历史上的居延由东、西，北三个海子组成。1961年，北、西居延海干涸，如今的东居延海，也曾在1992年干涸。为了抢救额济纳生态环境，国家投资实施黑河流域生态综合治理工程和黑河下游额济纳绿洲生态抢救与保护工程，2002年7月，滚滚黑河水流入东居延海，干涸十年之久的荒漠，终于重现碧波。

如今，东居延海常年水域面积达到40平方公里，似乎再现沙漠明珠的美丽。天鹅回来了，大雁回来了，野鸭回来了，还有水里的鱼。

然而，水禽们以它们的鸣叫声告诉我们，恢复并保护居延海，任重道远。

石头说话

这是在阿拉善右旗的境内，这是名叫海森楚鲁的怪石公园。海森楚鲁为蒙语，意为像锅一样的石头。此时，怪石公园游客不多，只有一辆越野车开了进去，载着几个好奇的孩子。孩子们瞳子里，注满了惊异。

这里堪称沙漠绝域，方圆几十里布满奇形怪状的石头。四周静寂，声音似乎被空气过滤掉了，只有怪石们矗立着。海森楚鲁的石头不会说话，却召唤人们走向怪石林深处。

我们驱车驶入海森楚鲁深处。沙地平坦。看到有绿的地方，那沙地便是湿润的。有水，就有生命。大自然景观再次告诉我们这个道理。

既然海森楚鲁是“像锅一样的石头”，我们伸出目光极力寻找着象形与会意的景物。一路上，我充分享受着想象力带来的快感。从一尊尊石头身上看出它的“前世原形”，不亦乐乎。

第一次停站，面前矗立的这尊巨石果然像一头憨态可掬的大肥猪。于是想起西游记，这尊石头更加活灵活现了。

驶向怪石公园更深处，我看到骆驼，看到奔马，看到海龟，看到鳄鱼，看到雄鹰，最后看到大蘑菇……这时候，我蓦然意识到，我们的想象世界，往往大于现实世界的，这也证明着文学的无穷魅力与存在意义。

阿拉善右旗的怪石公园，它的意义不仅在于“怪”，更在于它激发了我们的想象能力，调动了我们的比喻能力，于是，我们流连忘返于想象与比喻的世界里。这个世界与现实世界，平行而同时存在。

就这样，海森楚鲁的石头告诉我们：这个世界似乎没有永恒的事物。大海永恒，亿万年前的一个夜晚，地表隆起大海变成怪石林；高山永恒，亿万年前的一个清晨，岩浆喷发高山变成湖泊。

告别海森楚鲁怪石公园，我和衣向东搬来石块，满怀欣喜在大蘑菇石旁堆建了一座小型敖包，权作我们对大自然的敬意。

驱车前往曼曼德拉苏木山，我们观赏曼德拉岩画。据说那里有四千余幅岩画，记录了自原始社会至元、明、清各代游牧民族的社会生活与生存情状，堪称我国西北古代艺术画廊。

一路上山，两侧山坡乱石林立，充满野性的力量。岩画远在深处。这如同游客拜谒胜景，总有那么一段令人却步的路程。只有你不却步，便是虔诚的朝圣者。

这就是曼德拉岩画，镌刻在山岩上，一幅幅诉说着远古的故事。它与阿拉善博物馆里的岩画照片相比，没有那么清晰，没有那么明丽，却震撼人心。岩画本来就是野生的。我站在野山里观赏野生岩画，别有感受在心头。

如果说怪石公园的怪石激发我们的想象能力，那么我们在曼德拉岩画里看到了中华民族先人们的表达能力。一幅幅岩画里，有牛有马有羊有鹿，有游牧民族日常生活，还有我一时难以辨识的内容，只能凭借猜测了。面对一幅幅岩画，仿佛聆听着远古先人的诉说。曼德拉岩画告诉我，当人类社会进入高精尖时代，远古先人这种以画代字的拙朴的表达方式，似乎具有别样的感人力量。

石头会说话的，石头说话了。这就是海森楚鲁和曼德拉告诉我的。是的，只要你静下心来，肯定会听到她的声音。

巴丹吉林

这是我有生以来首次走进大沙漠，这是巴丹吉林。我记住“吉林”是蒙语“六十”的意思，这里有六十个湖泊。记忆里湖泊是在水乡。将沙漠与湖泊联系此来，似乎只有巴丹吉林。沙漠里的湖泊，这正是巴丹吉林的风光所在。

自从离开怪石林，我再度感受到空旷，仿佛置身火星。我肯定没有去过火星，我想象火星犹如沙漠般空旷。一种由于空旷而产生的陌生感，使得天空更为高远。风儿，将沙坡吹出皱褶，这是大自然的笔法，写下凡人难以解读的随形文字。

一路并没有经历太多颠簸，我们便来到这片湖水面前。大家忙着拍照，以为如此容易便见到沙漠明珠。

主人告诉我们，去看沙漠深处的“明珠”，必须换乘四轮驱动的沙漠冲浪车。冲浪？立即令人想到大海。这里是沙海。沙的海与水的海相比，充满刚性。

我们四人一组，乘坐苏拉师傅驾驶的“皮卡”，驶向沙海深处。地势平缓，车轮行驶在沙地上，使人想起购自阿拉善右旗的地毯。很快，一道道沙梁出现在前方。苏拉驾驶的汽车顿时发出老牛般吼叫，朝着高高的沙梁冲去。

随着呼啸声，一道道沙梁被我们甩在身后。有着乘坐“过山车”经验的我们，渐渐体会到海漠冲浪的独特感受。游乐园的过山车，那是钢铁结构的游戏，充满人类设计的心机。海滨度假村的冲浪，阵阵浪花扑面而来，你不断被水拍打着，反而有一种被吸附的感觉。此时的沙海冲浪则完全不同，天高地远，空气干爽，你感觉自己变成一只干燥的物体，随着冲高与回落，仿佛悬浮在空中。尤其冲击最为陡峭的沙梁，爬坡达到45度角，汽车轰然而上。此时，视野里没有蓝天，只有黄沙。你感觉自己即将被镶嵌在沙坡上。

冲过沙梁，汽车低头向下。这时你感觉不是乘坐汽车是乘坐飞机，而且是战斗机，它高速俯冲下去。面对又一道沙梁，“飞机”再次高高拉起。

沙漠静寂，确实使人觉得飞在天上。这便是沙漠冲浪的双重体验：既有大海快艇冲浪的刺激，又有高空飞机俯冲的惊险……

我们终于到达观赏沙漠明珠的地方。站在这里可以看到周边三个湖泊，依照物理学“连通器”原理，这个三片水域应当保持同一水面，但是这三个海子水平面落差竟然高达30米。这大自然神奇的现象，还有待我们去探索。

并不遥远的地方

阿荣旗

手捧中国地图寻找山山水水，宛如走入博大世界。我以为地图册是世界最大的图书，令人心驰神往。

我在地图里找到镶嵌在黑蒙交界地带的阿荣旗，对我来说这是个遥远的地方。于是心生向往。我向往遥远的地方。阿荣旗的遥远，总会使我产生遐想。比如森林，比如草原，比如久违的蓝天，比如清澈的河水，比如肥沃的土地，还有质朴硬朗的汉子和美丽迷人的姑娘。

同时也产生了疑问：阿荣旗地处高纬度的北方，为何取了“阿荣”地名呢？这很像一个南方孩子的乳名。于是，越发向往那个陌生而遥远的地方了。

飞行，解构了遥远，这是高科技的功德。陌生，往往容易转化为亲近，这是文学的“陌生化”效应。我从天津而哈尔滨，从哈尔滨而齐齐哈尔，逾越黑蒙省界走进阿荣旗，开始了对这座北国小城的解读。

第一印象便是阿荣旗的太阳很勤勉，加长版的白日充分显现北国慷慨，天色便黑得晚了。之后知晓了阿荣旗因其境内的阿伦河而得名。无论蒙语阿伦还是满语阿荣，均为“清洁、干净”之意。我不由受到触动，在全国河流绝大多数受到不同程度污染的悲情下，“清洁、干净”这样的寻常词语，足以沁人心脾。我的心儿来自远方，却缘于清洁与干净而亲近了这座高纬度小城。清洁与干净，代表着大自然的原本状态，如今已然成为人类生活的稀缺胜景。我们渴望清洁的空气，我们渴望干净的水源。阿荣旗的得名，唤醒了我们的记忆，清洁与干净，应当是人类社会发展的基本前提，而不是丧失。

然而，阿荣旗吸引我的还有这里的人文景观。我自幼接受传统教育，成长于崇拜英雄的时代，深知自身平凡而对英雄心怀景仰。来到阿荣旗我意外得知，这里竟是英雄王杰的故乡，“一不怕苦二不怕死”这句充满革命英雄主义的口号，曾经激励着一代人的成长。至今我还记得当年周恩来总理亲笔抄录的王杰日记：“座座高山耸入云，我们施工为人民，不怕工作苦和累，愿把青春献人民。”

傍晚漫步宽广开阔的王杰广场，我肃立英雄铜像前，犹如听到1965年7月14日的那声巨响。在江苏省邳县军事训练现场发生意外，战士王杰毅然扑向引燃的炸药包，保护了12名民兵的安全，却献出自己的宝贵生命。

我在王杰纪念馆里看到这样的记载：1973年在江苏邳县，八年前被王杰献身救出的12名民兵当中的王彦清，同样在军事训练中奋不顾身保护战友，失去了双眼。这使我想起一句久违的话语：榜样的力量是无穷的。一个良好的社会，需要这样的道德榜样和精神偶像。一个优秀的民族，应当具有克己奉公的价值观念和时代精神。

近年来西风东渐，人们追求个性化生活，曾经出现“消解英雄”思潮。随着社会道德滑坡，甚至出现金钱拜物现象，以物质利益为终极追求。随着一个个英雄的远去，我们的公众意识出现矮化现象，以至连路遇老人跌倒是否搀扶也成为全社会讨论的重大话题。当年，王杰扑向炸药包的行为被定义为革命英雄主义，我认为其精神实质出于中华民族舍己救人以身取义的传统价值观念。这样的英雄行为无论何时都不会陈旧过时的，尤其置身多元化社会生活时代，英雄王杰所体现的人生价值观，不论对社会还是对个体，均具有毋庸置疑的匡正作用和指引力量。

王杰的铜像矗立王杰广场中央。每逢节假日这里便是阿荣旗各界群众的集会场所。我想起司马迁《史记》里的名句，“桃李不言，下自成蹊”。王杰，就这样不言不语注视着后人们，他的不朽精神宛若青铜，泛着悠远而永存的光芒，与人类文明共存，与时代精神同进。

参观王杰纪念馆后，来到阿荣旗的呼伦贝尔东北抗联纪念馆，我们仿佛沿历史长河上溯，置身当年东北抗日战争的烽火硝烟里，感受着先烈们不屈不挠的伟大民族精神。

我生在新中国长在红旗下，从小背诵毛主席语录："我们的共产党和共产党所领导的八路军、新四军是革命的队伍……"八路军和新四军，已然成为耳熟能详的字眼儿，在一部部革命战争题材的电影戏剧里，处处看到八路军和新四军在浴血奋战，比如《平原作战》里的赵永刚，比如《沙家浜》里的郭建光，与八路军新四军相比，反映东北抗日联军事迹的文艺作品，相对较少。我对"东北抗联"的了解，也只有杨靖宇、赵一曼这样几位英雄的名字。参观东北抗联纪念馆，内心受到震撼。

1931年，日本帝国主义发动"九一八"事变，武装侵占我国东北地区，对东北人民进行政治压迫、经济掠夺、精神奴化和军事镇压。1936年，东北各地的抗日武装改编为东北抗日联军，同日寇展开艰苦卓绝的武装斗争。

我看到东北抗联第三路军"三进呼伦贝尔"；我看到七勇士可歌可泣的英勇事迹；我看到一张张抗日烈士的遗照一件件抗联战士的遗物；我看到一个个生长于东北黑土大地的汉子，

放下农具，拿起武器，面对训练有素武装精良的日本侵略者，毫无惧色，拼死抵抗，保卫着家园……

我想，那些平凡而普通的东北抗联战士，可能他们没有更多文化，但他们一如《游击队歌》所唱那样："我们生长在这里，每一寸土地都是我们自己的，无论谁要把它抢占去，我们就跟他拼到底。"

我还看到展柜里陈列的"东北抗日联军第三路军龙江北部指挥部指挥就职宣言"，这宣言发布于1939年10月，发布宣言的是龙江北部指挥部指挥冯治纲将军。

他当时肯定不是将军，但是我要尊称他为将军，他站在抗日烽火硝烟里，他是一个真正的将军。

我用数码相机拍下了冯治纲将军的就职宣言。"……禀奉东北抗日联军第三路军总指挥部令，前龙江北部指挥许亨植同志已调转他职，遗职委治纲担任，于奉命之日，已如集此部全体战士，宣誓就职。"

不知为什么，我被他的就职宣言打动了。"治纲不敏，自顾才疏，任重或负此托，旋念国家兴亡，匹夫有责，因此，誓率抗日战士，与日寇周旋于龙江旷野，促使日寇早亡，复我大华领土……"

冯治纲将军的就职宣言，文武才情兼备，充满谦逊君子风，饱含慷慨壮士情，没有说教，没有妄语，谨言"与日寇周旋于龙江旷野”而不故作强大状，尤其“周旋”一词，清晰记录了当年日寇之武力强大，我军之装备落后。冯治纲将军的就职宣言，令我强烈感受到中华民族传统文化中的“弱德”精神，面对以强凌弱的日本侵略者，东北抗日联军以弱敌强的不屈精神，尽显其间。

冯治纲将军的就职宣言，字字千金诺言，句句民族担当，与官僚文章形成鲜明对照。如今读来，几近绝响。它令我反思当下社会生活，同时令我备感汗颜。

我在东北抗联烈士名单里，看到“二连连长贾口口”，看到“教导队长杨口口”，他们只留下姓，连名字都遗失在历史长河里了。他们只是历史长河里一朵小小浪花。然而，我还是从这一朵朵小小浪花里，看到一个个高大坚实的背影，他们悲壮地走向历史深处，甘心情愿只留下一个模糊的背影。

人生自古谁无死，留取丹心照汗青。从东北抗日联军到中国人民解放军，从抗日战争年代的杨靖宇将军到和平年代的解放军战士王杰，英雄们远去了，历史犹存。因此，对我来说阿荣旗并不遥远。因为她将光荣，她将崇高，她将不容忘却的民族精神与英雄史诗，高高举过我们头顶。令我们得以仰望。

我们得以仰望的地方，并不遥远。那是我们理想抵达的地方。

这就是阿荣旗，这就是母亲大地，这就是我们的精神故乡。

阿尔山

从北京乘火车前往乌兰浩特，走承德过赤峰，然后经过通辽和白城，20个小时之后到达。我们在乌兰浩特换乘火车，前往阿尔山市，又走了将近七个小时，清晨终于抵达那座日式风格的小站。屈指计算，我们在路上走了两天。

这就是阿尔山，这就是遥远的阿尔山。

真的，很久没有见到这样的蓝天了。只有童年的蓝天，能够与阿尔山的蓝天媲美。然而，童年是遥远的。

真的，我从来没有喝过如此甘美的泉水，那是“五里泉”的矿泉水，这绝无仅有的清泉，真的是天堂的赐予。然而，天堂是遥远的。

那么你就走进疗养院的后院吧，在这块500米长200米宽的狭长地带上，分布着48只泉眼，泉水汩汩而出，成为远近闻名的矿泉洗浴圣地。这时候你终于明白，阿尔山不是“山”，她是蒙语里“神奇的矿泉”。于是，自乾隆年间以来每逢夏季，牧民们便源源不断地赶着羊群千里迢迢来到阿尔山，有的甚至来自俄罗斯。他们是前来寻找圣水的。啊，这就是遥远的阿尔山。

是的，犹如腾格尔的《天堂》，这里有蓝蓝的天空，这里有青青的湖水，这里有绿绿的草原，这里有洁白的羊群，这里有奔腾的骏马，当然这里还有美丽的姑娘。是的，这就是阿尔山，这里是人类真正的家园。

你驱车驶往远方吧。远方风景无限。远方的风景仍然属于阿尔山。那是横空出世的玫瑰峰。那是亿万年前火山喷发之后的遗存——石塘林。那是流经中蒙边境的清澈见底的哈拉哈河。那是生长于沙地上的稀有树种——樟子松。那是人工造林的“绿色万里长城”。是的，远处有湖水。你在那里可以看到著名的七仙湖。湖里有恬静的天鹅、嬉戏的野鸭，还有一群群不知名的水鸟。

这就是遥远的阿尔山。这就是令人流连忘返的阿尔山。我行走在这美妙的景色里，终于悟出这样一个道理：真正的人间美景犹如天堂，天堂是遥远的。

阿尔山，因此而神秘，因此而令人向往，因此而犹如天堂一般遥远。然而，阿尔山人告诉我，阿尔山并不遥远，正在修建的公路一俟通车，从乌兰浩特到阿尔山市，只需两三个小时。

是的，阿尔山的飞速发展，日新月异。宏伟蓝图上的新远东铁路，不久也将会成为现实——欧亚大陆桥又增添新的贯穿东西的大动脉。那时，阿尔山将不再遥远吗？

我怀着这种心情，从山上采摘一只只野红果儿，不远千里带回了家。我怀着这种心情，从草原上采撷一朵朵黄色的金莲花、紫色的野玫瑰花，带给我的亲人。我怀着这种心情，用家乡的水，将那一朵朵来自阿尔山的花朵浸泡在晶莹剔透的玻璃杯里，于是花儿盛开了，那花儿是那样的清香，那样的鲜活，那样的令人陶醉。这来自阿尔山的花儿啊，沁人心脾，入人心田。这来自天堂的花儿啊，她绽放在我的家里。亲人告诉我，这花儿，是大自然对我们的恩赐。这花儿，是来自天堂——阿尔山给我们的赠礼。

我和我的亲人享受着来自天堂的礼物，回味不已。

是啊，这就是遥远的阿尔山，这就是令人神往的阿尔山。天堂令人神往，然而天堂并不遥远。因此，阿尔山也不遥远。阿尔山是人间的天堂。去吧，有人在天堂里唱歌呢。

品鉴岭南

虎门点滴

销烟池

说起虎门，地方虽小，它的名气还是很大的。我在小学时代就知道中国近代史里林则徐的“虎门销烟”的壮举，那无疑是中国人民扬眉吐气的光彩段落，包括三元里抗英。前几年我从白云机场乘车进入广州市区，居然在闹市区发现“三元里”牌坊。这真是沧海桑田，大名鼎鼎的三元里村已经高度城市化了。而来到虎门参观鸦片战争博物馆，看到保留至今的“销烟池”。它面积不大，貌不惊人，一池静水，形似北方海边的“晒盐池”。

我站在销烟池畔留影，并没有清晰意识到身后历史背景的深刻含义。离开虎门我将照片存在笔记本电脑里。一天，我无意之间打开电脑“相册”，竟然浏览到这张摄于2005年12月的照片。一瞬间，历史与现实，轰然碰撞，使我猛然看到虎门“销烟池”的巨大分量。

新中国成立以来，“毒品”二字很少出现在我们的生活里，可以说基本销声匿迹了。就我的成长经历而言，毒品确实是个生疏的字眼儿，包括鸦片。所以说，“虎门销烟”只是我们在电影《林则徐》里看到的场景，至于保存至今的虎门销烟池，似乎也没有起到更大的警世作用——因为我们的生活里几乎没有毒品，就连风云一时的少帅张学良，当年也早早戒了“大烟瘾”。

然而，历史总是出人意料地画了一个大圆圈儿，让消逝多年的丑陋现象重新出现我们的身边。海洛因、可卡因、大麻、冰毒以及更多新型毒品，通过一条条罪恶的渠道，疯狂地闯入人类生活，它不仅在西方，也在我们中国儿成愈演愈烈的社会毒瘤，一时难以切割干净。

多少年了，我们不遗余力地开展禁毒工作。然而毒品仿佛一簇簇暗火，屡禁不绝。改革开放以来，随着信息的透明，我们更多地看到毒品在中国境内造成的恶果与伤害。很多电视剧也以禁毒与贩毒品为题材，吸引了广大观坐。

就这样，我重新打量着那一帧帧存在电脑里的照片。那沉寂百年的虎门销烟池，不动声色地述说着人类禁毒的任重道远。虎门销烟池宛若一面百年镜子，依然映照着人间，也映照着人心。

透过照片，我仿佛看到林文忠公洞穿百年烟云的目光——激起销烟池一片片巨大的涟漪，警示后人。

虎门要塞

还是儿时从电影《林则徐》里看到虎门要塞的激烈战斗，尤其是清朝守军提督关天培横刀自刎的场景，惊心动魄，英雄殉国，令人难忘。

我站在珠江入海口的左岸，登高遥望虎门海域，天海一色，云水难分。身后是中国海军驻防的兵营，说明着中国国防力量的日渐强大。

当年的炮火硝烟，早已淡然无踪。船来舟往，一派改革开放大好形势下的繁荣景象。好在还有虎门历史博物馆，它让我们走进当年的烽火硝烟。

我站在一篇篇人物志面前，详读着他们的英雄事迹，一位位舍身成仁的志士，不声不响地消逝在历史长河里。我终于相信，即使生前轰轰烈烈的英烈们，身后不过是历史长河里的一滴水，汇川入海而已。尽管如此，我们站在他们生平介绍栏前，依然顿生敬意。我从一篇篇英物人物志前缓缓走过，竟然看到一位当年英勇殉国的同乡姓名。

这是一位清朝军官，他在坚守虎门的战役中，以身报国。我看到他的籍贯介绍为“直隶宁河”，不禁心头一动。直隶就是今日的河北省，而宁河正是今日天津所辖的宁河县。这位虎门殉国的军官，邑人也。

我将这位军官的名字记在本子上，想回去写成文章纪念这位乡贤。可惜归途本子遗失了。但是，更令我震撼的是这位军官的战场坐骑。

原来，这位军官阵亡后，他的战马长嘶不止，随即多日不食草料，殉主而死。从前，我在传奇小说里读到过这样的义马情节，竟然在真实战事里得以印证。义马，再次打动了我。

清廷腐败丧国，然而这位军官与他的战马相继殉国，也给外国入侵者以极大震慑。

多少年过去了，战争硝烟散尽，今日虎门一派和平繁荣景象。我以后来观光客的名义，向那位战死疆场的爱国军官致敬，还有他的那匹忠义战马。

南栅村所见

去虎门镇的南栅村参观蒋光鼐将军故居。说是南栅村，其实它跟珠三角的其他村镇一样，已经成为高度城市化的社区，生活富足，其繁华程度不亚于大城市。珠三角地区的经济发达，令足不出户的北方人难以想象。就说虎门镇吧，一个镇竟然拥有三座五星级酒店，而且客房爆满。可谓物华天宝。

蒋光鼐将军是1932年淞沪抗战指挥二十九军顽强阻击日军入侵的著名爱国将领。他的故居“荔荫园”坐落在南栅村一条清静的小街上，这是一座中西合璧的小洋楼，门前栽有巨伞形芒果树，后院种有木瓜和香蕉，其规模与孙中山先生的翠亨村故居相当，其格局使人想起上海的花园洋房。我们参观之后驱车离开蒋将军故居。就在小街拐弯处我突然看到一家饭馆门上高悬一幅“天津灌汤包”的横匾，大门两侧贴着一副对联。由于车速很快，我只看到上联是天津包如何如何，下联是狗不理如何如何，皆为赞誉之辞。看到家乡的美食出现在虎门，我既新奇又意外。

俗话说食在广东。粤式早茶里的小笼包天下闻名，如今粤菜也几乎完全占领了华夏大地。这里偏偏有人打出“天津包子狗不理”的旗号，委实感到惊奇。汽车驶出小街上了大街，我又看到一家饭馆门前赫然挂着“天津汤包王”的招牌。虽然天津卫的水馅儿包子在这里改成“灌汤包”，却依然冠以“天津”二字。可见南栅村这地方还是十分重视包子品牌的。

南栅村位于珠江口隶属虎门镇，而虎门镇隶属东莞市，地处经济繁荣的珠三角地区。这珠三角地区我走了不少地方，惟独远离津门两千多公里的南栅村打出天津包子的招牌，不知原因何在。遥想当年“狗不理”跨山越水飞到南栅村而且保留至今，不禁感慨不已。我猜想，南栅村的“天津包子”跟凤阳县的“天津饺子”一样，同样湮灭于一段不为人知的历史缘由。因此我们应当视今日南栅村的“天津包子”为一块“活化石”。这一块热气腾腾的活化石告诉我们，当年天津在中国产生的影响，那包子也有一份功劳——尽管它入乡随俗已经改称“天津灌汤包”了。

顽强地存在于南栅村的“天津包子”，既说明了当年天津饮食文化抵达南粤的幅射力，也说明虎门南栅村吸纳北方饮食文化的开放胸怀。

饮食文化，也印证着虎门人的文化性格。

历史，螺旋向前

地处珠三角的重镇虎门，改革开放以来，民营企业发达，经济发展令人瞩目。其中服装业，便是其支柱产业之一。我们应富民集团邀请，前去参观那座名气颇大的服装批发大厦。

大厦里，各色服装，争新斗艳。车来人往，生意兴隆。一座座摊位，接待着来自全国各地的商人们，气氛平和，公平交易，一派忙而不乱的和谐景象。

近些年来，我也走过不少地方，包括南方北方的大型服装批发市场。这次走进虎门服装批发市场大厦，我们信步而行，并不觉得这里有什么与众不同。

一辆辆满载货物的车子，从我们身边驶过，跟随货主交货去了。我们看到服装批发摊位，也有其他皮革制品。不知不觉，我们走进一家专卖店，挑选领带和衬衫。这时候，我猛然发现，我们一路信步，已经到达六楼。

原来，这是一座有着环形道的大厦。它并不像我们寻常所见的那种大厦，顾客是沿着楼梯一层层行走的。这座有着环行道的大厦，一路渐行渐高，仿佛一只弹簧形状盘旋而上，令你轻松之间从一楼游览到六楼。我孤陋寡闻，一下对这幢新颖的大厦设计产生了极大兴趣。

据主人介绍，这幢大厦用于服装批发，每天出货进货，人流物流络绎不绝。当初设计这幢大厦，正是充分考虑了它的这个特点，以环形坡道设计，便于运货车辆一路行走，或上坡上行，或下坡下行，很是便捷。从一楼到六楼，一路环行，并不吃力。从六楼到一楼，一路环行，很是省工。

我发现这幢服装批发大厦，其实同时也设有楼梯和电梯，但是它们只是起着辅助与备用的作用。环绕其间的螺旋坡道，才是物流的主要通道。

虎门服装批发大厦的别出心裁的建筑设计，令我开了眼界。它突出地表现了虎门人的性格，那就是实事求是，那就是因地制宜，那就是一切从实际出发。

我想起列宁说过的一句话，它的大意是说，历史是螺旋向前发展的。地处虎门的这幢服装批发大厦，似乎无意之间印证这个道理。

螺旋向前，这也应当是虎门改革开放以来所走过的道路吧。

在虎门人的不懈努力下，他们正在创造着自己的历史。是的，历史，正在这里螺旋向前，不畏高低曲折。

伴水而行

这是揭阳的榕江。一条穿城而过的河流，让市区素有“水上莲花”美称。其实，何止“水上莲花”。揭阳是历史悠久的文化名城。见诸史载已有2200余年。自秦设戍守区，汉建县，其间几经变易，至宋再设揭阳县，可谓沧海桑田。历史文化积淀深厚的揭阳，素有“海滨邹鲁”声誉。如今，揭阳拥有9项国家级非物质文化遗产，还获得“中国五金基地市”“亚洲玉都”“中国塑料时尚鞋之都”“中国纺织产业基地市”“中国中药名城”“中国能源工业大县”“中德中小企业合作区”和“中国竹笋、青梅、青榄、蕉柑、荔枝之乡”等称号。这一张张靓丽的名片，使得这座被誉为“岭南水城”的城市，走向兴盛。

一条不舍昼夜流向大海的榕江，既是揭阳历史文化名城的标志，也是这座城市改革开放成长崛起的见证。适逢初夏时节，江面宽阔。暮色四合。站在江边亲水平台，只见榕江水势平稳。夜色里，一时难辨流向。凭栏瞭望，对岸景象朦胧，难以观瞻这座美丽水城的容颜。

不觉间，榕江对岸明亮起来。“水城神韵”四个大字，闪耀而出。这正是远近闻名的揭阳榕江喷泉，以当代电光科技登场亮相了。

音乐响起，隔江而奏，伏波而至，音符似乎融入江水，榕江顿时流动优美的乐章。这是小提琴协奏曲“梁祝”。随着乐曲，江岸喷泉涌起，朵朵水花，电光闪烁，变换颜色，时而洁白似莲，时而金黄若菊，时而艳若月季，时而贵似牡丹。伴随如泣如诉的“梁祝”乐曲，喷泉时高时低，时明时暗，演绎着这出浪漫的古典爱情大戏。一瞬间，我似乎看到音乐喷泉里的双人舞蹈——这是梁山伯与祝英台。榕江边，光影里，二人身影明灭可见，或旋转，或跳跃，或相跟随，或被阻隔，或相融合，或相飞舞……

一时间，浩浩荡荡榕江水，以喷泉的形态，挺身站立起来了。一时间，宽宽广广榕江水，以自古皆然的万般柔情，从平缓流淌变得亭亭玉立，蓬勃而出，喷薄而起，以水的形体塑造着这两个千古流芳的爱情人物，成为水畔的传说。

岭南水城，榕江边。这是喷泉的表演，这是音乐的浸润，这是水的化境。这是我看到的最为真切的“梁祝”——不是在电影里也不是在舞台上更不是在油画里，而是在揭阳的榕江边。江边夜晚，梁山伯与祝英台定格在喷泉里。

这分明是音乐喷泉的雕刻，这分明是喷泉音乐的塑造。梁山伯与祝英台在珍珠般喷溅的水花里，化蝶而去了。

忠贞不渝的爱情人物化蝶而去。喷泉音乐换成《蓝色的多瑙河》。江面豁然宽广起来。中国榕江幻化为欧洲大河。时而舒缓，时而湍急，时而荡漾，时而奔流。此时的喷泉，随着音乐高低错落。一条蓝色大河，流过多少人心田。

倏然间，喷泉爆发了。似乎有一只神奇巨手，猛地托起江水，一柱擎天。迸发出直上云霄的力量。电光闪烁，赤橙黄绿青蓝紫。水柱冲天，一路高歌直上188米高空。水光冲天，冲顶回落，水雾散开，那形状像帆、像扇，像你心中希冀的所有模样……

喷泉之水，就这样返还榕江而重新成为江水。这江水，随即在喷泉音乐的感召下再度喷发，冲天之水，舞之蹈之，重新演绎水的故事。

这是属于揭阳市民的音乐喷泉。每逢周六晚间，江岸人潮涌动，男女老少皆来观赏榕江喷泉的美妙与壮丽。揭阳音乐喷泉以曼妙多姿的靓丽形象，成为岭南水城的新景。

一座能够让江水站立起来的城市，站立起来的江水叫揭阳喷泉。

仍然是夜晚，仍然是水畔，我们来到望天湖景区。湖边有游廊通往对岸，对岸有灯光喷泉。长长的游廊九曲十八折，拒绝直线抵达。沿游廊前行，感觉走在濛濛细雨里。这是望天湖喷泉的余韵——漫天散落的水珠伪装成细雨，打湿你的头发，打湿你的脸颊，令你想起秦少游“天街小雨润如酥”的诗句，尽管这里不是天街，细雨还是温润了你的心。

这里被冠名“望天湖生态旅游度假区”，其中森林生态经济发展项目包括金花茶、蔬果、茶叶、油茶、红豆杉、沉香、黄花犁、绿化树的栽培种植。最为神奇的是仿野生铁皮石斛的种植，他们竟然将铁皮石斛幼苗栽种衫树上。这种寄生方式使得铁皮石斛接近野生状态，具有更为充足的药用价值。由此我想到，文学也应当是野生的。温室大棚里产生的文学作品，极有可能味同嚼蜡。野生，似乎成了我们生活中的关键词。

沿着夜晚游廊走近喷泉，一簇簇水柱不停翻滚，开作朵朵巨大莲花。猛然间，最为壮观“星火燎原”登场。一束束火焰冲破湖面喷涌而出，与一朵朵水花交相辉映，上演火与水的舞蹈。此情此景完全颠覆了“水火不容”的古训。水与火，构成望天湖喷泉的独特景观。

水火交融的“星火燎原”喷泉景观，完全出自望天湖主人的奇思妙想，同时印证他们与众不同的生态创意。望天湖项目首期面积1600亩，集生态农业与休闲旅游之大成，初显规模。

我们清晨乘车沿山路而上，据说前方又有水中风景。下车来到一座模仿山洞的建筑近前。望天湖景区总是这样，不能野生就仿野生，不是山洞就仿山洞。总之极力追求回归自然的创意。

走进山洞，果然有水。光线昏暗，不知水里有何内容。打亮灯光终于看清，一座座水池里饲养着一条条被称为“娃娃鱼”的大鲵。

小池水里饲养着大内容，这又是望天湖生态景区的创意——湖里饲养小鱼，以小鱼喂养大鲵，从而形成生态循环。这循环成为水中风景。

一路采风，伴水而行。我们抵达揭西县境内享有“岭南第一瀑”美誉的黄满寨瀑布群。瀑布成群者，颇有先声夺人气势。进入景区，未见瀑布，水声在耳。这条落差不足千米的河床上，依次分布着五级瀑布，奔腾而下的流水，拟人化地成为极限项目运动员，接连不断跳跃而下。第一级瀑布落差56米，水流断崖般落下，虽为初试身手，已然力撼山岳，誉名“飞虹”。第二级瀑布人称“银河崆”。第三级瀑布落差120余米，气势好似银河倒泻，直落九天。第四级瀑布取名“三叠泉”，她少些喧哗，却多些柔情，水落这里颇有恋山不舍之意，因此成为游人合照留影的好地方。

第五级瀑布“斗方崆”堪称狂野，落差300余米直奔而去，怀着宁可粉身碎骨的勇气，声声震耳，纵身跳下。就这样，黄满寨瀑布群一路狂奔疾走，不恋情，不恋景，不恋己，接连跳跃径直抵达山下的寿星潭，终于落得完满的归宿。

我们来到拥有漫长海岸线的汕头市，海风里有了盐的气息。汕头是伴水而生的城市，地处南海，乃粤东商贸中心。她独特的地域文化，优美的自然环境，冬无严寒夏无酷暑的气候，甚至令人大快朵颐的美食，均离不开大海的滋养与河流的关爱。恩格斯1858年在《俄国在远东的成功》一文中指出：“在南京条约订立以前，其他的口岸差不多都没有进行什么贸易，而汕头这个唯一有一点商业意义的口岸，又不属于那五个开放的口岸”。然而，就在1858年6月，清政府签订《天津条约》，汕头被迫开辟为对外通商口岸。开埠，水运资源丰沛的汕头成为工商大码头。汕头海关前身潮海关，则是近代中国继江海关、粤海关之后设立的第三个实行外籍税务司制度的海关，迄今152年历史。

参观汕头海关关史陈列馆，耳闻西方列强坚船利炮之声，颇有国破山河碎的痛感。只有新中国扬眉吐气挺直脊梁，洗尽半封建半殖民的耻辱。汕头这座因水而兴的城市，重新焕发新生。汕头，从“岭东门户”到“华南要冲”，从“著名侨乡”到“经济特区”，一路大步走来。

置身汕头南澳岛海边，不觉海风从历史深处吹来。四面环海的南澳岛，正站在历史与现实的交叉点，得历史文化积淀之深厚，处改革开放之前沿，因水兴盛。尤其改革开放以来，汕头市先后进入“中国优秀旅游城市”“国家卫生城市”“国家环境保护模范城市”“国家园林城市”“中国城市综合实力50强”“首批投资环境40优”“中国品牌经济城市”和“中国投资环境百佳城市”行列，名扬海外。

来到海边沙滩，拜访这口南宋开掘的古井，委实令人称奇。潮涨即被海水淹没，潮落则露出身形，谁会相信从地处海滩的宋井里能够汲出一桶桶清凉甘冽的淡水，而且可以当场直饮。这样的奇迹只有发生在汕头南澳岛，可谓吉祥之泉神奇之水，水佑汕头。

从榕江喷泉到望天湖喷泉，从黄满寨瀑布到南澳岛宋井，一路采风，处处水景，水伴我行，多次体会到“上善若水”古训之深刻。那喷泉，只求挺身站立瞬间，便谢幕回归原本状态，这象征着武士般的追求。那瀑布，不恋高位顺势而下，欢快跳跃，无忸怩之姿，无矫情之态，心甘情愿放弃高位，回归一潭碧水，静而不哗，这意味着隐士般的境界。那宋井，年代久远地处海滩，却不与盐碱合流，永保甘美不改初心，则属于大自然的奇迹了。水，总是于无形之中显示有形，也总是于有形之中显示无形。一路行走，处处受到水的启发。

从揭阳到汕头，感受海滨邹鲁遗风，接触当代社会生活，结识投身公益事业的好人。有言道：一滴水可以见太阳。我通过这滴水，清澈明亮地看到粤东大地冉冉升起的霞光。

见识粤东，伴水而行。

从佛山到江门

一、佛山祖庙

佛山秋色欢乐节以“欢乐”命名节日，感觉颇为新颖。开幕式设在大名鼎鼎的佛山祖庙广场。恰逢2015广东国际旅游文化节。

说起庙，多指旧时供奉祖宗神位的地方，譬如宗庙、家庙。深入中国北方乡村，偶尔可见供奉祖先的处所，譬如张家祠堂或李家祠堂。我所居住这座北方城市里，便有曾公祠和李公祠这样的地名。前者为以湘军起家的曾文正公，后者乃少荃大人李合肥是也。其实，即便中国南方这样的宗庙家祠也不鲜见，或为姓氏前贤，或为宗族祖先。张钱孙李，周吴郑王，冯陈储魏，蒋沈韩杨……家庭家族家天下，概莫能外。

佛山祖庙则不同。这座占地2.55万平米的古建筑群，尽管称谓祖庙，却并非供奉家族先祖。信步游览佛山祖庙古建筑群，宛若翻开厚重的历史书籍，字里行间古风浩荡。孔庙、黄飞鸿纪念馆、叶问堂……这座佛山祖庙乃是一座纵贯穿古今的历史文化博物馆，它超越了一家一姓一户一族的宗庙樊篱，所供奉的是中华民族的圣贤，所接续的是华夏文明的根脉，所认同的是文化贤达与民族英雄。

我终于明白了，这座始建于北宋而明初重建的佛山祖庙，几经演变已然成为佛山民众的共同祖庙。

超越种姓宗族的局限，天下你我他——佛山祖庙进而形成凝聚民众的生命共同体。它代表着佛山文化的博大与包容，体现着佛山民众的胸怀与融合。我以为这正是佛山祖庙的独特之处。我在佛山秋色欢乐节晚会现场，新奇地体验了著名的佛山佳肴——盆菜，八仙桌前环绕巨大陶盆而坐，其乐融融的进餐氛围，透露出佛山文化兼收并蓄的底蕴。

白天行走佛山祖庙博物馆前，我看到两尊铸铁巨兽，一尊为独角神牛，一尊昂首望天，我不识为何物。面对这两尊铸铁神兽，我渐渐意识到地处岭南的佛山与我居住的那座北方城市，地域风物竟然颇具几分相似之处。

天津有国术大师有霍元甲，佛山则有黄飞鸿洪和叶问；天津有泥人张泥塑，佛山则有刘传的陶塑人物，被誉为南刘北张；天津有杨柳青年画，佛山也有年画；天津有民间剪纸，佛山也有剪纸。天津有三条石铸铁，佛山也有铸铁历史。天津有

“砖刻刘”，佛山也有民间砖刻艺术，天津有“风筝魏”，佛山也有民间风筝工艺……由此看来，华夏大地不分南北，中华民族千年传承有着共同的文化根源。

夜游佛山岭南新天地，人流如织。有本地市民，也有外埠游客，摩肩接踵，欢乐气氛荡漾在夜色里灯火间，扑面而来，流淌而去，真实而感人。佛山祖庙产生的文化凝聚力，渗透到佛山市民日常生活中。

行走古街深处，我丝毫没有意识到此时处于所谓景区里，恰恰感觉置身于岭南日常生活之中。佛山秋色欢乐节确实是个有血有肉的真实节日，处处洋溢出民间欢乐。民间，正是我们安身立命的丰厚土壤，离开这样的生命土壤，任何人为制造的各种节日都是塑料制品。

佛山，以佛命名的城市。你具有悠久的历史，拥有丰富而坚实的现在，同时构筑着城市生活远景。一座城市的幸福感，肯定根植于市民的日常生活里。这应当正是佛山经验吧。

品鉴岭南，我看到了佛山的历史，同时看到了佛山的今天。走进佛山新城的中德工业服务区，分明跨进高科技时代。参观机器人展区。我无意间看到佛山文杰智能机械有限公司制造的工业机器人，专门用于铸造工艺生产。

我大学读的是机械制造铸造专业，深知铸造生产对工人健康造成的危害，高温铁水烫伤固然危险，一旦身患“尘肺”更是终身不可逆转的职业病。我曾经目睹身患尘肺病的工人呼吸困难的状态，可以说生不如死。计划经济时期，铸造企业招工难。改革开放时代，就连来自贫困地区的农民工也不愿从事这种有害健康的劳动。

参观中德工业服务区机器人展览，我心生感慨——以前有丹麦的比萨无箱挤压造型机，仍然依赖人的操作。如今终于有了从事铸造生产作业的机器人。这不仅是科技的进步，更是人的解放。科技昌明，物质丰富。只有人的解放才是社会真正进步的体现。我在佛山中德工业服区观赏机器人，只觉得身心通泰，如坐春风，仿佛换了人间。

历史深厚的佛山，在祖庙里。改革开放的佛山，在中德以及中欧工业服务区呈现其缩影。佛山，你是一座站在历史与未来交汇处的城市——这便是我的真实感受。

二、见识江门

岭南人杰地灵。不乏以乡梓地名行世的名人，例如朱九江、例如陈白沙，还有康南海……皆为旷世大儒。名人效应也属于文化遗产，无形间造福家乡后人。譬如酒酿，有以朱九江先生命名的九江双蒸，常年畅销岭南以至海外华人世界；譬如道路，有以陈白沙先生命名的白沙大道，堪称当代通衢。广东地方名人辈出，一路乘兴拜访江门。

江门是座城市，下辖三区四县，包括新会区。我知晓新会地名，缘为这里是梁任公家乡。我自然怀着瞻仰文化名人的心情。

新会有梁启超先生故居。远在北国天津旧意大利租界，也有梁启超先生故居。那是两座意式洋楼比邻而立，一座是梁氏故居，一座是著名的“饮冰室”，这两座意式洋楼建造得古典而雅致。我曾经在文史资料里读到梁启超先生写给儿女的亲笔墨迹：“居津也，永不居京也。”真不知他为何如此青睐这座有着九国租界的北方城市。

如今，天津意大利风情街已然成为著名旅游景区，意大利游客惊呼远离意国本土在中国竟然有个“小意大利”。此言不虚。梁启超铜像端坐天津故居小广场前，目光深邃注视着当今中国社会生活。我无法揣摸这位已然练就青铜不坏之身的饮冰室主人内心有何感慨。

此行有幸来到江门采风，岭南新会的梁氏故居与北国津门的梁氏故居相比究竟有何不同呢？这正是我的好奇之心。

江门新会的梁启超故居建于晚清年间，1990年由国务院颁布为国家重点文物保护单位。这座名人故居背靠凤山，山巅有建于明代的凌云塔，尽得风水之利。梁氏故居前的怡堂书室，乃是梁启超曾祖父所建，也是梁启超父亲梁宝瑛教书的地方，还是少年梁启超读书开蒙的处所。怡堂书室记录着1892年他上京赶考落第归家的经历，当然也是他读书启蒙走向中国政治大舞台的出发地，从而参加“公车上书”成为晚清维新变法运动的领袖之一。

岭南新会的梁启超故居，点点滴滴记载着青年梁启超建立政治理想的人生轨迹。北国天津的梁启超故居，则是他几经政治风浪休养生息的避风港。从广东新会到直隶天津，这两处故居连缀起梁启超先生重要的生命阶段。举凡历史伟人命运跌宕历经磨砺，梁启超先生也是如此。于是他的故居成为其精神逆旅，光阴反倒成了他的过客。

走进新会梁启超纪念馆大展厅，迎面看到《少年中国说》的名句：“少年智则国智，少年富则国富，不年强则国强，少年独立则国独立，少年自由则国自由，少年进步则国进步，少年胜于欧洲是国胜于欧洲，少年雄于地球则国雄于地球。”

身置晚清王朝国运衰民智弱的大背景下，梁启超先生以天下为己任的热血雄心，鼓吹维新变法以强国，完全置个人名利于度外。然而，我在新会故居还是见到题作“中华民国”四年的匾额：“一等嘉禾章中卿衔少卿司法总长参政院参政”。落款为“梁启超立”。

蓝底金字坚匾高悬，昭显先生盖世功名，可谓名人自况也。我不由思忖起来：梁任公有衔挂上头，我等后辈最好不要把“国家N级作家”之类名号印在名片上。

不读古书，无有心得。不瞻仰历史名人故居，无以引发感慨与反思。这也算是此行参观新会梁启超纪念馆的收获吧。

江门地方不大，然而历史文化内涵丰富。2010年建成开放的江门五邑华侨华人博物馆，囊括并展示了江门的近代史。这座博物馆建筑面积达9000平方米，馆藏实物四万余件，一路参观令我大长见识。尤其常年固定展览的“五邑华侨史”，全史由“金山寻梦、海外创业、碧血丹心、侨乡崛起、五邑新篇、华人之光”六个部分组成，一步步引领我们走向历史深处，再一步步由历史深处折回现实生活。

我看到当年五邑华人漂洋过海到达旧金山，便被关在天使岛候审所甄别入境，短则月余，多则年久，不断问询口供，稍有不慎便被“爆纸”，不少华人倍受屈辱绝望自杀，有的则写下抒发悲愤情绪的诗歌：“留笔除剑到美洲，谁知到此泪双流，倘若成功得志日，定斩胡人草不留。”

前些年我访问加拿大温哥华，当地华人作家送给我一枚太平洋铁路的道钉。参观江门五邑华侨华人博物馆，看到贯穿美国全境的太平洋铁路和贯穿加拿大全境的太平洋铁路的路线图，我终于明白这两条贯穿北美大陆的交通大动脉，完全是由华人劳工尸体连接起来的。于是，我保存至今的那枚道钉，愈发着有沉重的斤两了。

当年美国政府实行的排华政策，无疑沾满华侨华人的鲜血。五邑华侨华人海外漂泊遭受非人待遇，他们依然吃苦耐劳顽强不息，身居异国落地生根，一代代以惊世骇俗的辛勤劳作闯出一片片生存天地，这令洋人不敢小觑。金山寻梦，五邑华人铁心不断追逐着自己的财富梦想。

参观“碧血丹心”展馆部分，我似乎嗅到抗日战争的硝烟，耳畔砲声隆隆。今年是纪念抗日战争及反法西斯战争胜利70周年，当年江门五邑华侨华人做出可歌可泣的贡献，爱国义举不胜枚举。我看到为抗日救国义卖瓜子的郑潮炯事迹，被深深感动了。

郑潮炯是新会大泽区许坑村人，东南亚华侨。抗战爆发后他的足迹遍布东南亚，为祖国抗战奔走募捐。四年间，他义卖瓜子总共筹集18万余元，全部交给陈嘉庚先生领导的南洋华侨筹赈总会，汇回祖国支持抗战。更令人感动的是他说服妻子将刚刚出生40天的男婴以80元代价卖给一位华侨商人，立即将卖子钱款捐给祖国抗战事业。

我站在郑潮炯先生大幅照片前，不知如何描绘这位普通的爱国华侨。照片里的郑潮炯先生微笑着，望着前来参观的人们。我想象着当年他奔走义卖的场景，那一粒粒瓜子竟然能够累计到18万元的抗日捐款，这是多么伟大的义举啊。

战火纷飞的抗日沙场涌现了无数烈士，然而郑潮炯先生舍亲卖子捐款抗日的事迹，不亚于任何为国捐躯的战场英雄。

郑潮炯先生是新会华侨的光荣，也是中国华侨的光荣。我在江门五邑华侨华人博物馆看到许许多多仁人志士，宛若夜空繁星，照耀着故乡大地，也照耀着祖国万里河山。他们无言地告诫晚辈后人杜绝历史健忘症，永远继承爱国华侨华人的血脉，发扬光大中华民族爱国精神。

我走出江门五邑博物馆大门，不知何故突发奇想：内容如此丰富事迹如此感人的五邑华侨华人事迹，完全应当走出岭南走向全国巡展，让更多观众了解当年华侨华人感人泪下的事迹。尤其面对当下物欲泛滥道德滑坡的社会现实，江门五邑华侨华人爱国事迹展览，理应起到振聋发聩的社会功用——让当下人们知道我们的历史，知道什么是真正的中国人。

江门繁花锦簇，我只采撷几朵给予言表。一路行走使我沉浸江门，所见所识颇多。这是个有着光荣历史与理想高度的地方。它好似那座郁郁葱葱的圭峰山——望之蔚然而深秀也。

客都梅州好地方

第一次接触客家人，是20世纪90年代。我们作家代表团访问新加坡和马来西亚，接待我们的华人华裔朋友里，有广东祖籍的客家人。于是，身为北佬的我有了“客家人”的初步概念。记得在香港北角吃过“客家菜”。那时香港尚未回归，我对那一餐客家菜，印象也不深。

当然，通过阅读我很早就知道广东梅州（那时叫梅县），因为它是足球之乡，比如20世纪80年代中国著名足球运动员（那时不叫球星）容志行，就是梅县人。还有早年被称为“球王”的李惠堂为国争光的事迹。

对“客家”概念有了深入认识，始于2005年10月。我在成都附近的落带镇巧遇“世界客属恳亲大会”召开，那是第20届。来自全世界20多个国家及地区，以及内地17个省区的155个代表团出席这次盛会。那真是盛况空前。我终于领略了“客家”二字的凝聚力。

2011年12月，我在广西北海再度巧遇第24届“世界客属恳亲大会”召开。六年间，我竟然两次与“世客会”邂逅，真是缘分。这届“世客会”以“家”为主题、以“情”为主线、深刻地表达了客家文化的内涵。尤其海滩上焰火晚会，点燃与会者激情。我还记住那届“世客会”的吉祥物是一只凤凰。

从此，客家人自强不息的创造力与紧密无间的亲和力，给了我深刻印象。

2012年岁末，我有幸来到梅州，这里被称为“客都”，这里是我不曾到过的地方。

说起广东省，人们容易想起得改革开放风气之先的“珠三角”地区：繁华的都市生活，发达的加工制造业，高速公路两侧林立的工厂，来自全国各地的打工族……可谓中国最为繁荣最为活跃最为发达的地区。同时，由于经济高速发展带来的负面效应也显现出来：空气质量下降，城市交通堵塞，蚁族的居住环境，超负荷的工作强度……这就是GDP高速运行的代价。

地处广东的梅州会怎样呢？客家人的生活方式怎样呢？我怀着好奇心在机场等候从广州飞往梅州的航班。一位中年男子看出我是北方人，便与我搭讪起来。他是当地客家人，得知我将入住梅州“客天下大酒店”，当即告诉我那“客天下”是梅州最好的酒店，与“雁南飞”齐名。

素不相识的旅人，我从他诚恳的表情里看得出，他在为我感到高兴，更为他的梅州感到自豪。这是客家人对家乡的情感，也是客家人对来访者的热情，我从他的身上已然读出客家人与众不同的文化性格。

就这样，我从跟这个陌生的客家人接触开始，走进梅州大地，开始了我的梅州之旅。

客天下大酒店

在“客天下”大酒店报到，我首先感到湿润的空气，人一下爽了。中国的北方城市普遍缺水，当然也就缺少湿润。“客天下”说是大酒店，其实是一座充满客家文化的博物园。好客的主人告诉我，“客天下”面积很大，走一走瞧一瞧，也要乘电瓶车游览的。我进驻房间，推开窗子看见对面遍布绿色植物的山壁，颇有“悠然见南山”的意境。我顿觉自己充当了“山寨版”陶渊明，好生陶醉了一番。推窗见绿，心境悠然，这是当代人缺乏的生活。

梅州，你给我的第一印象就是温润的空气，还有满眼绿色。如今中国大地，“绿色”成为流行词语。尤其“绿色食品”几乎成为商家招徕顾客的口头语。绿色成为商品，绿色具有商机，于是出现不少“人造绿色”。然而，在梅州大地上，绿色属于纯净的大自然，它没有商品化，它出自天然，深入人心，这才是真正的绿色。

我站在阳台上望着对面山壁，想起欧阳修《醉翁亭记》的句子：“望之蔚然而深秀”。我终于明白，真正的绿色可以是人为栽种出来的，然而它的本性来自大自然深处，它的根系牢牢深植于梅州一方水土里。

初到梅州，我已然体会到何谓“深秀”，何谓“蔚然”。梅州的绿色弥漫在空气里，无处不为且无处不在，蔚为壮观也。

客天下，邀天下客。自古来自中原地区代代世袭的客家人，他们的祖先不远千里来到这里，已然成为这方土地的主人。这方土地接纳了他们，他们也回馈着这方土地。

客天下大酒店，这是我多年来印象最深的暂住地。夜里，我做了一个梦，那梦境充满绿色植被，宛若天然地毯，清亲而祥和。

第二天清早，我去餐厅吃早饭。沿途路边遍载绿色植物，种类不少，身为北佬我只能认出其中两种，若在北方花卉市场售价均在二三百元一盆。它们在梅州却用以普通绿化植物而栽在路边。这种情形再次告诉我，梅州的绿色是野生的，梅州的绿色属于大自然。

在我居住的城市里，大自然与我们渐行渐远了。取而代之的是钢筋水泥筑成的“都市森林”，快节奏的都市生活，让人们穿行其间，日复一日重复着这样的生活。当天，我在梅州见到这样的词语："休闲在梅州，享受慢生活。"

我品味着这个"慢"字，渐渐理解了梅州人的选择。在"快"字风行全国之际，绿色梅州却提倡"慢生活"。这是客家人聪明的选择。我国有古语"欲速则不达"。梅州人懂得"快"与"慢"的辩证关系。当各式各样的快餐被有识之士称为"垃圾食品"的时候，梅州人保持着"慢餐"的生活方式。

人生，有时需要慢下疾驰的脚步，怀揣一份从容，只有从容不迫，那些美好绚烂的风景才不会在你的忽略中瞬间消逝。一座城市，她的"慢"，有时候比"快"更能够顺利抵达目的地。

这是从中国古老哲学中沿袭而来的智慧，慢生活不等于无为，慢生活不等懈怠。梅州提倡的"慢生活"，恰恰是辩证法意义的"快"。我认为这正是科学发展观的体现。

我在梅州看到，梅州人正沿着他们选定的生活方式，朝前走去。

山歌剧·汉剧

方言，是历史的活化石。方言，是地方特色的最直接体现。全国各地的方言，组成中华民族语言大家庭，形成文化的多样化。多少年来，随着全国推广普通话，各地方言日渐减少。就我生活的城市而言，方言明显退出人们日常生活，尤其极具地方特色的口头语言，渐渐失去使用功能，被遗忘了。据我所知，以方言为主的很多地方剧种，几十年来大多呈现衰落趋势，即使偶有演出也只是老年人的天堂。年轻人去听流行歌曲了。

梅州人仍然讲着他们的客家话，这是文化顽强。同时他们也能讲普通话，这是文化的开放与融合。

我在梅州观看了梅县山歌剧团演出的山歌剧《合家福》。这个以客家方言为唱词的地方剧种，在梅州乃至客家地区，广为传唱有着很强的生命力。

舞台布景很美，有着明显的广东文化风格。我是北方人，依靠剧场字幕方能欣赏这出我从来不曾接触的地方剧种。渐渐，我被它强烈的生活气息所打动了，尤其扮演夏阿楼的男演员，活灵活现，令人捧腹。我是文学工作者，这出客家山歌剧再次向我证明，只有根植泥土的艺术，才可能长久存活下去。《合家福》这出戏，恰恰表现了梅州客家人的人生价值观，以及他们的思想情感。客家人演客家事，这正是山歌剧得以流传至今的基本逻辑和真实道理。越是民族的，越是世界的。越是广东的，越是全国的。

行走梅州，我发现围龙屋也是此地很有特色的建筑。我们在那座围龙屋形状的大酒店里，欣赏了当地的汉剧。以前，我通过书本知道汉剧，它有着远远比京剧更有悠久的历史，也是京剧重要源流之一，京剧的声腔就是徽调与汉调的合流而形成的。京剧的二黄便来自汉调，念白的根本是湖广音，中州韵，京剧《搜孤救孤》中著名唱词“我魏绛闻此言如梦方醒”即为汉调。我还知道汉剧的著名演员陈伯华。

然而，我从来不曾当场听过汉剧。这次在梅州有幸现场聆听了汉剧演唱，曲调优美，身段高雅，果然是京剧的祖宗。那么梅州地处南粤远离中原，这里怎么会有汉剧呢？

参观梅州客家博物馆，我终于找到答案。客家人的先祖来自中原，仍然保留着中原文化的遗传。明末清初便有汉剧戏班来到梅客家地区演出，当年被称为“外江戏”。因为驻扎这里的军队多为中原人，汉剧渐渐兴盛并且与梅州地区的“中军班”合流，形成广东客家汉剧，它是从外地移栽而来的艺术之花，不光盛开在广东客家土地上，其影响还远达东南亚地区。

当下，在我国汉剧原产地湖湘一带，汉剧基本被边缘化了。然而在梅州地区客家汉剧依然在演出，这无疑说明广东客家人对传统文化的热爱与爱护。中国人不能容忍的就是数典忘祖，一代代客家人顽强地保留着祖先的遗产。

我把在梅州观看汉剧拍下的照片发在微博上，随即引来博友们议论。大家知道远在广东梅州有，有一种远远比京剧更为古老的广东客家汉剧，依然灿烂地活着。

梅州·名人故里

梅州被称为客都，这是名不虚传的，也是实至名归的。说起名人故居，首推叶剑英纪念馆。

叶帅是客家人。参观这位开国元勋的纪念馆，这里展示着他伟大的一生。他的人生经历与中国近代革命历史同步，使参观者从一个人身上看到中华民族不屈不挠的斗争精神。叶帅是梅州人民的儿子，也是梅州人民的光荣。他从梅州走向中国革命大舞台，创建了伟大功勋。

叶剑英元帅故居，这只是一座平凡而普通的院落。平凡而普通的院落走出伟大卓越的人物。这说明了一个朴素的道理：一个人只有投身报效祖国的历史洪流里方有大贡献，方有大作为，方有大人生。

自古以来，梅州名人辈出。参观人境庐，这是黄遵宪故居。他于1891年有感于列强瓜分中国而作的七绝，“寸寸河山寸寸金，侉离分裂力谁任？杜鹃再拜忧天泪，精卫无穷填海心！”。他的这首诗，温家宝总理在2003年出席香港“关于建立更紧密经贸关系的安排”仪式演讲中，曾经引用。

关于现代名人，我还看到谢晋元故居。1937年爆发的“淞沪抗战”，毕业于黄埔军校的谢晋元团长率领“八百壮士”死守上海四行仓库，顽强抵抗日军，从而闻名全国，极大鼓舞了全国人民抗日士气。1941年他被日本特务暗杀于上海租界，被国民政府追认为陆军少将。

梅州有历史名人，有革命元勋，当然也有艺术家。闻名全国的大画家林风眠先生正是梅州客家人。他的故居坐落在梅县西阳镇阁公岭村。林风眠先生1919年赴法国留学，1925年返国担任北平艺术专科学校校长。当代绘画大师吴冠中是他的学生。林风眠先生的绘画成就被称为“从东方向西方看，从西方向东方看，都可看到屹立的林风眠。”，可见其艺术成就之高。

值得一提的是，新加坡首任总理李光耀先生是梅州人，其长子李显龙是现任新加坡总理。他们的祖先都是走出梅州远赴南洋的客家人，谌称华之之光。

出自梅州的客家名人，数不胜数。大学者黄遵宪，大画家林风眠，还有民国年间华南球王李惠堂、足球明星容志行。可以说客家是为中华民族做出重大贡献的民系。这里的自然山水，令人神往。这里的人文环境，积淀深厚。

古刹灵光寺・客家女孩

举凡千年古刹名寺，必有高僧大德遗迹。走近灵光寺，只见寺院门前两株古柏耸然而立，一左一右，一枯一荣。相传这是惭愧祖师潘了拳亲手栽种，已有千年历史。据说左侧枯柏死于康熙初年，距今将近400年了。依然矗立不倒。右侧那株荣柏，与枯柏同高同大同龄，相伴而生。左侧枯柏有枝无叶，右侧荣柏郁郁葱葱，一死一生，一枯一荣，相映成趣，被人们喻为“生死树”。

我是俗人，难以领悟佛学境界。但是我知道俗世的“死”即为佛界的“往生”，从这个意义讲，这两株枯荣相对的千年古柏，静静无声地向我们宣讲着佛理：人间万物，方生方死，方死方生，此乃轮回世界。

据说，灵光寺有三宝，双株生死树居首。走进大殿礼佛，顿觉身心一派清凉，引导人们向往超凡脱俗的欢喜境界。我思索着“不执”的含义，不由抬头瞻仰佛殿的殿顶。这被称为“斗八藻顶”殿顶，始建于明朝初年，如今已有600多年历史，它形状酷似菠萝，因此俗称“菠萝顶”。此藻井为独立结构，由内转斗拱承托在“井”字形梁架上，底座为八角形。藻顶共九层，由1276只木构件按凹凸榫头连接，形成螺旋形圆穹，通过气流作用达到排烟目的。善男信女焚香拜佛产生的烟气通过这座巨大的“抽排烟机”而净化了。灵光寺的“菠萝顶”，结构严谨，工艺精湛，被民间称为“神工鬼斧”巨作，广东仅有，全国罕见。“菠萝顶”这正是灵光寺的第二宝。

走出灵光寺大殿，回首仰望寺院后山，满眼依然绿意不减。毕竟深秋季节，然而寺院屋顶干净如洗。据说，这正是灵光寺的第三宝“顶无叶”。灵光寺傍山而建，山坡遍栽树木，难免落叶飘落。但是灵光寺殿顶竟然如此洁净，不见半片枯枝落叶，实在令人啧啧称奇。面对这种难以解释的自然现象，我只能默念阿弥陀佛。

佛光普照，不光显现“顶无叶”奇观，同样普照世道人心。我们怀着虔诚之心告辞灵光寺，沿着坡道行走。只见坡道左侧有一粉袄红裤的小女孩儿，路边摆摊售卖葫芦。她席地而坐，弓身埋头写着作业。我看到她红裤膝盖位置绣着小动物图案，这显然是个小学生。

同伴说买葫芦，小女孩说大的10元，小的8元，继续埋头写作业。同伴拿了一只小葫芦，给了10元钱说不要找了。小女孩摇了摇头说，8元就是8元，坚持找了零。同伴放下葫芦笑着说，葫芦不要了8元钱也不要了，白给你了。

小女孩越发坚定地摇了摇头说，我不白要你的钱。然后，她又埋头写作业了。

我瞬间受到震动，请小姑娘你抬头，我要给她拍照片。她终于抬起头来，表情略显茫然地望了望我。

我牢牢记住了她的表情，那么干净，那么无邪，甚至那么无所谓。我敢断定，她的略显茫然，一定是不知道我被她感动了。

回头远望灵光寺，我不知道该对小女孩说什么。她肯定不理解我为什么受到感动。因为她只知道，放学摆摊卖葫芦，这是不可以白要别人钱的。

不贪图无来由的钱财。这就是灵光寺外的卖葫芦的小女孩。她可能没去过北京也没去过上海，甚至没去过梅州。她就这样不声不响坐在路旁，一边写作业，一边看摊。

我想，她是客家人吧。她一定是客家人。因为这里都是客家人。

告别梅州，我拎了四只雁洋金柚回家。一路金柚散发的清香之气，宛若暗香浮动，入我心脾。

在岭南喝凉茶

我第一次听说“凉茶”，那是小时候观看反特电影《秘密图纸》。其中扮演潜伏特务叶长谦的演员，据说是我同班同学王震的表舅，于是争相观影，就跟是我表舅似的。这部电影里田华扮演的女公安为了调查敌情在广州街头店铺里跟女主人聊天，总不断有人来买“凉茶”，然后放一枚硬币。我便以为凉茶即是“晾凉的茶水”。当然这是北方人的望文生义。如今田华女士已然满头银发了。我们的表舅和凉茶则下落不知。

真正领略凉茶，那是当年在广东。我们一行人去“珠三角”写报告文学，主人公当然是粤人。抵达中山市成了市长的贵客。吃喝自然充分起来。水果以木瓜芒果领衔，提子蛇果陪衬。北人解了馋。记得我多次胁从触犯动物保护法，大快朵颐。有一天单独外出采访，中午被主人请去吃野味，蛇啊龟啊自不消说，主菜则是清蒸穿山甲和红烧娃娃鱼。晚餐变样儿，龟啊蛇啊依然如故，主菜却换成红烧穿山甲和清蒸娃娃鱼，就跟绕口令似的。可见当时罪行累累。好在今日超出追诉期，放胆写进文章了。

我要说的是凉茶。吃了这种大补之物，内心躁动浑身发热。回到宾馆中央空调温度偏低，同行者均以秋衣秋裤御之。我却浑然不觉，只着短裤一件，半裸天体谈笑风生，绝对肉身一尊。众人大异，以为我自幼练就童子功而不露，纷纷询问金刚不坏之法门。我指着肚皮道出当日腹内杂碎。那几位外出采访却既没吃上穿山甲也没吃上娃娃鱼的同行者，除了羡慕就是嫉妒，然后一起悻悻然发出当代大预言：你如此恶性进补，势必流鼻血、肿牙龈、头顶生疔脚底长疮，就静待后遗症到来吧。

同行者里既有党员也有群众。于是想起“我们应当相信群众，我们应当相信党，这是一条基本原理”的领袖名言，心中顿生怯意。

果然，第二天我的局部地区起了变化——左脸颊生出一只粉刺，小草莓似的。那时市场草莓很贵，可长在脸上就不值钱了。

我慌了。即使不是演员，可号称作家外出采访多少也要顾及几分形象。有一天，我没有采访任务上街购物，意外遇到了凉茶。

那街头店铺跟田华同志调查特务的地方几乎一模一样：一部公用电话，十几种小食品，还有一杯杯凉茶摆在案板上。看着颜色发黑的汤水，我终于明白凉茶不是晾凉的茶水，而是广泛流行于岭南地区的含有中草药功能的市井饮料。我毫不犹豫要了一杯，好像两三毛钱吧，当然比三十年前《秘密图纸》里贵多了。

饮了这一杯凉茶，只觉得味道略苦，没有更多说头。一天过去了，脸上小草莓式微。我不知这跟凉茶有无关系。后来转道小榄镇采访，向接待我的先生问起凉茶，方知其功效大矣。于是，我在小榄镇每日上街饮凉茶一杯，与幽会情人无二。我吃惊地发现这个镇子竟然拥有两座四星级酒店。这种地方的凉茶，恐怕档次不低。就这样，我在广东逗留半月时光，走珠海赴深圳住广州，一路凉茶不断，调节凉热平衡阴阳，舒服了一路。其间继续几次触犯动物保护法，也没见小草莓出来添堵。同行者以为我喝了一路黑药汤子，不以为意。

岭南凉茶的发明无疑出自一代代人的生活实践。一方水土养一方人，凉茶在粤地大行其道那是有道理的。

前年和今年我分别到了广东和广西，立即与岭南凉茶再续前缘。如今时代进步，我发现出售凉茶的生意同样与时俱进了。无论广州南宁还是北海，出售凉茶的店铺规模宏大矣，早已从一只大壶发展成为一只只不锈钢大罐，那大罐粗似牛腰并且安有水龙头节制。玻璃杯也改成一次性纸杯。那一尊尊大罐上面写着“开胃凉茶”“安神凉茶”“乌发凉茶”“清火凉茶”“醒脑凉茶”等等，不下十几种。也有店铺进入大商厦挂起“金银茶凉茶”“枸杞凉茶”“茯苓凉茶”“菊花凉茶”诸种标牌，让你根据个人情况自选。两广之行，每到一处我便以喝凉茶老手身份一马当先率先消费，居然带动一群北佬纷纷加入啖茶队伍，也算发展了有生力量。

在北方，超市里也有岭南生产的罐装“凉茶”出售，我几次买回家中重温旧梦。易拉罐固然不错，只是口味稍淡，也没有站在广东街头端杯啜茶的意境。这好比在家观看电视转播与去现场观看球赛，感受很不相同。

回味岭南凉茶，我以为还是广州最好。那毕竟是一座老工商业城市，有底蕴。当然，这感受可能也与田华女士主演的《秘密图纸》有关。

走马鹏城

东门的花朵

深圳东门，热闹而清洁。这条与鹏城共同成长的商业街，几乎无人不知。我置身人流中，走进东门深处。我发现了西西弗书店。

以往谈到香港，有文化沙漠之说。后来说到深圳，疑似类之。似乎地处改革开放前沿的鹏城，只是个经济巨人而已。文化，被金融浪潮稀释了。

然而，只要走进西西弗书店，她会轻轻告诉你，深圳不是文化沙漠。当你置身其间流连忘返时，西西弗书店会轻轻告诉你，深圳不但不是文化沙漠，而且正在积淀着新文化沃土。

一座座书籍展台，好似一座座书山：文学畅销类，社科畅销类，艺术畅销类……绕过书山，置身书海，我看到生活畅销类读物：《一个人的美食之旅》《自游日本》《台湾叭叭行》……这类图书肯定颇受大众欢迎。

我惊奇地发现了《恋人絮语》，这是法国著名作家罗兰·巴特的著作；而《群山回唱》则是美籍阿富汗裔作家卡勒德·胡塞尼继《追风筝的人》后的第三部长篇小说；还有一册册中外文学名著……这显然有别于实用性很强的生活类图书，属于文化精英们所说的“纯文学”。

这就是深圳的西西弗书店：她为你呈送着日常生活的指南，同时为你提供精神生活的食粮。处于纸书式微大背景下，深圳的西西弗书店一改“新华书店”传统风格，开创着多元化的经营模式：会员制，月系列活动，阅读区，代购……

20元咖啡，你可以坐在西西弗书店阅读，从开门到打烊。阅读，使你成为这里的贵宾，也成为这里的主人。隔着落地玻璃窗我打量着一位位专心阅读的青年人——这分明就是商业大都会的一座公益图书馆啊。

西西弗书店&矢量咖啡，这是鹏城文化新业态。她以自己的店名宣告，我们就是希腊神话中国版的西西弗，我们反复推着巨石上山，无论结局如何，文化过程远远比文化目的重要。

西西弗书店是深圳商圈的一朵小花，它悄然盛开，并不刻意追求灿烂。

我站在春天里，看到太阳百货大门前公示牌：本商场向您郑重承诺，凡在本商场购买的服饰类商品，可享受两日无理由退换货服务。

这类商业承诺，几乎那座大都市都有出现。然而真正做到不易。深圳这座百货商场做到了。这也是深圳新文化的花朵。

商业花朵盛开，同样丰富着我们生活的百花园。是的，登高鸟瞰东门商业街，一座座楼顶花园尽现眼底，已经形成“楼顶花园文化现象”。几年来，东门商家纷纷绿化天台，争将水泥楼顶开发为郁郁葱葱的大花园，这里有茶座，有咖啡厅，有书屋和画廊。昔日单纯的商业街，渐渐丰富了文化内涵。

东门商业街，也盛开着文化花朵。

观澜的春天

这是个充满文化意味的地名——观澜。果然这里有个版画村，准确地说叫观澜版画原创产业基地。原创，这是个充满力量的词汇。我们曾经习惯于模仿，如今原创成为社会发展的动力。

我所居住的这座北方城市，曾经以版画闻名，譬如“塘沽工人版画”和“汉沽盐工版画”。然而多年囿于文化事业性质，难以充分发挥传统优势而将其发展成为文化产业。文化事业与文化产业，概念大不相同。文化产业既是硬件也是软件，有着极强的造血功能。如此看来，观澜镇以文化原创力量打造文化产业基地，可谓提纲挈领。

其实，我所居住的这座北方城市产生过两位版画大家：李平凡与马达。他俩均是鲁迅的学生，为新中国版画事业做出贡献，也对这座城市版画的发展与繁荣产生重大影响。

走进观澜镇牛湖村，方知这里乃是版画大家陈烟桥先生故乡。陈烟桥与李平凡和马达有着相似经历，当年在上海都曾聆听鲁迅先生的教诲，全力投身中国版画事业，成绩斐然。

陈烟桥先生的儿陈伟南，子承父业，继承父亲严谨扎实的风格，也成为当代版画名家。陈氏父子的版画根脉，深植于故乡土地。这是观澜牛湖的福分。

文化建设大发展，故乡自有后来人。观澜人没有让陈氏版画血脉中断。他继承乡贤精神，立足观澜面对世界，历时四年建起“中国版画第一村”。

坐落在大水田社区的观澜版画原创产业基地，不乏古村落，客家文化浓郁。正是在这种古风浩荡的地方，有着一座颇具现代气质的版画工坊。拜访这座工坊，深入了解观澜版画。

我惊奇地发现一位来自欧洲的女版画家坐在案前，埋头专心工作着。原来观澜版画基地早已名声在外，每年都有来自国外的版画家进驻这里，潜心创作，力求让自己的原创作品进入市场。我们经常说的“国际接轨”，已然在观澜版画工坊悄然实现了。

中华民族伟大复兴，必须增强文化软实力，我们既要走出去，也要请进来。进驻观澜版画基地的外国版画家，我们不用请，他们便来了。提高中国版画的吸引力，观澜镇开了先河。

以前我知道，创作版画是要刻版的，无论石刻木刻，皆出自手造。我在这里却看到丝版，一个青年技工操作机器，精心制作着一幅版画。

这一幅出自原创的版画，经过艺术与科技的融合，自然成为艺术与科技的结晶。在高科技时代，丝版与机器使得版画焕发青春，以崭新姿态屹立于当代艺术之林。

我以为这是陈烟桥先生版画艺术血脉的延续，可谓古曲新赋。一个版画大师的故乡成为世界级原创版画产业基地，这符合版画艺术规律，也符合产业经济逻辑。观澜，无疑是推陈出新的文化产业基地。

漫步牛湖古村，令人遐想不止。倘若观澜不将版画做成文化产业，那么这门艺术很可能最终成为博物馆艺术品，只是陈列在水晶展柜里供人欣赏而已。

如今，观澜打造版画原创产业基地，使那一幅幅版画生出双腿，走出观澜走出深圳走出中国走向世界，一路行走在艺术春天里。

观澜，这正是你的应有之义。

大鹏的风景

改革开放30年，说起深圳似乎已然形成思维定式，首先是股票——深市，然后是高楼林立的商贸大都会，然后是中国制造的成片厂房……如果提起深圳历史便是那句话“以前是个渔村。”我们小时看电影《秘密图纸》，那时深圳的确是个村落。

似乎，深圳是个没有来历的城市。似乎，深圳是乘着改革开放春风从天而降的城市。深圳采风行，我们到大鹏。大鹏有风景，风景在所城。

走进所城，一下颠覆了我们以往形成的思维惯性：大鹏半岛是神话传说中神鸟栖息之地。早在7000多年前，大鹏先民即创造了“咸头岭文化”，这座所城始建于明洪武年间，成为明清两代中国南部的海防军事要塞，有着600多年抵御外侮的历史。

此间，所城涌现了赖家“三代五将”、刘氏“父子将军”等一批民族英雄。如今，以文物保护、历史研究和旅游开发为宗旨的“大鹏古城博物馆”，被列这国家重点文化保护单位和爱国主义教育基地。深圳今名“鹏城”即源于此。

原来，崭新的深圳是有来历的。我们登上所城的城墙，一尊尊黄铜铸造的古代士兵，手持长枪站立城角，仿佛自古执岗至今，不曾丝毫懈怠。彭见明兄与古代士兵合了影，顿时平添几分历史底蕴。我们也信步迈进历史长廊了。

沿所城街道走去，渐渐步入历史深处。我们站在高挂“振威将军第”匾额的赖府大门前合影，不禁产生超越时空的联想，大鹏展翅飞翔在历史与未来之间，正是千年风云际会的底蕴，塑造了当今深圳吧。

所城既然列为国家重点文物保护单位，那么如何为其注进新鲜血液呢？我们参观始于明代的“大鹏粮仓”故址，这里是早年屯放军粮的重地。如今，一座座拱形粮仓建成“皮影艺术馆”“大鹏贝艺馆”之类的民间艺术馆舍，这种古为今用的载体无疑使得古城焕发青春与活力。此时，我们感觉站在历史与未来交叉点上，放眼现实风景。

游人如织，我们来到校场尾海边。顾名思义，校场尾就是地处古代校场尾端的地方。如此看来，这也是个有来历的地方。

漫步校场尾，放眼望去，左手是海滩，右手则是一排民宿客栈，鳞次栉比，连绵不断，为目力所不及。这里被称为“深圳鼓浪屿”，它与修旧如旧的所城相比，现实生活气息扑面而来，令人心旷神怡。

一边是蔚蓝的海水，一边是热烈的现实生活。这便是当今较场尾的生动写照。你看“叉叉纳里”旅店的宣传口号，令人忍俊不禁。

“本店距离百年老店只有九十多年”“遛狗带娃，周游世界”“进来开房吧”……如此等等，一反传统型旅馆的面孔，处处洋溢着小资风格与青春气象，可谓别具一格。如果拿较场尾与所城对比，这里充满今日深圳的文化特征：开放带来的快乐，开放带来的自由，开放带来的轻松，开放带来的活泼……一言以蔽之，开放带来的休闲生活。

大鹏半岛是深圳文化的历史，深圳文化是大鹏半岛的今生。

如果你见识了大鹏所城，依然认为当今深圳只是水泥森林般的大都会风景，那么前往鹿嘴山庄便是让大自然给你“洗脑”的最佳去处。

我们是夜宿鹿嘴山庄的。沿着山路拾阶而上，可谓月朦胧鸟朦胧，毫无景色可感。清晨起床猛然意识到这是多年不曾享受的“睡到自然醒”，大都市清晨的喧嚣，已然远远退到外宇宙。我分明置身世外桃源了。

站在阳台观赏鹿嘴山庄景色，立即受到大自然感召，快步登山寻访美景去了。山路石阶起起伏伏，终于站在山顶崖畔，面朝大海，春暖花开。

海浪“哗哗”冲击着岩石。白色是浪花，褐色是岩石。这经年冲刷，浪花白了头，岩石削瘦了，它们决然不改初衷，反复冲击不停。看来，举凡世外桃源并非全然放松，也有执着不懈的所在。人在大都市，向往大自然的放松。人在大自然，不舍大都市的打拼。这正是人们前来鹿嘴山庄休假的意义。既然人生目标已经确定，那么山海间便处处是风景了。只是有时我们需要投入大自然怀抱，在青草气息里检索人生步伐而已。

原始生态，山海情怀，蜜月天堂，运动海岸。这是鹿嘴山庄的宣传口号，也是她真实写照。鹿嘴山庄给我的启示是：只要你怀有亲近大自然之心，鹿嘴山庄会给你一个深呼吸式的拥抱。

然而，此时你定居这里尚早，因为你还年轻，80公里外那个名叫鹏城的大都市，还等着你创业呢。

鹿嘴山庄，此时只是你的人生加油站而已。后会有期。

南望长安是今朝

我们说起长安总会想起大唐首都，还有浩若星空的盛唐诗歌。“秋风生渭水，落叶满长安”“春风得意马蹄疾，一日看尽长安花”“长安一片月，万户捣衣声”“长安陌上无穷树，唯有垂杨管别离”……

由唐溯汉，又有张骞打通西域的故事，当然也有因李陵叛降而引出的司马迁悲剧与《史记》……总之，长安无疑属于中国历史地理教科书的重要词条，当前我国实施“一带一路”战略构想，更使“长安”热络起来。

长安，从地理意义讲代表着中华民族对外经济交往的出发地；长安，从历史意义讲意味着华夏大地开放包容的文化胸怀。

如今，在东莞治下竟然有个名叫长安的地方，而且是个镇。说起东莞几乎成为“中国制造”的代表。它在当今世界甚至达到古代盛唐长安的知名度。当然，我的这种比喻可能不甚恰当，得罪了李世民的在天之灵。

于是，走进长安镇。恍惚间仿佛历史长河被倏然缩短，从唐朝首都到东莞治下，不知出于何种约定两位同名同姓的地方，跨越古今，砰然相会。悠悠岁月似水流，一时间我突发奇想，觉得东莞长安镇就是唐朝长安的转世之城。

我产生如此奇特的联想，莫非发思古之幽情？因为我是想到古今两者拥有相似的容貌：繁荣。

来到长安镇，无须看“世界工厂”。我们去了环球公司下属的宝石工艺加工厂，以小见大矣。置身这座工厂的展品大厅，却感觉走进色彩斑斓的“当代美展”，一件件“玉石平面样品”展板，环绕展厅布置，其图案，要么一团团色块相间，表达着难以确指的抽象意义；要么一束束线条相环，催人产生宇宙初生的联想；要么是一簇族鹦鹉螺形状，使你沉浸于远古化石的年代……你看那面湛蓝底色的玉石面板，透出水晶的质地；再看那面褐色斑点的玉石面板，凸现深邃的星空夜景。

一尊颜色厚重的玉石板台，一派赭红底色，衬出白色纹络，板台图案的形状，好似一幅红土高原的地图：那不规则的环状图形，好似碧水湖泊；那流淌逶迤的线条，好似奔腾江河；那似断似联的絮片，好似横断山脉……

又一尊玛瑙拼接的玉石板台，一块块圆形玛瑙铺展开来，使你想起鹅卵河床，耳畔传来潺潺流水声响，赏心悦目。

流连于一件件精美的玉石展品，我惊讶环球石材已然做到如此“高精尖”，在石材领域展示着当代工艺美术的新思维。

请看，极具装饰功能的玉石板材，在这里完成的艺术的再造，被赋予新的生命。这哪里是玉石工厂的产品展示厅，分明就是“现当代美术作品”大展。我认为，这正是工业化所产生的美感，也是“实用的艺术”与“艺术的实用”的有机结合，从而繁衍出玉石装潢行业的新状态。

玉石制品小展室，一件件玛瑙雕材料雕刻而成的制品，吸引人们目光。同伴购得一套质地晶莹的玛瑙茶具，仿佛游山得宝，喜兴而归。

这时，一个热词在我脑海跳跃而出：工匠精神。其实，精益求精的“大国工匠”精神，乃是我们中华民族的优良传统，去粗取精，由璞而玉，锲而不舍，既完善于宏大构筑，又执着于工艺细节，这正是“中国工厂”的应有之义。

我们中国人的乡土观念甚重，举全族之力兴建家庙，以此弘扬家族传承，彰显先祖荣光；集地方财力设立乡祠，以此纪念故土先贤，宣示人杰地灵。至于身处异乡的客商们，则集资兴建会馆，以乡谊抱团，互相帮衬彼此提携。这是中国传统文化的特色。

近年来经济发展文化大热，祖国多地出现争夺历史名人故里的趣闻，老子有了两个籍贯，炎帝有了两个故乡，曹操墓地引发争议，传说中的姜太公垂钓处也出现不同版本……于是大兴土木，抢先建造历史遗迹遗址，以期得以社会认同。尽管如此热闹，我还是愿意将这种现象理解为国人对故乡的热爱与期待——特别希望历史名人出于自己家乡，甚至希望自己是历史名人的N代子孙。同时，这也体现了极具中国特色的家族血缘观念与乡土文化意识。

长安镇有饶宗颐美术馆。我慕名而去，进门便从“饶宗颐美术馆馆藏展”序文读到这样的文字：“当今之世，能集经学、佛学、史学、考古、文学、书画、音律、梵语于一身而名扬海外，堪称‘大师中的大师者’，唯饶公宗颐矣……”

国学大师饶宗颐先生，广东潮汕人，久居香港，举世闻名。细心阅读饶宗颐先生创作年谱，不论家乡籍贯还是学术源渊，似乎与长安镇并无直接关联。崇尚乡贤的长安镇为这位“外人”设立美术馆，不知缘起何因。

原来早在20多年前，长安人便与饶宗颐先生结缘。10年前，饶老曾在长安莲花山养心幽居，留有笔墨。之后每年老先生都要来长安莲花山旅居。长安不是饶宗颐先生的故乡，却敞开文化胸怀，视饶老为文化瑰宝，以乡邑亲情待之。饶宗颐先生也将长安镇视为第二故乡，感情甚笃。他留给长安的书画作品，足见这位大师高妙深远的艺术造诣与境界。

参观饶宗颐美术馆，无疑是接受传统文化熏陶的难得机会。置身于饶宗颐先生的学术和艺术作品之中，就像面对一座磅礴的高山，令人神往。

据同行作家介绍，饶宗颐先生的书法，学养深厚，别具风采，绝非后人可以模仿的。饶宗颐先生的水墨画，真心处处见童心，实乃高原上的高峰之作。

我对书法与国画全然不通，仍然受到饶老书画作品的艺术感染，内心颇有“虽不能至，心向往之”的感慨。长安镇饶宗颐美术馆，就像镶嵌在岭南大地的明珠，闪烁着文化艺术的光芒。

出于好奇之心，我还是询问了长安镇名的由来。

大约四百年前，此地有李姓为名门望族，富甲一方。李姓乃大唐国姓，于是族长便将这里更名为长安，以示与大唐血脉相因，以示李姓文化传承。如今长安早就改名西安了，然而在遥远的岭南地方，却依然有个长安镇，繁荣至今。

西望长安千古事，南望长安是今朝。

域外采风

加拿大散记

动物立交桥与人行廊桥

前往卡加利市途中远远望见田野里一垛垛麦秸点缀其间，原来这一带是加拿大的产麦区。小麦主要用于出口。而且这里还有油田——一座座井架成为大工业时代的风景。卡加利市有一百万人口，其中华裔占了四分之一。据说已有华商购买卡加利油井，包括我们认识的曹先生。看来中国的经济触角已经伸到这里了。

由于富产石油，不可再生的资源使得卡加利市物价比温哥华还要高。我漫步城市街头看到一座形似北京天坛的建筑，门前挂着“招收中文学习班”的汉字横幅标语。原来，此处正是卡加利市的中华文化中心。想起在温哥华唐人街也有一座中华文化中心，大红门外蹲着两只汉白玉狮子，大院里竖着孙中山先生铜像。其实在北美城市华人区都建有中华文化中心，顽强地保存着母国文化。

我在卡加利市中心发现这样的景观：一座座大厦之间均由一条条空中廊桥连接。无论沿街而去还是横过马路，你无须走出大厦只要沿着这样一条完全封闭的玻璃廊桥即可前往目的地了。当地朋友介绍说，卡加利市冬天气温很低，近似中国东北地区。因此，卡加利市建起这样四通八达的空中廊桥，于是寒冷天气里卡加利市民外出购物完全避免了街头挨冻之苦。

站在闹市街头，我感慨不已。加拿大城市建设用心之良苦，使我想起中国的城市。我们也有地处寒冷地带的城市，我们也会遇到冰天雪地的天气。然而无论天气多么寒冷，正是由于城市建设的人性化设计，幸福的卡加利市民上街购物从这座大厦踱向那座大厦，优哉游哉胜似温暖如春的“室内动物”。

说起动物，不能不谈到加拿大的“动物立交桥”。从卡加利市去班弗市的高速公路上，两侧铁丝网封闭着一派原始山林风光。班弗是加拿大著名的旅游城市，有海拔7500米的硫黄山，有弓河瀑布，有原始森林，气候宜人。班弗的水，好似甘泉，胜过卡加利的水百倍。据说当年日本天皇曾经访问班弗，对此地风光大加赞赏。于是日本人便以今生今世能够前往班弗观光为人生理想了。在班弗市区可以见到许多日本风格的建筑物。

我们乘车从卡加利驶往班弗，沿途看到一座座石砌拱桥横跨高速公路，可见桥面杂草丛生。经人介绍得知，这正是加拿大人津津乐道的“动物立交桥”。

修建高速公路之初，热爱动物的加拿大人便意识到一条高速公路宛若一把剪刀，将两侧野生动物家园一剪为二，断绝了彼此之间的生态联系。于是，一座座横跨高速公路的“动物立交桥”应运而生。这种立交桥的出现，避免了野生动物们处于公路两侧完全隔绝的状态。一位导游告诉我们，前些天他还看到一只母熊领着一只小熊沿着“动物立交桥”横跨高速公路，前往它们想去的地方。听了导游讲解，我仿佛看到那对黑熊母子远去的背影，那情景真的令人感动。

在加拿大动物见了人类从不躲避，彼此处于“相看两不厌”的境界。那天住宿黄金镇的汽车旅馆，后院草坪上几只野生麋鹿大摇大摆从我身边走过，如入无人之境。加拿大动物为什么不怕人类呢？因为遗传基因告诉它们，加拿大人给它们修建了“立交桥”，让它们自由驰骋。

从加拿大的“动物立交桥”我想到中国的青藏铁路。我们为了贵稀动物藏羚羊的季节迁徙，也在铁路沿线设计了“动物通道”。由此看来，我们也与国际接轨了——在以人为本思想指导之下，时时不忘“动物是人类的朋友”这句名言。假如人类根本不懂得关照朋友的利益，那真要开除我们的地球“球籍”了。

从加拿大“动物立交桥”到青藏铁路“动物通道”，我们无疑进步了。但愿有朝一日我能够在冰天雪地的中国北方城市街头看到一条条善解人意的“人行廊桥”。人们行走其间，那该多么温暖啊。

多元文化与艾森豪威尔草地

有人说，美国文化是一座大熔炉，无论你来自什么国家什么民族，只要移民这座大熔炉最终将你“炼”成美国人。我记得有一首歌曲《出生在美国》，唱的就是这种“美国精神”。还有好莱坞电影《拯救大兵瑞恩》，宣扬的也是美国精神的“主旋律”。由此可见，所谓多元文化还是有主有辅的，有时候少数民族文化很难进入社会主流。

如果寻找多元文化共生共存的国家，我以为是加拿大。加拿大与美国是不一样的。加拿大强调多元文化的同时，似乎不将所谓主流文化强加于你。

行走在温哥华著名的煤气街上，各种肤色迎面而来。有阿拉伯人，有印度人，有黑人，也有美洲土著后裔。有一天我们打电话叫来出租车，司机就是一个灰布缠头的印度人。

说起加拿大的多元文化共存，媒体便是观测窗口。我们接触了《环球华报》《大华商报》《西城时报》这样的华文报刊，也接触了“华宇温哥华网络电视”这样的媒体。说起华语电视台，十几年前我曾经参观雪梨中文电视台。它发射的功率只能覆盖“悉尼塔”附近市区范围。显得孤立而弱小。在澳洲也强调多元文化共存，然而华语电视节目还是处于社会边缘状态，给人以自说自话的印象。

这次在温哥华接受“华宇”电视采访，与当年参观雪梨中文电视台情况大不相同。“华宇”的马在新博士向我们介绍，他们录制的华语电视节目是在加拿大主流电视媒体播出的，包括温哥华、维多利亚、卡加利、爱民顿几个城市。这几个城市的电视台专门开辟一个“多元文化”频道，有华语节目时间，也有印度语节目时间，还有日语韩语等语种的节目时间。每种语言节目60分钟，全天轮番播出。

这样，加拿大的非主流语种电视节目便走出“覆盖面积小、受众人口少”的“各自为战”的窘境，从“各行其是”开始融入“公共频道”，体现了多元文化的和谐社会景观。

说起多元文化的互相融合，我在加拿大第八届华人文学研讨会期间见到第三代华裔马丁·陈。这位祖籍广东的青年剧作家一句中国话不懂，代表了典型的黄皮白瓤的“香蕉现象”。与青年马丁·陈形成鲜明对照是王建老先生。这位纯种白人不但取了汉语名字而且讲得一口纯正的“普通话”，晚宴上竟然掏出竹板儿唱了一段字正腔圆的数来宝。他的竹板打出一串花点儿，赢得热烈掌声。第二天的研讨会上，王建老先生发言提倡华语作家多写一些富含哲理朗朗上口的短诗，比中国人更了解中国诗歌。他的倡议引起诗人痖弦的响应，随即起身读了一首台湾原住民的歌谣："我希望你离家的时候是一个下雨天，这样留下脚印你就会认识回家的路了。"

从马丁·陈与王建两人身上，我们可以看到所谓多元文化融合是双向的。中华文化同样在加拿大渐渐产生影响。

加拿大是移民国家。加拿大人民同样拥有自己独特的民族性格。我在旅行途上听到这样一个故事。

第二次世界大战结束，为了感谢盟军最高司令官艾森豪威尔将军，加拿大卑诗省人民将一座原名城堡山的山峰命名为"艾森豪威尔山"。然而，这位美国将军并没有出席专门为他举行的命名仪式。后来，人们终于得知，那天艾森豪威尔没有出席"艾森豪威尔山"命名仪式不是忙于公务，而是去打高尔夫球了。这分明是对热情的加拿大人的冷遇。事情似乎就这样过去了。

到了1979年，卑诗省的加拿大人举行公投，一致同意将"艾森豪威尔山"恢复原名"城堡山"。多少年了，热情的加拿大人还是记住了那位美国大人物当年对他们的冷漠。公民投票取消了"艾森豪威尔山"的同时，却暗含讥讽地将山坡上一块草地命名为“艾森豪威尔草地”。

从第二次世界大战结束到1979年，30多年过去了。加拿大人并没有淡忘可爱的艾森豪威尔先生。您老人家不是喜欢打高尔夫球吗？我们索性赠给您一块草地，打去吧。

这就是加拿大人的幽默，这就是加拿大人的执拗。他们像小孩子一样任性。这任性之中分明透着郑重与尊严。

哥伦比亚冰川与露易丝湖

前往班弗旅行，最令人神往的景致是落基山脉的哥伦比亚冰原，还有被称为“落基山宝石”的露易丝湖。十年之前，陈建功先生访问加拿大曾经游览此地景致。这次他放弃前往加拿大东部的旅行而执意故地重游，可见班弗之旅的魅力。

出发之前，我们读到加拿大华文作家协会会长林婷婷女士的散文。文中提到露易丝湖上添了游艇，这引起陈建功先生的担忧。他告诉我十年前的露易丝湖风光旖旎，自然天成，没有丝毫人工痕迹。如今有了游船，不知闻名世界的露易丝湖变成何等模样。

我们首先到达哥伦比亚冰原。这块冰原325平方公里，海拔3000米，蜿蜒于落基山冰山的山脊之间，正好处于大陆分水岭。哥伦比亚冰原的融冰形成河流顺着不同方向分别汇入大西洋、太平洋和北冰洋，很是神奇。加拿大经历了四个冰河时期，最近一次冰河时期为一万五千年前。流动的阿塔巴斯卡冰河被称为哥伦比亚冰原六个“脚趾”之一。

乘坐普通巴士来到山腰，我们换乘那种有着四只巨大车轮的专用巴士进入冰原。这种专用巴士的车轮直径足有3米多。如此巨大的车轮在上山途中减轻了对冰原的碾压，很环保的。

游客们穿好御寒服装，欢呼着站在一派洁白的冰原上合影。其中台湾游客然竟然穿了羽绒服御寒，颇有几分夸张。站在强烈的阳光下你感觉空气绝对透明，穿一件羊毛衫足矣。

天色极蓝，使人想起儿时的天空。我不由放眼远方，那是更高更远的冰原，年龄也更大。脚下的冰雪，洁白得令人不忍去踩。我找到那条由于冰原消融形成的涓涓小溪，掬水而饮。这是世界上最为古老的水啊，也是世界上最为纯净的水。然而，就在上山途中导游指着一块块石标告诉我们，这是1864年的冰原边缘标记，那是1908年的冰原边缘标记……原来，这块神奇的哥伦比亚冰原，不到一百年间已经消退了一英里。随着全球气候变暖，它以每年2~3米的速度消退着。看来，大自然对人类的赐予并非天长地久，她在悄悄离开我们，很有可能化作不可复得的历史背景。

游览哥伦比亚冰原，内心有喜有忧。由此我想到我们中国的雪山草地，还有大江大河，似乎都面临着严重的生态危机。

有的地方甚至找不到可以饮用的水源。面对加拿大哥伦比亚冰原的消融，我以为这不只是加拿大的损失也不只是北美洲的损失而是全人类的损失。大自然多少万年的赠予，一旦消失不可复得。想起有人为了眼前的经济利益而毁坏生态环境，无疑是最为愚蠢的行为。

离开哥伦比亚冰原前往美丽的露易丝湖，途中充满期待。我看到很多加拿大人是驾着房车前来度假的，露易丝湖畔当然是他们最好的休闲天地。说起房车，在加拿大高速公路上随处可见。一家人一辆房车外出度假，有吃的有喝的有宿的，真正体现了回归大自然的心性。公路沿途我看到一辆辆白色房车停在绿茵茵的草地上，分明就是一幅怡然自得的风景画。想起我们中国人的日常生活，如果引进房车势必造成道路拥护甚至中断交通。房车可能不适合中国国情。

走进矗立在露易丝湖畔的城堡酒店，大堂里一位身穿维多利亚时代金色长裙的白种姑娘弹奏着竖琴。城堡酒店无论大堂台阶还是餐厅楼梯都是用取自海底的天然化石铺就，颇为奢华。我伸手抚摸着露台栏栅的海藻化石，仿佛听到亿万年前的大海涛声。加拿大人将它用为建筑材料，似乎过于奢侈了。加国的资源丰富，由此可见一斑。

露易丝海拔1731米，长2.4公里，深90米，堪称高山平湖。蓝天，雪山，森林，湖水，还有甜甜的风。远处维多利亚雪山倒影映入湖里，天地浑然一体。这正是大自然的和谐。人则点缀其间了。很多游客带着滑雪手杖朝着远山走去。看山近，其实远在9公里之外。

游客们忙着拍照，湖光山色尽收眼底。这时候我看到远方湖上一只只游艇，立即感觉它们是多余之物。林婷婷散文里说以前这里没有游艇，一派自然天成的景象。如今有了游船当然方便了游客，却在这样一幅纯粹大自然的图画里增添了人工痕迹。故地重游的陈建功先生的感慨尤为强烈。我不知道这里的游船属于哪家公司，也不知道加拿大是否也有旅游景点“创收”这种路数。

无论哥伦比亚冰原还是露易丝湖，似乎都有了人工痕迹。这种痕迹意味着人类的过度参与。其实，地球上很多事情人类大可不必参与。你老老实实欣赏就是了，尽量不做画蛇添足的事情，当然，更不要把蛇杀了去烧烤。

值得一提的是，在加拿大的华语文学世界，保持纯正品格拒绝污染的“笑言天涯文学创作网”，它的编辑部设在首都渥太华，幅射北美大陆。以母语写作的华人作家们多年以来坚持他们的文学追求，远离物欲诱惑，坚持文学理想，保留着这样一块华语文学净土。她的存在，足与哥伦比亚冰原和露易丝湖竞相媲美，成为一道人文风景。

暧昧香港

飞机在启德机场降落的时候，我立即感到香港的狭小。机场傍海而建，诉说着寸土寸金的故事。空中俯瞰往往令人感到温馨，因为启德机场使你想起中学时代母校的操场——此时你是一个飞在天上的学生。应当说启德机场是真正的国际空港。来自日本的韩国的新加坡的马来西亚的中国台湾的澳大利亚的，数也数不清的班机起起落落，日夜不停。在这巴掌大小的地方，创造了东方经济的神话。

启德机场是一块忙得发烫的土地。

这就是香港。

通过机场海关时，核查护照的是一位身穿制服的白人女士。这时我才感到已经走出国门即将进入一个陌生的天地。白人女士抬头看了看我，微微一笑将护照递还。世界上只有人类的微笑是不分国界的。于是我在灿烂的微笑里走进香港。

是啊，多少年前在我的学生时代，就从地图上看到香港这个地方。那时候香港意味着外国。对我这个北佬来说外国的香港更是一个遥远的地方。那种遥远不仅仅是地理意义上的，同时还意味着另外一种生活方式或者另外一种生存选择。那时候当然还没有“1997”这个概念。香港在国人心中总是显出不甚清晰的样子。像一个走失多年面目不清的孩子；更像一笔搁置久矣并且无人提起的债务。总之，1997到来之前，香港依然属于那个远在欧洲的岛国。大不列颠的空气笼罩着这座城市。生活在这个大背景之下的香港人，处处显出他们身上所独有的暧昧气质。香港也就成了地球上最为特殊的大都会。香港因此充满无穷的魅力。

在尖沙咀，在中环，在旺角，在浅水湾，无论在什么地方，香港的人群之中，最多的还是黄皮肤黑眼睛的华人。是啊，同为炎黄后代，一种亲切的情感油然而生。但是千万不要忘记，你只是一个大陆佬，他们却自称“香港人”。

香港人，这是一个多么准确而又多么模糊的称谓啊。巴黎人、罗马人、莫斯科人、北京人。还有詹姆斯·乔伊斯写的《都柏林人》。这些称谓首先意味着一个国家或一个种族。香港不是一个国家，香港也不是一个种族。那么“香港人”这个称谓究竟意味着什么呢？

说不清楚，香港似乎就这样暧昧起来。

或许，香港人就是香港人——没有什么深奥的内涵。或许，“香港人”只是一个称谓。这个称谓的目的只是为了用以区分。“香港人”就是“香港人”。以此与大陆人相区分，以此与台湾人相区分，以此与新加坡马六甲乃至整个东南亚的华人相区分。创造东方经济神话的香港人善于将自己区分于别人，也善于将自己区分于自己。将自己区分于别人就是称自己为“香港人”。将自己区分于自己就有了“太平绅士”这种英国王室授予的勋位。

是啊，香港弹丸之地。香港人在全力将自己融入这个世界的同时，也学会了全力将自己与这个世界区分开来。或许这就是“香港人”的真正含义吧。

客居香港的日子里，我曾留意捕捉着香港人的心态。走在街上问路，当香港人听出我是一个北方佬的时候，总是要说道：“对不起，我的普通话讲得不好啦。”这时我暗暗分析，香港人为什么说“我的普通话讲得不好”而不说“我的国语讲得不好”呢？

在我印象之中的海外华语世界，“国语”一词似乎远比“普通话”这个字眼更为流行。譬如说国内常见的港台卡拉OK，屏幕上频频出现“国语金曲”之类的字样。然而如今的香港人却开始使用“普通话”来代替“国语”。

这是为什么呢？我不得而知。

在香港，我访问了亿万富翁，也结识了普通蓝领。给我的印象他们虽然阶层不同，却都在用功学习普通话。在香港的嘈杂之中，我蓦然听到1997的脚步正朝着这里“咚咚”走来。无论个人意愿的悲与喜，这都是时代的进程。除非你变成外星人。于是我渐渐悟出港人心理：“国语”这个词汇本身具有浓烈的台湾背景。而“普通话”却无形之中透露出明显的大陆意识。香港，毕竟很快就要回到祖国的怀抱。1997毕竟是一个不容回避的客观现实。长期生活在英殖民地的香港人，不声不响竟然开始整理他们的“常用辞典”。在香港，据说正在出现学习普通话的热潮——尽管他们依然称自己是香港人，尽管他们口语之中依然夹杂着大量英语单词，尽管他们对未来的前景怀有这样或那样的忧患，尽管他们吃早茶的时候还在忙着阅读“马经”。香港人毕竟开始学习普通话了。面对已经进入“倒计时”状态的1997，这就是香港人生生不已的现实主义精神。

这可能只是我的一个揣测。东方之珠依然日夜闪烁。面对东方之珠，我认为最佳的观察方式就是瞭望。面对多元文化的香港，你只能瞭望。瞭望之中你会发现，香港这地方，既无法以理念来概括，也不能凭感性去意会。香港就是香港。在显微镜下给维多利亚湾增添一滴海水，或者在望远镜里给太平山减去一抔土，都会使香港面目全非。香港很大却不能再减，香港很小但不能再增。这就是香港的辩证法。

一个大陆佬走在香港繁华的大街上，心中最好不要萌发改造香港的念头，尽管这种念头颇有气吞山河的气势。然而，你也不要轻易就去迎合香港和香港人。那样的话，你将落入一个尴尬的境地，譬如说衣着。

我身着一件古铜色疙瘩襻中式大袄走进英皇道地铁入口。在此之前，我多次从香港的电视剧里看到当地男人身穿这种传统中式服装。于是我就怀着强烈的迎合心理穿上这件在大陆已成古董的中式大袄，淹没在香港滚滚人流里。很快，我就发现自己正在成为大众注目的焦点人物。首先是一位年近七旬的老先生目光定定地看着我，仿佛是在阅读一册民国初年的杂志。之后是一对洋人夫妻，白种伉俪几乎是用惊异的目光盯视着我，并用英语小声议论。友邦的惊诧令我猛醒，意识到局面的严重。这时我环顾着车厢，着实被吓了一跳——几乎所有乘客全都目不转睛注视着身着奇装异服的我。我的心头猛地一颤，只得故作镇定。

作为一个名利之徒，我在大陆写了这么多年小说不曾成为文坛的焦点人物，今日在香港地铁里却享受到如此强烈的“轰动效应”。我不知道应当欢喜还是应当悲哀，是我错怪了香港还是香港错怪了我。逃出地铁之后，我又去拜访了杜伟强律师事务所。此前杜先生与我并不认识。走进会客室他立即怔了怔，满目狐疑与我握手。告辞时他终于对我说，您的衣服很别致啊。

后来我走进地处中环的香港著名的周大福金店购物，一进店门立即引起年轻漂亮的店员小姐们的围观。仿佛我是从《上海滩》里走来的群众演员。在她们的思想里，穿着这种衣服的人早已死去，譬如说曾祖父。于是，我也就成了一个年轻的老人光临港岛。

此后我渐渐意识到处在过去与未来之间的香港，其实已是一座非常西化的城市了。我所认为的传统文化，更多的只是保留在港商投拍的港产电视剧里。但我在大陆所能看到的，又恰恰是这种电视剧而已。于是我与香港共同兑现了那首诗歌的意境：我看云很近，云看我很远。

当你愈想弄明白香港的时候，香港就愈不明白。或许当你将香港忘却的时候，香港却在你心目之中倏然清晰起来。

这就是香港吧。

回到公寓我打开皮箱，将这件在天津估衣街的老字号瑞蚨祥绸缎庄买的料子，由一位上海裁缝做的中式大袄放进箱底，心情却一下子变得七零八落的。这件衣服其实正是为了访港而专门做的，穿在身上却成了一件使我哗众取宠的古董。我只得将它打入冷宫。此情此景，真是始料不及。我在心中审问自己：肖克凡同志你有没有搞错哇？

皮箱里仿佛盛着我与香港的一个误会。皮箱因此而变得沉甸甸的。

七天之后我拎着皮箱走进启德机场的大厅，离开香港。旅途还长，下一站飞往新加坡——那又是一个华语世界。

访问东南亚的一路上，我再也没有穿起那件古铜色对襟中式大袄。我总觉得它成了一件标本。回头瞭望东方之珠，香港在我的心目之中，渐渐暧昧起来。

我又想起了香港人所说的“普通话”。

东方之珠，绝顶聪明。

澳洲作家

定居澳洲的华人越来越多。悉尼的唐人街眨眼之间扩为中国城。走在中国城的莎瑟街上，你会认为这里是上海或广州。数也数清的华人宛若毕加索笔下的鸽子，从中国大陆飞到南半球，飞到这块人类迟迟开发的大陆。

凡有华人的地方，就有华人作家。华人的作家梦，往往最为强烈。自幼受到“文以载道”的教育，以词抒情，以诗言志，我们就是要有许多话语向这个世界诉说，于是选择了写作。

国人从事写作，往往受到“学而优则仕”的影响，骨子里的功名意识难以淘洗干净。我不知道，身居悉尼的华人作家究竟是个什么样子。

悉尼就是那个击败北京而夺走2000年奥运会主办权，并且拥有一座举世闻名歌剧院的城市。她是新南威尔士洲的首府。因此，设在悉尼的华文作家协会的正式名称是新南威尔士洲华文作家协会。她的会长是原籍上海的施国英女士。在国内，我已知闻她的大名。那时她是《文汇报》副刊编辑。这都是过去的事情了。

如今是1996年3月，在澳洲悉尼的一家华人餐馆里，欢迎中国天津作家代表团访澳午餐会正在进行，场面热烈。午餐会的主办者正是新南威尔士洲华文作家协会。文人相聚，机会难得，一个雅间里摆了两张圆桌，满满腾腾坐了20多人。与会者都是黄皮肤黑眼睛的华人作家，显得货真价实。

午餐的内容比较简单，就是广东人常说的“午茶”。祝酒的时候我才得知，今天的这个午餐会，是以集资方式众人联办的，他们每人交了10元澳币。这种民间方式使我受到感动，想起国内那些名为文学团体实为文学衙门的地方，不禁默然。自古以来文人聚会，皆为风雅之事。文人性情不重权势，淡茶薄酒，有清风朗月助兴，即其乐融融。谁曾想光阴荏苒进入改革开放的大好时代，大陆文坛竟然饱受浮靡风气的侵袭，文学权贵者以公款吃喝以公款玩乐，唯独不以公款兴办文学事业。两相对照，悉尼华文作家协会举办的这个午餐会，则显示了真正的文人品格，令人感慨不已。

定居悉尼的华文作家，获得澳洲国籍不过近十年的光景。因此他们身上“海外华人”的味道并不浓烈。他们似乎依然是中国人。尤其是获得“绿卡”之后，他们身上的“华人情结”反而愈发强烈。他们来自上海、广州、福建以及哈尔滨和天津，朝气勃勃有着强烈的创业精神。席间与他们交谈，似乎有着说不完的话题。这种气氛之下，我竟然想起当年的“知青部落”。时过境迁，他们已经度过“洋插队”阶段而进入“洋落户”时期。他们属于落户不久的第一代移民，毋庸置疑，根在中国。但是他们又无比珍惜手中那来之不易的澳洲身份。关于身与心的冲突，只是我对移民文学主题的一个猜测。他们的作品必将反映他们在澳洲的生存状态与精神形态，这将是海外华人文学的一座重镇。从这个意义上说，尤小刚拟拍的电视连续剧《悉尼故事》的流产，未必是一件坏事。沉静之中孕育精品。澳洲华人作家是一个独特的渐渐崛起的海外群体。我期待着当代华文巨著在这块年轻大陆上轰然诞生。

午餐会上我结识了许多朋友。他们当中有人在大陆的时候读过我的小说，颇有他乡遇故知的感觉。中国很大，难以邂逅；我们却在澳洲相识了。他们中间，有医生，有律师，有出租汽车司机，有广告商，有华文报馆的编辑；当然也有失业者以及坐在家里靠政府救济金生活的人。处世不易，谋生亦难，但是文学将大家联结在一起，因此才有了悉尼华人作家协会以及这个美好的午餐会。这里虽然与中国本土远隔千山万水，文学却依然令人感到亲近。我在悉尼享受到国内文学界日渐稀薄的情感。

这就是我们通常所说的文学情感。

当初，我们正是依赖这种文学情感才拿起笔来从事写作进而成为一个作家。当初，我们也正是依赖这种文学情感，得以摆脱消沉情绪，得以抗拒名利诱惑，得以身心放松自甘清静。面对悉尼的华文作家们，我似乎看到一面镜子。镜子里有一个过去的我。

其实，悉尼的华文作家群里没有什么成就辉煌的大牌作家。但我觉得他们真正热爱写作。在中国，有些作家甚至所谓著名作家，早就不热爱写作了。迷恋金钱，崇拜权贵。文学，在他们的日常生活之中流失殆尽，所谓写作不过是一撮儿味精而已，以此点缀着可怜巴巴的“大作家”虚名。

澳洲的华文作家其实都是业余作家。这块当年由库克船长开发靠流放囚犯建设起来的南半球大陆，从来就不曾饲养什么“专业作家”。于是绵羊繁殖起来。更多的则是成群结队的袋鼠。

超一就是一位业余作家。他本来是一个画家。定居澳洲之后进入一间广告公司，生意还算成功。超一性情淡泊，谈吐幽默，蓄须的方式也很独特。上唇刮光，下唇留着，自称“留地不留天”。在悉尼我读了超一的小说《沟底的童车》。此作获得澳洲中文创作文学奖短篇优秀佳作奖。从这篇小说里我看到他超逸散淡且敏感细腻的内心世界。超一开车陪我们游览悉尼双湾海滨，我问他为什么叫双湾。他笑了笑说，因为这里的地价双倍的贵。

这就是作家超一。不急不躁不亢不卑不骄不狂，生活在这个自己所归属的新的国家里。从谋生的意义上说，在澳洲当作家是要自己花钱的。临别的时候超一送我一本《悉尼八怪》。这是一部旅澳作家的杂文合集，所收八位作家是：大陆、阿忠、高宁、袁玮、钓鳌客、超一、楚雷、莲花一咏。住在温莎酒店的那天夜里，我一口气读完这本书，心情为之一振。蓦然之间我觉得自己认识了澳洲，更认识了澳洲的这一群生龙活虎的华文作家。《悉尼八怪》里充满了自嘲，也充满了反讽，更充满了澳洲华人文学的独特精神，那就是“将自己撕碎给别人看”的大无畏意识。中国大陆文人装腔作势自我标榜道貌岸然的毛病，在这本书里毫无踪影。倘若说书中记录了中国留学生的呻吟，那也是真正的呻吟。

我终于明白了。在中国当作家，总是难以摆脱名利的诱惑，尽管如今写作已经很难谋得大名大利。而在澳洲这种地方，弄文学是要自己花钱的。写作不能得名也不能得利。既无黄金屋也无颜如玉，你就是将自己变成范进在澳洲也永远不会中举。正因为这样，写作才真正成了作家心灵化的行为，文学才得以回归原本状态，升华成为真正的寂寞之道。只有这样，文学才显出宁静而不浮躁，率真而不做作的本来面目。

此时我驻足悉尼海滩，阳光几近透明，远天一派湛蓝。想起庄子在《逍遥游》里的发问："天之苍苍，其正色耶？"是啊，自从告别童年时代，我再也不曾见到这种蓝得令人迷恋的天空。澳洲的朋友告诉我说这里没有遭受污染，就像我们童年的天空一样。

我因此而激动。

离开悉尼的前夕我见到作家大陆。他是悉尼八怪之一。大陆请我们吃饭，还是广东人的午茶。原籍上海的大陆很忙，席间手机叫个不停。他舍不得关机，因为他开了一间服装厂，日以继夜为这个世界制造外衣，以兑现李白先生"云思衣裳花想容"的遗训。大陆的杂文写得极有风味，其笔锋在中国本土是不多见的。他告诉我，来澳洲这些年，刷盘子、当男保姆、开出租车、当小工……除了当妓女什么活计都做过。城里找不到工作就到农场去，帮人家摘水果。

看来大陆先生根本不用"深入生活"了。在澳洲他也没有那一份闲情逸致去专门"体验生活"。谁都知道，在澳洲当作家远远不像歌里唱的"潇洒走一回"。潇洒是要花钱的啦。

见到大陆那天，我还见到了王世彦。这位原籍福建的青年女作家也是澳洲中文创作文学奖短篇佳作奖的得主。我很想了解她的景况。她说，每周只有两天去安老院工作，就这样。

我知道安老院正是中国常说的敬老院，就问王世彦，为什么每周只工作两天呢？她笑了笑告诉我，每周工作两天就能够养活自己了。其余的时间，写作。

我再次被感动了。

面对王世彦们，我能说些什么呢。说祝你成功？这祝愿显然过于功利了。祝愿什么呢？那就祝愿身体健康吧。

祝旅澳华人作家身体健康。身体健康了，就可能看到中国的“四化”实现。

回国之后的一天，与李玉林同志通电话，他告诉我他主编的《城市人》杂志近期选发大陆写的两篇杂文。看来，澳洲华人作家的作品，终于打回老家了。

大陆先生就这样在大陆赚了一笔稿费。

我从心里思念“悉尼八怪”——因为他们是华语世界里的一群独特的作家。

热带话语

马来西亚与新加坡都是地近赤道的国家，同属热带。虽然同属热带，“常年是夏，一雨成秋”，但这两个国家给我的印象却颇不相同。

20世纪50年代的时候，她们还是同一个国家。后来新加坡脱离大马而独立。新加坡应当说是华人世界，王鼎昌总统吴作栋总理还有李光耀咨政都是华人，华族占全国人口的76.3%，绝对优势。马来西亚的华族则只占1/3，属于少数民族。

在海外华语世界，我始终认为马来西亚的华人最为独特。他们生活在那个热带的伊斯兰教国家，困难重重，历经几代繁衍落叶生根，血液里的“大汉情结”早已荡然无存。他们漂洋过海来到这块荒蛮的土地上，在人家的国家里谋生。久而久之他们与当地的血肉融合，成了今天这个样子。

他们今天的这个样子给我留下了深刻印象。

他们已经不是中国人了，他们是马来西亚的华人。他们以少数民族的身份生活在一个与自己的信仰大不相同的国度，一代又一代极力保持着自己的母语。

母语就是华语。

改革开放以来，中国各地出现了许多人才市场。这几乎成为一种时髦。在中国举凡受过高等教育又掌握一门外语者，皆可被称为“人才”。住在吉隆坡的日子里，我接触了很多华族风云人物。譬如说国家下议院的副议长翁诗杰先生，譬如说国家政府的青年文化部副部长拿督陆垠佑阁下，堪称当今大马政坛的青年才俊。与他们交谈的时候我才恍然大悟，在马来西亚一个华族青年若被称为“人才”，首先要掌握“三语”，那就是英语、马来语以及华语（其中还包括广东话、福建话以及客家话）。有时甚至还要掌握印度语。这是一个肤色不一的热带国家。这也是一个由多重语种多种语言构建的多元世界。在这里，绝无“汉语大一统”。你想让别人听懂自己的声音，首先必须学会听懂别人的声音。犹如人人恪守的游戏规则。因此，华人青年在马来西亚成才，掌握“三语”便成了必修课。身为少数民族的华人，成才很不容易。譬如说青年人接受教育的机会，就很不均等。马来西亚政府规定，马来族学生报考大学，分数低于录取线20分，即可录取。华人学生则不能享受这种优惠待遇。譬如说公务员系列，在马来西亚各级政府部门，无论你多么优秀，华人永远只能担任副职。因为这里是一个伊斯兰教国家。

这就是马来西亚的社会现实。华人青年倘若在这种气候之下脱颖而出成为精英，真可谓跋山涉水披荆斩棘了。

因此，我对大马的华人同胞肃然起敬。

譬如说，艾米女士。

艾米女士本名韦婴敉，祖籍中国广西。她与丈夫经营一家汽车修理厂，同时还是一家慈善机构的副主席，每月都要捐献善款。若在中国大陆艾米一定会被舆论称为女强人而出人头地，然而在马来西亚她只是一个普通华人女性。这就是不同国度之间价值观的差异。初次见面我告诉她广西韦姓多为壮族，她非常惊讶，颇有一种真相大白之后的快乐。艾米的年龄估计四十岁上下，她开车很快，有着男子气概。她说当年为保险公司工作，客户们反映中文名字不便记忆，她才给自己取名艾米。为了别人方便而给自己取了一个英文名字，这就是华裔女子韦婴敉的逻辑。

艾米的华语和英语讲得都很不错。我甚至觉得她也能讲马来语。艾米坦率且谦逊，身上毫无国内女性常见的虚荣。她说自己只有初中学历，工作全凭勤励。在吉隆坡的日子里艾米开车陪我们去了很多地方，有马来孤儿院和印度孤儿院以及残障人福利院。在这些地方，她都受到热烈的欢迎与由衷的尊重。望着聪明能干热情开朗的艾米，我为她感到自豪和骄傲。在这个伊斯兰教的国家，艾米在人生道路上付出的辛勤与坚忍，只有她自己知道。

出生在马来西亚的艾米，日常所接触的华语其实多为广东话和福建话甚至方言土语，与普通话相去甚远。然而我吃惊地发现，艾米对我们所讲的“北方官话”有着异乎寻常的悟性。开车去黑风洞路上我说起“曾经沧海难为水。”艾米立即张口对曰：“曾经沧海易为盐。”

这绝妙的“对仗”大大出乎我的意料。艾米大概并不知道此诗的下句“除却巫山不是云。”但她凭着奇妙的语感以上句“难为水”对出下句“易为盐。”我只能说这完全出自艾米的母语天赋。这也使我看到华裔血液之中的灵性。

这正是母语的灵性。

远离故国，海外生根，母语永远也不会失落。不死的华语使华人隔山隔水依然能够得到心有灵犀的共鸣。这就是母语所形成的无限时空。这就是母语的力量在艾米以及艾米们身上，表现出来的独特聪慧。

面对艾米，我自叹弗如。面对艾米们，我同样自叹弗如。

后来我们去往海岛城市槟城。槟城也被称为槟榔屿，地处热带风景极美。孙中山先生当年创办的《光华日报》依然兴旺发达。槟城几乎是华人世界。在德教会紫云阁我认识了赖震天先生。年届六旬的赖生是南洋出生的第二代华人，祖籍潮州，他讲华语的时候却杂有闽音。我不知道他讲英语的时候是否也浸着闽腔。令我难忘的是赖生的“国学”。赖生从事保险行业的生意，对华文文学却能够说说道道。譬如无名氏。我对他说只知道无名氏原名卜乃夫，离开大陆之后身居台北，《北极风情画》曾经风靡一时。还有《塔里的女人》。赖生却哈哈大笑，说起无名氏定居台湾之后写的两部长篇小说《海艳》和《金色的蛇夜》，如数家珍。似乎他是这两本书的责任编辑。我将“蛇夜”误为“蛇宴”，他就操着“闽味国语”大声为我更正，那表情使我想起诲人不倦的小学校长。令我最为惊讶的是赖生不仅熟知台湾作家，他对毛泽东诗词居然篇篇成诵，字字能解。关于当年国共两党的旧事以及目前中国大陆的新闻，他更是能够长篇大论，纵横海峡两岸，堪称“中国通”。紫云阁里我与赖生交谈甚欢，有时完全忘记身在异国他乡。他呢，好像就是我同院的邻居大爷。

与赖生同庚的雷伟光先生，爱讲笑话。雷生操着闽味华语，讲出的笑话一波三折，颇费时光。我从他讲的笑话里渐渐听出渊源：有些竟是当年张寿臣相声段子的“盗版”。北国的相声何以能够传到南洋，我不得而知。这应当是“比较笑话学”所研究的课题了。不过，雷生的笑话充满了南洋华人乐观的精神与马来西亚的无限风光，当属“海外珍藏版”。

在这个多民族多语种的热带滨海城市，能够认识赖与雷这样可爱的两位老先生，对我来说是一件难忘的事情。他们的话语，使我懂得了南洋华人的身世。

回国之后总也不能忘记他们，譬如艾米，譬如赖生和雷生，譬如许许多多我难以详述的华人故事。尤其是在马六甲的三宝山下，我看到满山遍坡的华人坟墓，不可尽数。墓碑上刻写的亡人，自明朝起始，到清朝到民国到第二次世界大战，直通今日。这是华语的无声诉说。华语因此而苍茫悲凉。我终于相信，在我们这颗地球上凡是人烟未绝的地方，必有华人存在——尽管他们操着北京人或台北人所难以听懂的方言土语，但他们目光炯炯，诉说着海外多艰的往事。我们每个华人都应读懂这种目光。

这正是海外华人不灭的形象。

于是，归国之后我在《南洋日记》里这样写出自己的感受：

“是啊，已经很久了。我与你都是大槐树下闭目打坐的老祖父的嫡孙。后来你到海边，跳上一艘大船漂泊南洋。你背井离乡，迎着热带的太阳大步行走，你必须丢弃老祖父传给你的包袱，才能疾走向前。尽管老人家曾经千叮万嘱包袱不可丢弃。又有谁能够说出包袱里裹的是什么东西呢？或许它只一个包袱而已。在那个多重语言的世界，华语必然跛足。你必须为自己寻找另一条腿，才能站稳脚跟而成为巨人。张开双臂去吸取异族文化的精华，敞开心胸来扬弃自身文化的糟粕。南洋的华语，正是在这多重语言的磨合之中，久经磨砺而焕发古老的青春。显出她独有的睿智，独有的韵味，独有的坚毅与自信，独有的生命体验，独有的热带华人精神。就其血液而言，你无疑与我同宗。就其骨骼而言，你却生成了崭新的南洋华语文化。于是，多年之后你我相逢之时，共忆童年趣事却又感到几分陌生。我从你的眸子里看到了热带奇异的风光。你却觉得我似曾相识。”

“我用本土华语告诉你，我是环绕在老祖父的膝下渐渐长大的。你则用南洋华语告诉我，你是在没有老祖父的情景下，一夜之间长大成人。”

“这就是我与你的不同，尽管你与我拥有一个共同的老祖父。”

是啊，由谁来撰写一部《海外华语简史》呢？

日本雨伞

赴日之前即被告知，日本岛国常年多雨，千万不要忘了带伞。准备行装时我“必先利其器”将一柄折叠伞放在提箱里，惟恐身在异国他乡沦为落汤鸡，引起“友邦惊诧”而坏了炎黄子孙形象。

“全日空”的空姐并非全是日本人，其中不少中国姑娘。只要仔细观察还是能够分辨出来的。从外貌看中日姑娘究竟有何不同，我说不出。只是直觉而已。早年中国人与日本人的明显区别在于身高。这种看法大概只适用于30年前。根据与时俱进的学说，如今日本年轻一代已经走出“小日本儿”的阴影，身材不再矮小。我好像读过一个材料，说当今日本人的平均身高超过了中国。无论超过还是不超过，我们都不应该叫人家“小日本儿”，泱泱大国子民应当讲究礼貌。

我们的第一站是大阪。日本人多地少。大板机场给人的感觉几乎就在海边。飞机降落的时候我几度担心落在海里。日本土地的金贵那是世人皆知的。因此他们的填海造陆技术也属世界一流。

因小而精。这就是日本吧。住在大阪旅馆我尚未感到小而精的辩证关系。从大阪乘坐“新干线”到京都，没雨。中国雨伞自然派不上用场。游岚山和清水寺，还是没雨。当晚到达名古屋，吃日式烤肉。胃口大开仿佛身在华夏。晚间入住CYPRESS酒店，却品味到日本“小而精”的妙处了。这小而精的感觉，首先体现在客房卫生间里。

出国之前得知，日本旅舍不比国内宾馆，一般不备洗漱用具。住了两宿发现，他们在卫生间里还是为旅客备了牙刷牙膏之类的东西，但是袖珍型的。就说牙刷吧，那小巧顿时令人想起古代仕女的樱桃小口。那小袋牙膏同样告诫你必须小心翼翼——今晚使劲儿一挤明早就得用没了。我特意带了一支日本牙刷回国，一个朋友看了说是幼儿园的吧。

晚间洗漱完毕上床休息，环视房间，处处透露出日本人的精细。譬如空调吧，管线安装得严严密密，不露一丝一毫。桌面上摆着一只不锈钢杯子。端起杯子才看出这是一只微型电磁炉。专供客人烧水使用。这么小，这么精，这么小而精，真是纯粹的日本风格了。我甚至猜想当年漂泊过海的先祖徐福身高1.48米，体重76斤。

转道箱根游览大涌谷，当晚住在新光温泉宾馆，说是去泡汤。这泡汤就是泡温泉，再次体会了日本的小而精。身穿日式浴袍走进写着“汤”字的浴室，我看到那浴池挺多容纳三四个男人。我国没有多少温泉，许多城市一弄却是规模宏大的“洗浴中心”，同时接待两个排的兵力问题不大。而堂堂日本温泉之国，却将“汤池”设计得如此小巧玲珑，这便是日本精巧吧。

说到“精”果然精，身穿浴袍前往汤池，也是非常讲究的。那衣襟要左压右啊，那腰带要蝴蝶扣啊，好像不是穿衣而是诠注一部古籍。小而精，小生精，精生巧，小小精精，精精巧巧，一个日本国仿佛“笼而有之”了。是的，日本人在生活中特别循规蹈矩。这“精”恰恰是依靠遵守规矩来维系的。无规矩不成方圆。想精也精不了。反之，粗放往往不用遵守规矩。譬如行乱砍滥伐和暴饮暴食。

从横滨开始雨就来了。大街被冲洗得越发干净。处处离不开雨伞。站在横滨港望着大海，那雨打湿了裤角。同胞们手持雨伞走进“中华街”。那一柄柄雨伞都是折叠式的，很是便利。喜看人人手持花花绿绿的折叠式雨伞，一张，砰然一圆伞也，一收，一小玩意儿悄然在手也。

到了东京仍在雨中。游览著名的秋叶原电器城，这是外国游客尤其中国游客必到的地方。这里的一家家电器商店，十有六七有中国人参与经营，浙江口音山东口音东北口音不绝于耳，使你觉得到处都是我们的人。天下着雨，顾客们走进商店，必须收伞。这时候我发现，举凡手持折叠伞的必然是中国游客。日本人绝对不使用折叠伞的，他们手里都是那种在我们心目之中已然过时的长柄雨伞——好似一杆杆长枪，雨中一派全民皆兵景象。

凡是商店门口都有一台机器，我姑且称其为“日本雨伞打包机”。日本人走进商店便将手中湿漉漉的长柄雨伞插入那简易机器里，一下便被塑料薄膜“打包”了。于是日本人拎着“打包”之后的长柄雨伞走进商场，地面不洒一滴雨水。离开商店的时候，日本人纷纷自觉地摘下那层塑料薄膜，投入回收箱内。然后撑开雨伞匆匆离去了。

而手持折叠式雨伞的中国游客，由于手中的雨具根本不符合“日本国情”而无法被机器“打包”，只得甩着水珠拎着湿伞进店购物去了。

我站在东京“歌舞伎町一番街”的街口，望着对面“开麦拉”商场大门口进进出出的手持长柄式雨伞的日本人，不免心生疑窦。在这么一个讲究“小而精”的国度里，日本人为什么偏偏热衷于使用长柄雨伞呢？他们时时追求精巧，处处体现精巧，竟然不约而同在一柄雨伞上追求大型化，真是令人费解。依照日本的科学技术水平，制造出一台台专门用于给折叠式雨伞“打包”的机器，绝无问题。可他们就是不愿意将自己折叠起来。莫非在日本人潜意识里形似长枪的雨伞依然遗留着几分武士风采？我不知道。

小而精的日本国，只有一宗大物件，那就是他们国民手里的湿漉漉的长柄雨伞。

第4辑 · 民间的东西

实用剪纸艺术

关于天津剪纸艺术，我当年写过两句话：“本来应当是动的，却失去了双脚，不能串街走巷而成为静止的图样；本来应当是静的，却生出双脚登门攀窗，迎风招摇渲染着春节景象。”这两句话描述的正是天津剪纸艺术园地里的一对姊妹：动的“鞋样”和静的“吊钱儿”。

天津的剪纸艺术流派形成较晚。大约清末外埠艺人入津，开设“义和斋”和“进云斋”，天津这地方才开始形成专门从事剪纸营生的店铺。它们大多坐落在天津的西关街、杨柳青一带，渐渐吸取南方剪纸艺术纤丽高雅的特点，形成津门淳朴豪放喜庆艳丽的地方风格。天津是大码头大商埠，并不具有多么浓重的艺术气氛。天津的剪纸艺术，具有极其强烈的实用性质。这似乎与法国的存在主义哲学暗合：没用的东西必然不能存在，存在的东西必然有用。我观天津剪纸艺术，恰恰体现了具有中国特色的存在主义哲学。

说起吊钱儿，它首先是一种民俗，据说源自宋代的“剪春钱”，因其画面剪成“轱辘钱”而得名。最初是贴在房檩上用以避邪，几经演化成为喜庆新春的吉符。吊钱儿是随着浓烈的年味儿朝我们走来的。在旧时津门辞典里，“年”字的分量，无比盛大。正因如此，吊钱儿也就成了“年”的艺术。而在“年”的艺术之中，吊钱儿又成了剪纸代表作。正月里的天津不能没有吊钱儿。换句话说，没有吊钱的春节就根本算不上春节。那时节，大街小巷被红灿灿的吊钱儿闹出一派春意。天津人仿佛以零存整取的方式积蓄了一年精力，就盯着过年。除夕日贴吊钱儿，这绝对是天津人热爱生活的真实表现。遥想上古祖先处于穴居时代，我们今日张贴吊钱的地方是门窗，恰恰是那时的穴居的洞口。几张吊钱儿，我们便将祖先居住的洞口弄得红彤彤喜洋洋。这就是天津人的正月，可谓古风浩荡。说起天津人对喜庆的追求，完全称得上孜孜不倦。

对喜庆吉利的一贯追求，使天津成为一座酷爱现时生活的大都会，也使吊钱儿成为天津剪纸艺术的“先锋”。各种图案的吊钱，本是一幅幅静态画面的制作，倘若将其陈列在博物馆里，那争奇斗艳的图样必然成为一代代方家的收藏极品，弥足珍贵。

然而吊钱儿的魂魄是不能收藏的。它灵性恰恰属于春风。你将吊钱儿贴上门窗，它一下子就活了——充满了人类的七情六欲。看吧，活跃起来的吊钱方能显出艺术作品的神采。正月里的吊钱因此成为生出“双脚”剪纸作艺术品，它不甘心居于象牙之塔而走上大街小巷，煞是招摇。举凡临街的店铺，住家的门窗，过街的门楼……就连近年崛起津门的高层住宅楼，也不乏火红吊钱儿的点染。于是，正月里的天津成了火红的一片。只有在这种时候，在春风之中飘摇飞舞的吊钱儿才是活的。于是我们懂得了一个道理：吊钱儿这种民间剪纸艺术的魅力，既在剪刻之中，又在构图之外。吊钱儿与春风，两者不可缺一。吊钱儿与天津人的世俗精神，浑然一体。这就是“年”的艺术。创作吊钱儿的民间剪纸艺术家们，与其说他们驾驭了剪刀，不如说他们驾驭了春风。这就是天津吊钱儿的独特之处。

津门剪纸艺术的另一奇葩是“天津鞋样儿”。提起鞋样儿总是让人想起三寸金莲，颇有意淫之嫌。遥想当年，那些创造“鞋样儿”的艺术家们其实就是绣花作坊里的民间艺人。他们为妇女绣制花鞋，从而创造出多姿多彩的剪纸图案作为底样，这千姿百态的“底样”居然成为天津民间艺术品，再次印证了天津剪纸艺术的实用主义哲学。

绣花艺人们将鞋样儿复制到鞋面上，就等于是作品的发表。当时不讲“稿酬从优”，然而三寸金莲们却得到了艺术包装。天津鞋样儿这种民间艺术品的发扬光大，有赖于一代代“莲癖”们的收藏，但它的传播方式主要依靠货郎挑子的走街串巷。随着小贩们叫卖针头线脑儿的吆喝声，天津鞋样儿这门剪纸艺术竟然日复一日完善起来，形成三种基本风格。

一是市井风格。吸收杨柳青年画的艺术特点，线条自然流畅而富于生活气息，以连枝牡丹、鸳鸯戏水、喜鹊登枝等为主要内容，品种多样，俗称“四季花”。二是适应上层社会需求，吸收北京的“宫妆”以及江南丝绸图案，构图典雅，做工精细，多见团凤、八宝云头、松梅竹菊等图案，反映了上流社会妇女的时尚与品位。三是应时利节为童鞋而作，或端午或中秋或春节，多为动物造型：玉兔金瓜、小老虎儿、五毒儿等等，形象逼真，神态生动，具有很强的装饰性和象征意味。动物作为吉祥物，它们随着孩子们的脚丫子四处乱走。

三寸金莲早已消亡。“莲癖”的后代已经转向收藏高跟鞋了——也算是专业对口。在天津这座具有保守立场的城市里，作为女人鞋样儿的剪纸艺术早已失去双脚成了“静态画面”而安卧于博物馆了。有道是：吊钱走出象牙之塔，四处招摇；鞋样走进象牙之塔，足不出户。这一对剪纸姊妹艺术居然来了一次戏剧性大换防。这很有趣。

这就是社会的变迁。

风筝是蓝天的精灵

天津的风筝在北方中国还是颇有名气的。本埠风筝匠人之中，最负盛名的是魏氏风筝，俗称风筝魏。本名魏元泰的艺人，人们叫他“风筝魏”。天津人将“风筝”作为姓氏的定语，这种约定俗成的称谓似乎说明艺人因风筝而获得荣耀。这就说明了风筝的分量。

那是清朝年间的事情了。风筝的制作当时在天津属于扎糊彩绘民间艺术。风筝魏的历史可谓悠久，道光年间它就在津门确立了自己的工艺特征。风筝魏即魏元泰的风筝制作，最初是从冥器制作中分离出来的。也就是说魏元泰原本是一个扎制冥器的艺人。当年魏元泰先生是在扎制冥器之余潜心研究风筝制作的。后来其名声随风筝而起，他才放弃了冥器制作成为风筝专业户。他由扎制祭奠亡灵的冥器而转为扎制活灵活现的风筝，我以为这正是生命的升华。到了1914年，天津的魏氏风筝参加巴拿马博览会，夺得金奖。东方的艺术精灵飞上了西方的天空。

关于天津的风筝制作，属于民间艺术。艺术因扎根于民间而显得珍贵。风筝是属于民间的，同时也是属于人类的。因为它代表了人类渴望飞翔的理想。老夫聊发少年狂。风筝不仅仅属于儿童，同样属于老人，鹤发童颜的老叟们返老还童，将自己混迹于顽童之中，尽情与蓝天嬉戏。是的，就其灵性而言，风筝属于蓝天。风筝是蓝天的精灵。尤其是天津风筝魏制作的风筝，总让孩子认为它的诞生就在云端。天津大街上叫卖的风筝，几乎都是大路货。而如今风筝魏的后代制作的精品，则是孩子们可望而不可即的。

魏氏风筝的精品，很不简单。令人称奇的是它结构的精巧绝妙，体现出“该大则大，不该大则小”的民间智慧。一架蜈蚣风筝，长5丈，直径3寸，由100节身段和200根须子组成。这只形体庞大的蜈蚣飞上蓝天平稳自如，落地之后拆卸开来，竟然能够装入一尺见方的锦盒之中存放，真可谓大到无形之外，小到玲珑之中。

自从有了形形色色的风筝，天津的蓝天一下子就活泼起来。无论是顽童还是老叟，手牵一线，便系住了天上飞舞的活物儿。蓝天之下清云之上，其乐无穷。

魏氏风筝的主要艺术手法是仿形。这或多或少与今日之仿生学有关联。风筝的形状，或仿飞禽，或仿走兽，还有飞虫、鱼类以及几何图形，甚至人物，诸如孙悟空之类。魏氏风筝的彩绘手法，仍以仿生为基础，写意与写实相结合，重彩勾勒，借鉴融合“退晕法”使之色彩鲜明，画面丰满，艺术特色别具一格。魏氏风筝升空之后，飞姿安稳，颇具大家之气。它给天空带来的色彩，则使天空更加明丽，于无限高远之处，点缀出几分灵性。魏氏风筝的总体艺术把握体现在它独特的彩绘手法上。风筝持在手中，可得到近在咫尺的静态效果；风筝放飞天上，大势之中遥遥透出模糊状态下的高远神韵与风骨。这一近一远一大一小的辩证法，恰恰在一只风筝上得到完美的统一。从1914年巴拿马赛会夺得金奖到今日，天津的魏氏风筝悠久的艺术生命，依然高远。

好在风筝是没有年龄的，人生暮年追忆童年的风筝，需要很长很长的思线。好在风筝是没有国界的，同在蓝天下永远放飞着人类的理想与希冀。好在风筝属于蓝天的宠儿。生命与蓝天相关，其灵性必然不死。好在风筝天长地久，它使你永远拥有一片蓝天。这就是风筝。

风筝，离天堂最近。

简单的，恰恰是古老的

几乎想象不出当年天津歌舞是个什么模样，那是古老的天津歌舞。

古老的天津歌舞，一定是大模样：赳赳且悠悠，绵里含刚。绵软里含着刚硬的东西。这就是天津当年的大歌大舞。

民间传说，很久以前从福建那边浮海而来的一群道人，登陆于大沽海口。当然那时候未必就有大沽这个地名。登岸的道士们也未必就有哥伦布那样的辉煌。这也无妨。他们住了下来，称为“伙居”。他们成为天津早期居民的一支。

后来，三岔河口才有了驻防的兵士，也就是这一群兵士使这里被称为“直沽寨”，后来又成了“天津卫”。兵士们身高体壮，声若洪钟。

登陆大沽口的道士们，一定是有歌舞的。驻扎三岔河口的兵士们，一定是有歌舞的。当年这地方一定是有歌舞的。

2000多年前孔子的学生曾哲说过这样一番话：“莫春者，春服既成，冠者五六人，童子六七人，浴乎沂，风乎舞雩，咏而归。”

孔夫子听罢学生的这番话很感动，也很赞成。歌之舞之，这是何等的潇洒与豁达啊。人类，真的离不开歌舞。没了歌舞，还叫人吗？

于是遥想当年在大沽口登陆的道士。他们庄严持重，而且还有法事要做。然而他们必然是有歌舞的。他们不可能像当代人这样，活得干瘪而了无生气。

道士们有歌舞。那是一种脱胎于法事的歌舞。或者说古老的天津歌舞就是由道家法事演化而来的。你看。你看吧。

这是一种名叫“鹤龄”的歌舞，如今已经难得一见。据说这就是从当年道士做法而演化出来的歌舞，当然是似俗非俗。当然是载歌载舞。鹤龄是这样的：六名小童儿脚踩短短的木跷，四只仙鹤两只彩凤，分别系在他们的腰际。这六名小童儿，在单皮鼓、小锣小钹的音乐伴奏之下，歌之舞之。他们的舞姿，看上去颇有几分简单，互相环绕穿插，做出一组组仰俯腾跃的动作，翩翩欲飞。真的，他们的动作颇有几分简单。民间形式，永远是简单的。恰恰如此，她的内涵则越发深刻。鹤龄的伴奏音乐也不复杂。它原本来自民间小调，经过世世代代的演奏，久而久之，成为器乐曲牌——这正是“俗”的渗入。这也恰恰说明，缘起宗教的歌舞鹤龄，其实也是俗世凡尘的一种特殊产物罢了。鹤龄的歌词如今均已亡佚，但是她作为宗教法事向民间歌舞“还俗”的桥梁，却是事实而并非猜想。

鹤龄，这正是一种似俗非俗的古老。她是天津地域民间文化的最好诠释。

还有“天津法鼓”。

天津法鼓是天津民间音乐的著名曲牌。一个“法”字，则尽见其品貌。究其远源，天津法鼓来自当年僧道做法之时所演奏的宗教音乐，可谓出身“原装”。近年来，人们在弘扬中华民族优秀传统文化口号的鼓动之下，复兴了“天津法鼓”。她的场面挺大的：茶挑子、旗幡、彩帜、高照、灯牌等等执事，随着音乐围着场子不停地走动着，锣铙钹铛诸种乐器之中，以鼓为主，舞乐不止。这样就突出了天津法鼓的“鼓”字。然而，天津法鼓的形式，同样是简单的，一点儿也不复杂。这种形式只能证明她的古老。

古老往往是简单的。譬如说系绳纪事和沙漏计时。简单，是古老的特征之一。

天津从明朝设卫屯兵，其歌舞也与兵家有了几分关联。就说以桃花而著名的天津西沽，最初这里便独有一种“太平花鼓”。这种号称“太平”的歌舞，表演起来还是颇有几分“兵味儿”的。

六男二女装扮成六个小童儿，手执霸王鞭和太平鼓以及小锣，随着笛声而载歌载舞，本身就体现了一种尚武精神。这种太平花鼓同样形式简单，一目了然。天津文化积淀不深，这太平花鼓从何而来呢？据传，明朝永乐年间，来自朱元璋家乡安徽凤阳的子弟兵驻守此地，家属渐多，“凤阳花鼓”便进入天津，逐步演化为“太平花鼓”。这或许是当年天津最早的一次“艺术引进”，经过长期沿革，来自淮河流域的太平花鼓融会了北方昆曲与河北民歌以及皮影调的旋律，形成了独特的民间艺术风格。这是天津这块大码头面对外来艺术所表现出来的巨大亲和力和熔融精神。九河下梢，必然要接受来自上游的东西。无论你愿意还是不愿意。

当年的天津，还有一种形式更为简单的歌舞，名叫“老虎杠箱”，实为军营兵士排练的一种技击歌舞。

天津歌舞论其出身，或源于道僧，或出自兵营，它们共同的特征就是形式简单。由此，天津人的外化性格，可见一斑。我们的文化先祖，除了僧道，就是兵卒，当然还有船家什么的。

似俗非俗的歌舞，似兵非兵的歌舞。这尚武的码头文化，庄重和谐而又古朴强劲，恰恰体现于简单的民间形式之中。

真是简单啊，简单得让人弄不懂她为什么这样简单。于是，内涵走向深刻。

民间音乐主题：生与死

这里是码头，于是天津的很多民间艺术都凸现出一种强烈的实用性。就说音乐吧，天津肯定有它的音乐。天津的码头文化与它的世俗精神，注定这里的音乐不会在音乐厅里演出，它往往在生活之中的各种场合里奏响。

譬如，生与死的场合，也就是红白喜事的场合。因为有生，因为有死；生与死都是生命的形式，因此必须有音乐。

天津的丧文化之发达，甚至远远超过其化文化而居首。然而我要谈的仍然是天津的喜乐。我喜欢生命的礼赞。

天津喜乐对生命的礼赞，仍然不离其世俗文化精神。

说起天津喜乐，真是太豪壮了，甚至豪壮得有几分黑色幽默的味道。最初的天津民间吹打乐手是什么人担任？剃头匠。

是的，最初的天津民间吹打乐手是由剃头匠担任的，当然是兼职。演奏喜乐则是他们剃头刮脸的一门副业。这符合今日“一专多能，全面发展”的人才理论。剃头匠在中国的天津居然成了肖邦与李斯特的同行。天津出现专业乐手，那是后来的事情。

天津喜乐本身就具有极其强烈的实用性质。

一种，是以唢呐吹奏的满乐。一种，是以铙钹大鼓演奏的“南吵子”打击乐。一种，则是以管弦演奏的汉乐府曲调，被称为“细吹”。

南吵子，细吹。这名目听起来，很像大众餐馆里的菜谱。这就是天津喜乐的实用性质。

音乐配器最显深厚的首推“细吹”。细吹也称“十番”或“十样锦”。你听，还是很像菜谱。天津人就是离不开吃。细吹，以笙管笛箫为主，月琴佐以堂鼓云锣钹铃等打击乐器，演奏风格清扬优雅，这种喜乐为民间婚娶仪式而专设，规模很大。

细吹，这是一种朝着生命吹打的大乐。当年的细吹是这样的：婚仪的头一天晚上，乐手们便上门来了，当然是到男方家中，晚饭之后向着新婚洞房吹奏一阵，谓之“响房”。此时的节奏热烈，曲调明快，吹打出铺天盖地的喜气，充满了人间的活力。这就是开始曲的功能。

之后，乐手们在相当长的一段时间里，演奏名为“坐棚”的曲子。这是不懈地吹打，生命因此而蓬勃。明天即将成为新郎的男人，因此而激越。天津喜乐在实用的天地里，其艺术精神也悄然得以实现，尽管演奏者里有好几位都是大街上的剃头匠。

半夜时分，开始演奏“细吹”。这才是主题。内容多为民间曲牌“太平年”“铺地锦”“照花台”等等，不一而足。然而这一支支曲调，均不同于古乐“十番”而是纯粹来自民间的蕴含着十足的喜庆色彩的生命礼赞，那悠扬，那清劲，分明是一种民间的诉说。诉说什么呢？无外乎是对生命的繁荣与延续的祝福。

婚仪属于民俗，同时又象征着一种天地亲和的新生命的即将降临。天津喜乐恰恰是伴随着生命而吹打的，失去生命的蓬勃，也就是失去了天津喜乐的内容。

天津喜乐是家常的。她极少含有西方交响乐的深沉而更多地表情了喜兴和欢悦。于是，婚仪现场便成了最为典型的音乐厅——喜气弥散在空气里显得十分浓烈，这不是一种肤浅而是一种不必含蓄的外化。天津人的外化功能，全国第一。

这也是艺术在实用之中得以存活与发展的最好例证。当然，剃头匠明天照样儿上街给人家理发。艺术，是不能直接转换成热饽饽的。

生命不仅仅是喜兴。人，总是要死的。天津也有丧乐。死亡在音乐之中同样具有意义。丧乐在天津人口中被称为“大乐”。一个“大”字冠首，可见丧乐在天津日常生活里的分量。一个“大”字似乎更能说明天津人对丧乐的重视，往往超过喜乐。死是终极，死最大。这种所谓大乐，它的很多曲牌体现在庄严恢宏的悲壮之声中，满乐汉乐兼而有之。它体现了人们对死亡的世俗理解。

如果说生与死同为生命的表现形式，那么天津喜乐与天津丧乐便是异曲同工了。随着婚丧习俗的变化，从前的天津喜乐和丧乐，同样在我们的日常生活里消失了。就像发廊女替代了剃头匠一样。

天津的古老音乐，只是在历史里回响着，据说有人仍然能够听到它。

图书在版编目（CIP）数据

一个人的野史 / 肖克凡著．—北京：民主与建设出版社，2017. 12

（名家散文自选集）

ISBN 978-7-5139-1812-1

Ⅰ．①一… Ⅱ．①肖… Ⅲ．①散文集–中国–当代
Ⅳ．①I267

中国版本图书馆 CIP 数据核字（2017）第 283184 号

一个人的野史

YIGEREN DE YESHI

出 版 人　许久文
总 策 划　李继勇
著　　者　肖克凡
责任编辑　刘树民
封面设计　宋双成
出版发行　民主与建设出版社有限责任公司
电　　话　（010）59417747　59419778
社　　址　北京市海淀区西三环中路 10 号望海楼 E 座 7 层
邮　　编　100142
印　　刷　三河市腾飞印务有限公司
版　　次　2018 年 1 月第 1 版　2018 年 1 月第 1 次印刷
开　　本　787mm × 960mm　1/16
印　　张　24 印张
字　　数　220 千字
书　　号　ISBN 978-7-5139-1812-1
定　　价　39.80 元

注：如有印、装质量问题，请与出版社联系。